Josef Gehrer

In der Wildererhöhle

Josef Gehrer

In der Wildererhöhle

Jagdgeschichten

rosenheimer

Titelbild: Albert Gruber, Brixen
Lektorat: Dr. Elisabeth Hirschberger, Regensburg
Satz: Buch-Werkstatt GmbH, Bad Aibling
Druck und Bindung: CPI Moravia Books, Pohořelice
Printed in Czech Republic

ISBN 978-3-475-53921-3

Inhalt

Wer sich mit dem Teufel einlässt ...

Franz Feigl, der »Jager Franz«

Franz Feigl war ein König in seinem Reich. Manchmal, an einem stillen, klarsichtigen Spätsommertag, stieg er auf den Hundskopf, einen Berg genau in der Mitte des Reviers, um sich seines Glücks bewusst zu werden.

»Schön ist's bei uns, und alles da rundherum gehört mir!«

Er konnte das ohne Überheblichkeit sagen, denn Feigl war Berufsjäger in einem großen Bergrevier im Osten der Bayerischen Alpen.

Da saß er also wieder einmal droben auf dem geliebten Hundskopf, der dem Mittagsjoch vorgelagert ist und weiter hinten in das Steilmassiv des Karkogels einmündet. Das Mittagsjoch mit seiner waldigen, sanft geschwungenen Südflanke und seinen steilen Felsabstürzen im Norden ist die Mutter des Reviers, in deren Schoß Gams und Hirschwild seit eh und je eine sichere Heimat haben.

Von unterhalb des Hundskopfs, nach einem Steilabfall von fast achthundert Metern, leuchtet ein hellgrüner Fleck herauf, die Hundsalm. Am oberen Rand der Alm, umrahmt von alten Bergtannen, steht der große Rotwildfutterstadel und noch etwas höher und gut versteckt in einer Fichtendickung des Feigl Franz streng gehütetes Heiligtum – das Hirschstadel »Zur stillen Brotzeit«, zu dem im Winter die stärksten Hirsche des Reviers kamen, darunter die berühmten »Heiligen drei Könige«. Um das gewaltige Mittagsjoch herum erheben sich noch etliche kleinere Berge, von engen Tälern durchzogen, in denen im Frühjahr die Bäche brausen. Muklkipf, Hintersoinpeter, Schöllkopf, Rabenpalven – so lauten ihre urwüchsigen Namen, und irgendwo in ihren Flanken sind noch drei oder vier verlassene Almböden versteckt, die der Wald langsam überwächst.

Drei Jagdhütten verteilen sich über das Revier, auf halbem Hang stehend, zwei- oder vielleicht dreihundert Meter unterhalb der Baumgrenze, lawinensicher und nicht weit weg von einer guten, starken Quelle.

»Franz, was willst du mehr?«, sagte sich der Jäger Feigl, legte die Büchse neben sich ins warme Heidekraut und holte Speck und Brot aus dem Rucksack. Erwartungsvoll beobachtete ihn sein Hund.

»Schau mich net so an, du Hex, mit deinen braunen Rehaugen, du hast dein Fressen schon gehabt, und nix ist so unpassend wie ein übergewichtiger Jagdhund.«

Aber dann schob er seiner Gefährtin doch schnell einen Brocken hin und lachte, dass seine Zähne blitzten: »Ich weiß genau, was du jetzt denkst – ein übergewichtiger Jager ist noch unpassender! Hab ich Recht?«

Als Antwort legte ihm der Hund die Pfoten auf die Schultern und fuhr ihm mit der Zunge eifrig übers Gesicht. »Hör doch auf mit dem Schmusen!«, schimpfte der Franz, wobei er aber ganz still hielt.

Die Hex rollte sich in seinen Schoß. Vorsichtig holte er die Pfeife aus der Jackentasche, stopfte sie, zündete sie an und sah der Rauchwolke nach, die sich lustig in die Höhe kringelte. »Franz im Glück«, flüsterte er leise, lehnte sich zurück und schlief ein.

Als er aufwachte, war es dunkel und sehr kalt. Eine Wolkenfront näherte sich dem Berg, und der Wind fuhr in die Wetterbäume.

»So geht's im Gebirg«, sagte der Franz und raffte seine Sachen zusammen. »Da legst dich hin bei der schönsten Sonne, und wenn du aufwachst, bist erfroren. Auf geht's, Hex, wir zwei müssen heut noch ins Forstamt.«

Fast fluchtartig stürmten sie hinab ins Tal.

Eine Hiobsbotschaft

Feigl sollte sich beim Forstmeister zum Bericht melden. Das kam öfter vor und regte ihn nicht weiter auf. Oder doch?

Als er mit seinem schweren Motorrad über die Saalachbrücke fuhr, den Hund vor sich auf dem Benzintank, merkte er, dass er seltsam unruhig war.

Warum? Er hatte nichts zu befürchten. Weit und breit galt Feigl als unbestrittener Meister der Bergjagd. Er war sechsundvierzig Jahre alt, hatte mehr als zwanzig Dienstjahre hinter sich, dazu noch gut zehn Lehrjahre bei seinem Vater. Keiner, der je mit ihm Gams oder Hirsch gejagt und nicht mit der allergrößten Hochachtung von ihm gesprochen hätte!

Die Jägerei lag bei den Feigls sozusagen in der Familie. Franz übte den Revierjägerberuf in der dritten Generation aus. Zunächst allerdings hatte es den Anschein gehabt, als würde diese Tradition unterbrochen. Kaspar Feigl, der Vater, wurde am Mittagsjoch von einem Wilderer schwer angeschossen und verblutete auf dem Heimtransport. Daraufhin schaffte die Mutter alles, was an Jagd erinnerte, aus dem Haus und beschwor den Buben: »Franz, bittschön, werd kein Jäger!«

Er tat ihr den Gefallen und wurde Waldarbeiter.

Aber einmal, da kam er doch mit dem Wild in Berührung,

und zwar auf eine ebenso direkte wie grausame Art. Er und der Lexen-Sepp, ein bärenstarker Bursche, stießen während der winterlichen Holzarbeit am steilen Mitterlahner auf einen Hirsch, der sich selbst auf rätselhafte Weise in einem kleinen Heustadel gefangen hatte. Vermutlich hatte ihn der Hunger dazu getrieben, durch die offene Luke hineinzuspringen, drinnen aber war er in Panik geraten und nicht mehr fähig, den Weg zurück in die Freiheit zu finden. Er rannte mit dem Geweih gegen die dicken Balken und trommelte verzweifelt mit den Läufen. So wurden sie auf ihn aufmerksam.

»Den holen wir uns«, grinste der Lexen-Sepp und schubste dem erschrockenen Franz seine schwere Axt zu. »Da, kannst deine Jagerprüfung ablegen!«

»Ich tu des net, ich lass ihn raus«, rief der Franz erschrocken.

»Hast Angst?«, sagte der Lexen-Sepp lauernd.

»Er erbarmt mich, und ich mag kein Viech umbringen, das sich net wehren kann. Und schon gar net mit dem Trumm Eisen da!«, sagte Franz standhaft.

»Ein Feigling bist, traust dich bloß net!«, hetzte der Sepp.

Das Wort »Feigling« tat weh. Franz umkrampfte die schwere Axt.

»Der ist eh schon fast hinüber, der wird sowieso nimmer. Geh rein und hau ihm 's Genick ab!«

Da erschlug der Franz ein edles Stück Wild mit der Axt.

Während der Lexen-Sepp die Beute sicherstellte, flüchtete der Franz den Berg hinauf, und es war ihm, als hörte er den Vater hinter sich herkeuchen: »Tierschinder, elender, und so einer ist mein Sohn …!«

Der Lexen-Sepp wurde später beim Wildern erwischt und vom Forstamt entlassen, der Franz aber büßte seine Untat mit wüsten Träumen und entsetzlichen Selbstvorwürfen. In einem schweren Winter, als das halbe Forstpersonal im Katastropheneinsatz war und der alte Aushilfsjäger Schöpf vergebens gegen die Neuschneemassen ankämpfte, trug Franz seine Schuld ab. Er stieg in dem ungespurten, steilen Gelände auf, versank ein dutzend Mal im Staubschnee, ruderte sich heraus, dachte an den erschlagenen Hirsch und wurde so zum Retter des Wildes, das von Schneewehen gefangen und eingemauert oberhalb der Hundsalm am Futterstadel stand. Die Kunde davon drang bis ins Forstamt, das der pensionierte Oberforstmeister Enzwieser in Vertretung verwaltete. Franz wurde gerufen. Mit rotem Kopf trat er ins Forstbüro. »Franz, du kannst net anders! Du bist ein Jager, wie dein Vater!«, sagte der alte Forstmann und hängte ihm demonstrativ sein Gewehr um den Hals.

So wurde der Franz Aushilfsjäger.

Die Mutter protestierte nur schwach, denn auch sie sah ein, dass der Jägerberuf dem Franz in die Wiege gelegt worden war. Nach zwei Jahren übernahm er den Revierjägerposten und absolvierte die Prüfungen mit Glanz. Die Mutter war versöhnt, und so verging die Zeit. Heute hat Franz ein nicht mehr zu leugnendes Bierbäucherl unter der Jacke, und beim Gehen lässt er sich Zeit. Seine Hand zittert ein wenig (vom häufigen Bierglashalten, behauptet der junge Forstmeister Berwein), aber seine Augen sind klar. Er reagiert nicht übermäßig schnell, kann auch das Schussfieber nicht ganz verbergen, aber wenn der Schuss draußen ist, dann liegt das Stück, und, was noch wichtiger ist – das richtige Stück.

Für Frauen hat er wenig übrig. Seine Mutter führt ihm den Haushalt. Verheiratet ist er mit seinem Revier. Und die Hex ist seine Gefährtin. Was konnte ihm schon passieren?

Er trat ein, und Forstmeister Berwein empfing ihn gewohnt locker: »Grüß dich, Franz! Setz dich hin! Magst ein Zigarettl?« Franz griff zu und paffte wild in die Luft. Er war kein Zigarettenraucher.

»Was gibt's, Herr Forstmeister?«

Der lenkte ab: »Erzähl mir erst, ob du den Zwölfer wieder gesichtet hast, von dem du beim Wastlwirt behauptet hast, der wär genau das Richtige für einen höheren Forstbeamten mit mäßiger Jagdleidenschaft und miserabler Treffsicherheit!«

»Ist schon geschehn«, sagte der Franz und rutschte mit leichtem Unbehagen auf seinem Stuhl herum. »Ich weiß net, ich hab des Gefühl, Sie haben mir was Unangenehmes zu sagen.«

Forstmeister Berwein rückte seine Brille zurecht und nickte ernst: »Du hast Recht. Hast's gewittert? Groß genug wär dein Riechorgan ja.«

»Tun S' die Zierde meines Charakterkopfs net beleidigen! Sagen S' mir lieber, was los ist. Werden S' versetzt? Krieg ich einen neuen Chef?«

»Gewissermaßen ...«, wich Berwein aus.

»Was heißt das – gewissermaßen? Dieses Wort versteh ich jetzt net. Bleiben S' da – oder gehn S' fort? Werden S' Forstminister?«

»Ich bleib da, Franz, und fort geh ich nie, aber –« Berwein legte eine Pause ein – »dein Revier ist verpachtet!«

Feigl sprang auf und warf die Zigarette auf den Boden. »Das gibt's net!«

»Doch«, sagte Forstmeister Berwein, »das gibt's, obwohl wir uns mit allen Mitteln zur Wehr gesetzt haben. Ein Teil der Staatsjagden wird in private Hände gegeben. Aus forstetatlichen Gründen. Ein saublödes Wort. Aber so ist es. Und uns hat's erwischt!«

Der Revierjäger Franz Feigl hockte zusammengesunken auf seinem Stuhl.

»Wird mir jetzt gekündigt?«

»Keine Spur, Franz«, beruhigte ihn der Chef. »Der neue Pächter hat den zuständigen Jäger zu übernehmen, das ist vertraglich gesichert. Die Geprellten sind wir Forstleut. Wenn seine Gnaden, der neue Herr Jagdpächter, uns net reinlässt, haben wir dort nix mehr zu suchen. Der Förster Zweckstetter hat schon um seine Versetzung eingereicht!«

»Das ist ja gut«, sagte Franz kopfschüttelnd. »Weiß man schon, wer der neue Jagdpächter ist?«

»Ja, das weiß man. Ein gewisser Herr Kronenberg.«

»Ein Norddeutscher?«

»Dem Namen nach bestimmt!«

»Hat der auch Geld?«

»Wer kein Geld hat, kriegt keine Hochwildjagd.«

»Ist das gerecht?«

»Franz, frag mich net, ich bin kein Moralphilosoph, sondern bloß ein studierter Holzhändler.«

Aber Franz bohrte hartnäckig weiter: »Hat der Beziehungen?«

»Wer Geld hat, hat Beziehungen!«

»Ist die Jagd ausgeschrieben gewesen?«

»Franz, ich nehm's an, weiß aber gar nix. Es ist alles fix und fertig von oben gekommen, und ändern können wir nix, weil wir Beamte sind, sprich weisungsgebunden!«

»Aber den Zwölferhirsch schießen S' doch noch?«

Kleinlaut sagte der Chef: »Wenn ihn mir der neue Jagdherr freigibt – ja!«

Da fuhr der Feigl wie der Teufel in die Höhe: »Das werden wir sehen – den schießen S'!«

Dann polterte er hinaus und schlug die Tür zu. »Hoffentlich ist der Herr Kronenberg ein umgänglicher Mensch, sonst seh ich schwarz für den Jagdbetrieb«, sagte Forstmeister Berwein und starrte grantig auf die Unterschriftenmappe.

Franz aber gab mit wildem Gesicht Gas und brauste in halsbrecherischer Fahrt zurück in sein Revier. Angstvoll presste sich Hex an seine Brust. Feigl zog den Kopf ein und schrie in den Fahrtwind hinein: »Da kommt nix Gescheits daher! Ich glaub, da müssen wir unsere Zähn zeigen, gell, Hex?«

Im fernen Düsseldorf ging zur gleichen Zeit der Herr Karlheinz Kronenberg federnden Schrittes auf seinen Wagen zu. Der Chauffeur tippte mit dem Finger an die Mütze und öffnete die Wagentür. Kronenberg stieg ein, nahm eine Karte aus dem Handschuhfach und breitete sie auf seinen Knien auseinander.

»Der nächste Weg ist es ja nicht. Aber wenn man so ein Ding schon in die Hand kriegt ... Also los, sehen wir uns die Sache mal an!« Leise und schnell schwebte der schwere Wagen davon. »Der Jäger dort soll sehr selbstherrlich sein. Na, mal sehn«, murmelte Kronenberg, zog seine Zeitung aus der Tasche und studierte den Börsenbericht ...

Von diesem ersten Besuch des neuen Jagdherrn erfuhr die kleine Ortschaft Petersreuth am Fuße des Mittagsjochs nichts. Ein Herr, offenbar auf der Durchreise, vertrat sich mal eben die Beine und bewunderte dabei mit seinem Fernglas die Schönheit der Bergnatur. Wie es der Zufall will, kam der Feigl Franz in voller Jagdmontur des Weges. Er war unterwegs zur Jochhütte, um den alten Zwölfer, den er dem Forstmeister Berwein zugedacht hatte, endgültig auszumachen und auf sein Ableben vorzubereiten.

Er liebte seine Hirsche über alles. Er fühlte sich als ihr Hirte und Nährvater, und jedes Mal, wenn es einem seiner Lieblinge an den Kragen ging (»zum Abschuss freigegeben«, heißt die offizielle Bezeichnung), sagte er seinen Trostspruch auf: »Hirscherl, bleib steh, 's Kugerl tut net weh, a Mensch, der muss viel schwerer sterben!«

»Sind Sie der Jäger hier?«, fragte der Herr und trat dem Franz in den Weg.

Dieser hatte es eilig und war daher unfreundlich. »Sieht man das vielleicht net?«

Der Fremde ließ sich nicht beirren: »Doch, natürlich. Ein herrliches Revier haben Sie, Sie sind ein Glückspilz.«

»Gewesen«, knurrte der Franz und setzte seinen Weg fort.

»Warum?«, rief ihm der Fremde nach. »Warum gewesen?«

»Weil sie es verschachert habn, das schöne Revier, an einen Geldigen!«, rief der Jäger zurück. Dann stürmte er davon und schaute sich nicht mehr um. Der Herr Kronenberg war sichtlich betroffen.

»Die Information war richtig. Der Mann ist schwierig. Na, mal sehn!«

Drei Wochen später saß der Revierjäger Feigl dem gleichen Herrn beim Wastlwirt zu Petersreuth gegenüber, und zwar anlässlich eines kleinen Umtrunks, zu dem der neue Jagdherr die Honoratioren von Gemeinde und Landkreis sowie die Herren der Forstverwaltung eingeladen hatte. Franz war kein besonderer Menschenkenner und eigentlich mehr mit dem Aussehen seiner Gamsböcke und Hirsche vertraut, aber er merkte doch, dass er diesem Herrn, der sich als der neue Jagdpächter vorgestellt hatte, schon irgendwann begegnet war.

Franz hatte schon ein wenig »vorgetankt« und rief ungeniert über den Tisch hinweg: »Sind Sie net der Herr, der neulich in Hundsbach drunten mit einem Fernglas herumgeglotzt hat? Hätten S' sich zu erkennen geben, wie 's bei uns der Brauch ist, dann hätten S' gleich mitgehen können auf den Hirsch, den der Herr Forstmeister die nächste Woche schießt!«

Die Herren vom Forst, die ein wenig hölzern herumsaßen und teils süß-sauer, teils ganz sauer lächelten, erstarrten vollends. Der Herr Karlheinz Kronenberg aber stellte unter Beweis, dass Humor nicht zu seinen stärksten Eigenschaften zählte. Er verzog das Gesicht zu einem völlig verunglückten Lächeln und schwieg.

Nach dem Essen wurde die Stimmung ein wenig lockerer. Ganz gelockert aber war bloß der Feigl Franz, weil er in seinem Kummer über die Revierverpachtung bereits fünf Halbe Märzenbier ausgetrunken hatte. Sein dicker Hals wurde rot und röter, seine Stirn glänzte, und aus seinem fuchsroten Schnurrbart troff der Bierschaum.

Ununterbrochen qualmte seine Pfeife, und seine wasserblauen Äuglein blitzten unternehmungslustig in die Runde.

»Franz, spiel eins auf!«, rief der Forstmeister Berwein in der Hoffnung, dadurch den Feigl vom geliebten Bierglas ein wenig abzulenken.

»Was Lustiges vom Tod oder was Trauriges vom Leben?«, erkundigte sich der Franz und hängte sich seine alte Ziehharmonika um den Hals.

»Was Jagerisches«, meldete sich der Förster Zweckstetter, der sich anscheinend doch nicht hatte versetzen lassen.

»Bei dem da habt ihr alle ausgejagert«, murmelte Franz in seinen Bart und spielte auf seiner Harmonika das Leib- und Seelenlied der Bergjägerei: »Das jagerische Leben ist a Freud auf der Welt ... Holleredirü ... holleredirüüü ...«

Und dann spielte er eines nach dem andern von den schönen alpenländischen Jägerliedern, wobei er Muße hatte, durch den dicken Tabaksqualm hindurch seinen neuen Jagdherrn, der sich jetzt überaus angeregt mit dem Forstamtsleiter unterhielt, näher zu studieren: Das Gesicht, da kennst dich net aus! Alles glatt! Wächst dem kein Bart? Locken hat er auch keine in den Haaren ... Die Hände, vor denen kannst dich fürchten, da steckt Schmalz drin. Ein Bürohengst ist der net! Der tut bestimmt Tennis spielen, Reiten und Fechten. Und warum? Dass er kein Fett ansetzt und hübsch drahtig bleibt, damit er den anderen überlegen ist ... Die Augen, die haben eine graue Farb, ich tät sagn, die haben ein wenig was von einem Adler, der auf ein Gamskitz aus ist ... Ob er auch lachen kann? Wenn er wenigstens eine Warzen hätt, auf der Nase, oder ein Doppelkinn ... Aber der Mann ist so hart und stählern, dass er mit dem Hintern eine Walnuss knackt ... Franz, bei dem hast du nix zum Lachn ... So sinnierte der Franz vor sich hin, während seine Wurstfinger wie wild auf den Knöpfen der Harmonika herumsprangen.

Als die ganze Gesellschaft die Wirkung der geistigen Getränke nicht länger verleugnen konnte, stimmte der Franz mit hinterhältigem Grinsen die Ballade vom »Wildschützen Jennerwein« an: »Er war ein Jüngling in den besten Jaaaahren ...«

Sofort riss es den Jägern die Köpfe in die Höhe, und dem Musikanten war es ein Hochgenuss zu sehen, wie unterschiedlich die Wirkung des provokanten Schauergesangs auf die Herren der grünen Farbe war.

Beim »Jennerwein« nämlich, da schieden sich die Geister. Der Förster Zweckstetter: »Verlogene Wildererromantik! Unbedingt abzulehnen!«

Der Oberförster Biermichl: »So schlimm ist's auch wieder net. Waren andere Zeiten damals. Hat ein Kleiner nix zum Beißn gehabt. Darf man net pauschal verurteilen, die Wilderei!«

Der Herr Forstmeister Berwein: »Was geht mich der Jennerwein an? Das Lied ist schön. Und je mehr Striche ich auf meinem Bierdeckel hab, desto besser gefällt 's mir. Ich sing mit!«

»Herr Forstmeister«, rief Franz in überschwänglicher Zuneigung zu seinem Chef hinüber, »kennen S' das Lied vom ›Wildschützen von Tegernsee – juchhe, frisch auf zum Schießen frei …‹?«

Aber Forstmeister Berwein winkte ab und sagte: »Reicht schon, Franz! Lass deine Handorgel ein wenig ausrasten und trink einen Kaffee, sonst kannst morgen net aufstehen!« Folgsam wie ein Kind schlürfte Franz seinen Kaffee aus. Dann stand er auf, ging leicht schwankend zur Tür, ließ einen letzten Jodler ertönen, dass die Gläser klirrten, und ging heim.

»Ich garantier Ihnen, der ist morgen Früh der Erste, der wieder auf den Beinen ist«, wandte sich Berwein an Herrn Kronenberg. »Einen besseren und treueren Jäger finden S' net!«

»Mal sehn«, sagte der Kronenberg mit undurchsichtigem Gesicht und kippte einen Cognac.

Wer aber am nächsten Morgen um vier Uhr früh als Erster auf den Beinen war, das war der Herr Kronenberg. In voller Jagdausrüstung stand er schon vor dem kleinen Häusl des Revierjägers Feigl, als dieser gerade im Begriff war, seinen Kaffee aufzusetzen.

»Sakra«, hörte ihn der Herr Kronenberg fluchen, »das geht schon gut an. Jahr und Tag brauch ich keinen Wecker, und genau heut verschlaf ich.«

Der Herr Kronenberg hockte sich unterdessen auf die Hausbank und zündete sich eine Zigarette an. Er war fit. Er fieberte nach einem scharfen Gang.

Als sie in Richtung Vorderauer Holzstube schritten, stellte sich dort, wo der Weg sich gabelt, einer zur Jochhütte, der andere zur Hundsalm, in der Tat heraus, dass der Mann aus der Großstadt dem berggewohnten Jäger im Steigen keineswegs nachstand, sondern eher im Gegenteil. Damit hatte der Franz einen Trumpf schon verspielt.

Das ärgerte ihn.

»Bei der Jagd erreicht man nix durch Rennen«, sagte er unter heftigem Schnaufen.

»Wir jagen ja nicht, wir machen Revierbesichtigung«, lächelte der Herr Kronenberg bemerkenswert verständig.

»Und sehen tut man erst recht nix, wenn man rennt«, fuhr der Franz fort und wischte sich mit seinem großen, feuerroten Taschentuch den Schweiß von der Stirn.

Als sie an der Wegkreuzung waren, sagte der Franz: »Als Erstes führ ich Sie an den wichtigsten Platz vom ganzen Revier!«

»Da bin ich aber gespannt«, sagte der Herr Kronenberg. »Ich nehme an, es geht aufs Mittagsjoch.«

»Falsch geraten«, bemerkte der Franz bissig. »Das tät euch passen, gleich mitten rein in den Feisthirscheinstand. Wir gehen auf die Hundsalm, zum Futterstadel – das ist der wichtigste Platz im Revier!«

Der Herr Kronenberg legte die schmale Nase leicht nach links, was ein Zeichen von Unmut war und bei informierten Leuten als ernst zu nehmendes Alarmzeichen galt. Franz wusste das natürlich nicht und schwafelte unbekümmert weiter: »Von den Rotwildfütterungen hab ich zwei. Eine fürs Kahlwild und die schmächtigeren Hirsche, und eine für die besseren Hirsche. Füttern tu ich im Winter jeden Tag ohne Ausnahme. Haben Sie Ihr Notizbüchl dabei? Dann geb ich Ihnen gleich auf, was ich heuer im Winter alles brauch!«

»Ja … ja …«, murmelte der Herr Kronenberg ungnädig. »Ihre Hirsche kommen schon nicht zu kurz.«

Das Wort »Ihre« kam ihm sichtlich nicht ganz leicht über die Lippen. Nach gut eineinhalb Stunden Aufstieg waren sie an der Hauptfütterung, und Franz gab also gleich seine Bestellung auf: »Drei bis vier Fuder gutes Grummetheu, wenn Sie sich notieren, fünf schaden auch nix. Von den Ruam, also den Rüben, brauch ich 120 Zentner mindestens; 150 sind auch net zu viel. Dann noch das Kraftfutter, da schwör ich auf Hafer, Mais und Sesam … Die Salzsteine sind auch ausgegangen, und ein Mittel gegen Darmparasiten könnt auch net schaden …«

Während der Franz getreu der Anweisung seines ehemaligen Chefs Berwein bei seinen Forderungen bis an die oberste Grenze seiner Lagermöglichkeiten ging und dabei die bisherigen Zuweisungen aus dem Staatssäckel weit überschritt (»Wer sich eine Bergjagd hält, der soll dafür auch bluten!«, hatte Berwein bemerkt), hockte sich der neue Jagdherr auf einen Baumstumpf und schaute mit Interesse in den Steilhang des Hundskopfs hinüber, wo man deutlich die alten, viel benutzten Wechsel des Gamswildes sah. Und da entdeckte er auch schon eine kleine Schar, die gerade über eine der steilen Sandreißen zog.

Feigl merkte mit Befremden, wie der Herr Kronenberg eilig nach seiner Büchse griff, diese anlegte und Zielübungen machte.

»Das kommt noch lang net«, knurrte der Franz mit rotem Schädel, »und überhaupt haben wir heuer keine Geiß frei, und die Böcke stehen jetzt einzeln auf dem Kogl und in der Höll herum, da sind sie net zu kriegen!«

Da konnte sich der Herr Kronenberg nicht mehr beherrschen und fuhr den Franz an: »Was sind Sie eigentlich? Jäger oder Futtermittelhändler?«

Der Franz zuckte zusammen, als habe ihn ein Schuss getroffen. Dann pflanzte er sich vor dem Herrn Kronenberg auf, spreizte die Beine auseinander, stieß den Bergstock in den Boden und sprach mit wogendem Brustkorb und bebender Stimme: »Herr Kronenberg, tun wir net lang herum, reden wir gleich ein ehrliches Wort. Ich bin der Jager hier! Und das dreihundertfünfundsechzig Tage im Jahr. Urlaub kenn ich keinen und brauch auch keinen. Zu was auch? Sie sind ein Fremder und bleiben es. Lassen Sie mich tun, was ich immer getan hab, dann haben Sie Ihre Freud an dem schönen Revier … Sie sind ein mächtiger Mann, wie ich merke, aber wir Bergler taugen net zum Buckeln und Kriechen. Wenn Sie jemanden brauchen, der Ihnen nach dem Mund redet und bei jeder Gelegenheit die Fußsohlen abschleckt, dann müssen Sie den schon von daheim mitbringen. Also, was ist – kommen wir zusammen oder net?«

Der Herr Kronenberg verstand genau, dass ihm hier einer die Leviten gelesen hatte, wie es seit seiner Schulzeit nicht mehr vorgekommen war.

Kronenberg, gewohnt, wichtige Entscheidungen blitzschnell zu treffen und diese ebenso blitzschnell auf alle in Frage kommenden Auswirkungen hin zu überdenken, war sich im Klaren, dass er den anerkannt verdienstvollen Mann nicht einfach zur Seite schieben konnte. Er hätte sich dadurch mit absoluter Sicherheit nicht nur die ohnehin spärlichen Sympathien der Forstverwaltung verscherzt, sondern auch den Unmut der einheimischen Bevölkerung zugezogen. Kronenberg war sich aber ebenso im Klaren, dass eine Partnerschaft mit diesem kantigen, eigenmächtigen Mann auf die Dauer nicht tragbar war. Es zeugte von seiner Intelligenz und Gefährlichkeit, dass er den Zeitpunkt der Entmachtung weit in die Zukunft verschob. Bis dahin würde sich Material angesammelt haben, vor dem auch der wohlgesonnenste Gönner des Revierjägers zu kapitulieren hätte.

Auf diese ebenso geduldige wie unerbittliche Art hatte sich Kronenberg auch im Geschäftsleben derjenigen entledigt, die ihm im Weg standen, und thronte nun als maßgebender Gesellschafter an der allerobersten Spitze eines bedeutenden Werks der chemisch-pharmazeutischen Industrie. Den vierschrötigen Waldschrat da, im Grunde eine Karikatur in dieser Zeit, man würde auch ihn im richtigen Moment aus dem Spiel zu nehmen wissen.

Im Endergebnis, allerdings nur im Endergebnis, hatte sich der Herr Kronenberg hierbei verkalkuliert. Er hatte dem Revierjäger Feigl nicht gründlich genug in die Augen gesehen. In diesen ruhigen, wasserblauen Augen flackerte, ganz hinten, wohl versteckt unter den gelbroten Brauen, ein gefährliches Licht – der Jähzorn und die Schlagwut des gereizten Bären!

»Nun gut, Feigl«, sagte Kronenberg vieldeutig, »Sie haben mir Ihren Standpunkt zur Kenntnis gebracht, vielleicht bietet sich einmal Gelegenheit, Ihnen den meinen näher zu bringen. Ich schlage vor, wir rauchen eine Friedenszigarette, und Sie geben mir nochmals Ihre Etatforderungen bekannt.«

Während der Franz also wieder seinen Spruch aufsagte: »Drei oder vier Fuder gutes Grummetheu …«, zog der Herr Kronenberg tatsächlich ein Notizbuch aus der Tasche und fing an zu schreiben. Aber die Augen vom Franz waren scharf genug, um zu sehen, dass der Herr Jagdpächter die Zahlen beträchtlich nach unten abrundete und manchmal sogar eine Null vergaß. »Ich seh's schon, da muss ich wieder meine Brennnesseln mähen«, murmelte Feigl in seinen Bart. Dann stiegen sie ab, und Franz konnte es nicht lassen, noch einige seiner jagdlichen Grundsätze an den Mann zu bringen, was der Herr Kronenberg schweigend über sich ergehen ließ: »Das Rotwild, das lernt man erst am Futterstadel richtig kennen. Sein Gesicht, seinen Charakter. Aber hier oben, da sieht man von den Hirschen, die später auf die Brunft kommen, im ganzen Winter keinen. Wenn Sie sehn täten, was der kapitale Vierzehnender manchmal für ein Lahmarsch ist und sich von einem dünn geweihigen Achter vertreiben lässt, täten Sie eine Trophäe anders bewerten. Aber die heutigen Jager schießen net den Hirsch – sondern bloß noch 's Geweih!«

Wäre der Herr Kronenberg ein Mensch gewesen, der einem anderen naturgemäße Überlegenheit zubilligte, hätte er auf diesem ersten Pirschgang mit dem Revierjäger Feigl mehr gelernt als bei der Jägerprüfung, die er vor noch nicht übermäßig langer Zeit, gelangweilt und widerwillig, hinter sich gebracht hatte. Aber seine Natur sträubte sich, durch geduldiges Zuhören eigenes Nichtwissen einzugestehen.

Der Revierjäger Feigl redete in die Luft.

Das »schöne Bergrevier« war an einen kaltschnäuzigen Emporkömmling und Erfolgsfanatiker vergeben worden, der die Hochgebirgsjagd lediglich als Krönung seiner Karriere und als wirkungsvollstes Mittel zu weiterer Machtvermehrung ansah.

Die verantwortlichen Stellen mochten – zu spät – dies inzwischen erkannt haben. Die höhere Forstetage, sonst von seismografischer Empfindlichkeit gegenüber naturunkundigen »Eindringlingen«, war überrumpelt worden. Der Letzte in der Reihe, der kleine Revierjäger, hatte nun das Schlamassel auszubaden. Als der Feigl Franz sich am Abend seine schweren Bergschuhe auszog, sagte er zu seiner Hex: »Neun Jahre läuft die Pacht. In der Zeit geht einer von uns hops, das weiß ich genau!«

Der Feigl Franz und der Schmied von Kochel

Zunächst jedoch hatte der Revierjäger Feigl keinen Grund, gegen den Herrn Kronenberg anzurennen, weil dieser sich nämlich überhaupt nicht mehr sehen ließ, dafür aber telefonisch mitteilte, dass der Herr Forstmeister Berwein selbstverständlich seinen Feisthirsch weiterhin frei habe.

Das ließ sich der Franz nicht zweimal sagen und brachte seinen verehrten Chef in einem kunstvoll angelegten Frühpirschgang auch prompt zu Schuss.

»Der ist schon weg, den kriegt er nimmer in die Krallen!«, rief Franz, als er dem Erleger den Schützenbruch überreichte.

Berwein steckte sich den Bruch nachdenklich an seinen Berghut: »Ich weiß net, Franz, ob es fair ist, den Mann schon jetzt derart negativ einzustufen. Lass ihn doch erst hineinwachsen in die Jagdherrenrolle. Er ist offenbar ein Später, das sind allesamt Tiger, die vom Pulverdampf vernebelt werden. Wenn er erst sieht, was er besitzt, wird er geizig mit dem Schießen, und das ist der erste Schritt zum Wildheger. Ich kann dir net wenige Pächter aufzählen, die sich für ihr Jagdgebiet zum Krüppel zahlen und für den Wildstand manchmal sogar des Guten zu viel tun.«

Franz stützte sich auf seinen Bergstock und schüttelte den Kopf. »Recht wär's, aber dem fehlt's da drin. Der Mann hat kein Herz fürs Wild. Sie werden schon sehen, der verschachert unsere Hirschen, wie daheim seine Hämorrhoidenzapferl oder was er sonst noch fabriziert. Ich schätz, dass das heut die letzte ehrliche Jagerei gewesen ist auf unserem Berg. Was jetzt kommt, ist eine Vermarktung – und ich bin derjenige, der sie vermitteln soll!«

Was sollte der Forstmeister entgegnen? Dass es auch schon früher nicht so hasenrein zugegangen war, bei der so genannten Hohen Jagd? Bloß geschickter verpackt und das Scheckbuch nicht gar so ungeniert zur Schau getragen?

Berwein schwieg. Feigl Franz lebte in seiner eigenen Welt. Sie war schön, aber eng. Mit dem, was sich »draußen« allenthalben anbahnte, hatte sie nichts gemein. Nun aber pfiff der scharfe Wind der Zeit auch in diese abgelegene Oase. Würde Feigl damit fertig werden?

Franz brach den Hirsch auf und verblendete ihn. Dann sagte er: »Am Nachmittag hol ich ihn, zusammen mit dem

Wastlwirt. Das Geweih koch ich ab und stell es Ihnen dann zu. Halten Sie es in Ehren, und denken Sie dabei an Ihren alten Jager Franz. Ich glaub net, dass ich Sie noch einmal führen darf!«

Schweigend stiegen sie ab.

Im Winter war Feigl mit seinem Wild allein wie immer. Mit dem Füllfutter war Kronenberg nicht sparsam gewesen, aber die Schmankerl hatte er gestrichen. Franz langte in die eigene Tasche und plünderte die Dachbodenkammern der Bauern, wodurch er einige Zentner Äpfel und Birnen zusammenbrachte, die ihm der Wastlwirt mit seinem Ross gratis zur Fütterung hinaufschaffte.

Jeden Tag, bei jedem Wetter, stapfte Franz hinauf zu seinem Wild. Dabei vergaß er fast den Herrn Kronenberg.

Aber als das Frühjahr kam und im Tal und an den Südhängen der Schnee schmolz, brachte sich dieser umso schmerzlicher in Erinnerung.

Zuerst war es ein Messtrupp, der Franz Feigls Misstrauen erweckte. Die Leute stiefelten respektlos durch den buckligen Hang unterhalb der Hahnbühelleite und zertraten die zarten, weißen Krokusblüten, die überall aus dem braunen Boden schossen.

»Was tut denn ihr da?«, fragte er den Erstbesten der Männer.

»Den Weg vermessen wir«, sagte der.

»Den Weg, wohin?«, rief Franz aufgeschreckt.

»Auf den Hahnbühel!«, bekam er zur Antwort.

»Hahnbühel … Hahnbühel … da ist doch nix droben«, sagte Franz.

Da kam der Chef der Truppe heran: »Jetzt noch net, aber wir vermessen ja den Weg bloß, damit der Herr Kronenberg auf dem Hahnbühel sein neues Jagdhaus bauen kann. Sie sind doch sein Jager. Dass Sie das net wissen?«

»Auf dem Hahnbühel ein Jagdhaus? Da weiß ich nix!«, antwortete Franz grob und lief, so schnell er konnte, zum Bürgermeisteramt.

»Ist das wahr, dass der Herr Kronenberg auf dem Hahnbühel ein Jagdhaus baut?«

»Da weiß ich noch gar nix«, wich ihm der Bürgermeister aus, »das musst doch du besser wissen!«

»Genehmigt ihr, oder genehmig ich?«, sagte Franz scharf.

Der Herr Bürgermeister versuchte Franz zu beruhigen: »Noch ist gar nix genehmigt!«

»Aber vermessen tun s'!«

»Das kann ich net verhindern. Ich frag mich bloß, warum du so einen Wind machst. Das Jagdhaus kann dir doch bloß recht sein. Vielleicht richtet dir der Herr Kronenberg eine Wohnung ein, fällt eh schon zusammen, deine alte Burg!«

Franz bekam einen roten Kopf.

»Ich scheiß ihm was auf seine Wohnung! Der Hahnbühel ist der beste Wintereinstand für unsere Rehe. Und Hirsche sind auch dort. Im Frühjahr ist das der erste Platz, wo eine Äsung wächst, und gleich oberhalb ist der beste Auerhahnbalzplatz vom ganzen Revier. Da duld ich keine Unruhe!«

Nun wurde es aber dem Gemeindeoberhaupt langsam zu dumm: »Was sagst du denn das mir? Sag's doch dem Herrn Kronenberg, vielleicht kriegst dann eine Gehaltsaufbesserung!«

Und damit ließ er den verdutzten Franz allein. Tagtäglich richtete nun der Franz sein scharfes Fernglas auf den

Hahnbühel. Als der Messtrupp fort war, geschah zunächst nichts. Dann tauchte ein einzelner Herr auf, kraxelte auf dem Hang herum und schrieb hin und wieder etwas in sein Notizbuch. Dann erschien eine ganze Kommission von Herren, debattierte heftig, schüttelte die Köpfe, beruhigte sich und zog wieder ab, nicht ohne beim Wastlwirt einen Teil der Tagesspesen in eine rustikale Brotzeit umgesetzt zu haben.

Danach war es drei Wochen lang still im Hahnbühel, und der Feigl Franz nährte schon die Hoffnung, die Herren hätten sich von der unberührten Schönheit der Krokuswiese beeindrucken lassen, und der Kelch ginge noch einmal vorüber. Doch die Stille trog.

Eines Morgens ratterte ein Motor auf; eine Schubraupe senkte ihre Schaufel wie ein Stier in den Hang und wütete sich in langen Windungen bis hinauf zum Waldrand. Und kaum, dass die Zufahrtsstraße grob geschottert war, plagte sich der erste Bagger nach oben und hob eine Baugrube aus, fast so groß wie für ein Hotel. Und dann ging es Schlag auf Schlag. Kronenberg scheute offenbar keine Mittel. Im Sommer sollte das Jagdhaus stehen.

»Das darf doch net sein!«, schrie Franz in das ohrenbetäubende Lärmen hinein, aber niemand am Bauplatz beachtete ihn.

Am Nachmittag hockte er sich auf sein altes Motorrad und fuhr ins Forstamt, um beim früheren Chef seinen Kummer abzuladen.

»Herr Forstmeister«, schnaufte er, und in seinem Kropf pfiff es vor Aufregung, »Herr Forstmeister, die machen den Hahnbühel kaputt, wir müssen was dagegen tun, das gibt's doch net, dass so was sein darf!«

Berwein drückte den Franz auf einen Stuhl. Der sonst

so tatkräftige Mann machte einen verwirrten und hilflosen Eindruck. Er deutete auf die Wand hinter seinem Schreibtisch.

»Da hängt er, der Zwölfer, direkt über meinem Kopf. Wenn einer von vorn herschaut und ein bissl die Augen zukneift, meint er, das Geweih wächst mir direkt aus dem Schädel heraus. Meine Frau findet, ich soll's ein bissl seitwärts hängen, was sagst du?«

Franz lächelte ein wenig und brummte: »Manchmal tät ein Kampfgeweih an einem Beamtenschädel net schaden, zum Beispiel jetzt!«

Berwein überhörte die Anzüglichkeit und nahm sich eine Zigarette aus dem Etui. »Ich hab's mir gedacht, dass es dich hertreibt. Das Jagdhaus ist ein Skandal. Drei Hütten stehen am Berg, eine jede am bestmöglichen Platz. Echte Berghütten, gemütlich und einfach, das beste Hausmittel gegen den Zivilisationsdreck. Und für die Frauen und die Kinder hätt es ein alter Bauernhof herunten im Tal auch getan. Der Loidlberger tät gleich verkaufen. Aber der Protz und die Eitelkeit wollen sich net verstecken, die brauchen eine Balzwiese, und da ist der schönste Platz im Revier gerade gut genug! – Eine Jagdvilla, mitten am Berg, das haben sich net einmal die hirschnarrischen Bayernkönige geleistet!«

»Sie denken das Gleiche wie ich!«, rief Franz mit rotem Gesicht und drückte seinem Chef dankbar die Hand.

»Aber nutzen tut's uns nix!«, sagte Berwein kleinlaut und zog seine Hand vorsichtig aus Feigls schrundiger Pratze.

»Warum?«, fuhr Franz auf, »ist denn der Herr Kronenberg ein Herrgott? Kann sich der mehr erlauben als der König Ludwig? Zu was ist dann das Forstamt da, bloß zum Zuschaun? Oder traut ihr euch bloß bei den Kleinen was, bei den Schafhaltern und Almbauern?« Berwein räusperte sich, aber ungerührt fuhr Franz mit seiner Anklagerede fort: »Wie seinerzeit der alte Kunstmaler Kreislmeier im Jochtrett droben eine alte Almhütte pachten wollt, ums Alpenglühn an Ort und Stelle zu studieren und auf einem Bild zu verewigen, da ist 's hintertrieben worden mit allen Mitteln. Und in der Hirschbrunft, da habt ihr Jahr für Jahr am Alpenvereinssteig Holz geschlagen, damit er unpassierbar wird und die Jagd net gestört wird, und jetzt, wo auf einen Tisch geschlagen gehört, dass die Wänd wackeln – jetzt zieht ihr den Schwanz ein!«

Schweigend, nur ab und zu nervös an der Zigarette ziehend, hörte sich Berwein die massiven Vorwürfe seines früheren Jägers an. Er wusste nur zu gut, dass Franz Recht hatte. Aber die Amtsgewalt eines Forstmeisters reicht eben leider nicht viel weiter als bis zum kleinen Schafhalter.

Das Jagdhaus wurde auf Privatgrund gebaut. Der Grundstückskauf war bereits rechtswirksam, der Bauplan genehmigt. Nur noch allerhöchste Weisung vermochte das Projekt zu verhindern.

Berwein sagte: »Das Jagdhaus ist unnötig und darüber hinaus eine Provokation. Wir können einpacken mit unserm Naturschutz. Diese Meinung hab ich deutlich und nach allen Richtungen hin vertreten. Der Telefondraht ist noch heiß, frag den Forstsekretär. Aber der Herr Kronenberg schiebt von oben her, und da sind wir machtlos!«

Franz sprang auf: »Dem Telefondraht trau ich net! Ich nehm einen Tag Urlaub und fahr nach München in die Regierung. Vielleicht erwisch ich irgendwo noch jemanden, der dem Herrn Kronenberg zeigt, wo der Bartl den Most holt! Pfüat Gott!«

Tatsächlich fuhr der Revierjäger Feigl am nächsten Tag in die Landeshauptstadt und klopfte energisch und sich seiner Bürgerrechte bewusst an eine Anzahl von Türen, hinter denen er sowohl einflussreiche als auch furchtlose Politiker vermutete. Aber, falls es diese gegeben hätte, so waren sie doch leider entweder vorübergehend oder überhaupt abwesend. Hatte aber einmal der Franz den Fuß schon in der Tür und die Sekretärin respektlos auf die Seite geschoben, so musste er sich überzeugen lassen, dass er an unzuständiger Stelle vorgesprochen hatte. So stolperte Franz mit rotem Kopf und schiefer Krawatte von Tür zu Tür, bis er müder war als nach der anstrengendsten Bergpirsch. Also hielt er in einem gastlichen Bierkeller Einkehr.

Den Keller schmückte ein großes Wandgemälde, das den Schmied von Kochl darstellte, wie er mit seiner tapferen Oberländerschar gen München marschierte, um mit Hellebarde und Morgenstern Heimat und Ehre vor den kaiserlichen Erbschleichern zu retten.

Franz trank eine Maß, eine zweite und eine dritte, und der streitbare Dorfschmied mit seinem wilden Schnauzbart und seiner kühnen Adlernase wurde ihm immer sympathischer.

»Wenn gar nix nutzt, mach ich's wie der Schmied und geh auf den Kronenberg mit der Heugabel los«, sagte er laut vor sich hin; und wenn auch der Alkohol seinen Mut gesteigert haben mochte, so glühte der Funke doch weiter. Damit aber ein Brand daraus würde, musste jemand erst noch kräftig hineinblasen.

Als das Jagdhaus am Hahnbühel fertig war, wurde ein großes Fest gefeiert. Der ganze Speisesaal war voll gepfropft mit Gästen, über deren mehr oder minder kahle Häupter ein paar berufsmäßige Festredner den Weihrauch der Naturverbundenheit und Waidgerechtigkeit streuten. Von der Forstbehörde war niemand zu sehen, bis auf den Oberförster Biermichl, der zur »Beobachtung« abgeordnet worden war.

Als er später über seine Eindrücke befragt wurde, sagte er: »So viel ist noch nie gelogen worden auf einem Jagertreffen. Vom edlen Waidwerk haben sie geredet, und eine Hirschhandelsgesellschaft, mit ziemlich beschränkter Haftung, wie mir scheint, haben sie gegründet, zum Speien war's! – Ich hab mich dann mit einer faulen Ausrede verdrückt!«

Der Feigl Franz aber musste aushalten bis zum Schluss, weil er sozusagen zum Inventar gehörte, wie die Hirschgeweihe an der Wand, die mangels eigener Bestände von einem Jagdartikelgeschäft ausgeliehen worden waren. Der Jäger Feigl wurde zwischen den Gästen hin- und hergereicht wie eine Berchtesgadener Holzschnitzerei, und er brachte dabei allmählich einen hübschen Rausch zusammen, weil er den vielen Cognac nicht gewöhnt war.

Als er merkte, dass aus dem Zwölferhirsch, der über dem offenen Kamin des Saals hing, ein Vierundzwanzigender wurde, ging er schnell auf die Veranda hinaus, um ein wenig frische Luft zu schöpfen.

Gerade wollte er sich über die Brüstung beugen, um die frisch eingesetzten Kletterrosen zu düngen und Platz zu schaffen für eine erfrischende Halbe Weißbier, da stand plötzlich der Herr Kronenberg hinter ihm und sagte: »Gefällt Ihnen wohl nicht, der Betrieb, wie?«

Franz drehte sich um und sagte mit schwerer Zunge: »Gar net! Und wenn ich dran denk, dass ich die Flachlandtiroler da drin zum Schuss bringen soll, dreht's mir den Magen um!« Der Herr Kronenberg hatte selber schon einen ziemlichen Stiefel gebechert, aber er verfügte über eine unwahrscheinliche Kondition, sodass man seinem glatten Gesicht nicht das Geringste ansah; bloß die Beine schlingerten ein wenig, als müssten sie die Schaukelbewegung eines Schiffes auf mäßig bewegter See ausgleichen.

»Feigl«, sagte der Herr Kronenberg und zündete sich eine Zigarette an, »was ich sagen wollte – Sie haben sich gegen meine Baumaßnahmen stark gemacht und das sogar an höchster Stelle, wie ich erfahre. Ich bewundere Ihre Zivilcourage, aber bedenken Sie, dass Sie in meinen Diensten stehen. Was hier oben geschieht, hat mit Jagdvergnügen nicht das Geringste zu tun. Hier werden Beschlüsse gefasst und Transaktionen vorbereitet, von deren Tragweite Sie nicht einmal träumen können. Dazu brauche ich ein Instrumentarium, das exakt und schnell nach meinem Willen arbeitet. Und Sie gehören dazu. Dafür bezahle ich Sie. Wer glaubt, bremsen zu müssen, wird entfernt, und wer sich gegen mich stemmt, kommt um! Dabei halte ich mich nur an die Naturgesetze, die Sie ja kennen müssen. Also, das war's!«

Der Herr Kronenberg trat seine Zigarette aus und ging unbewegten Gesichts hinein zu seinen Gästen.

Dem Feigl Franz aber war zumut, als habe ihn ein eisiger Wind angeblasen. »Bei dem werd ich net alt«, murmelte er, holte seinen Umhang aus der Garderobe und stampfte ernüchtert heim.

Nachdem der Herr Kronenberg unter dem Einfluss von gut einem Dutzend Gläsern Cognac die Maske hatte fallen lassen und hinter dem glatten Rheinländergesicht die Konturen des Neandertalers zum Vorschein gekommen waren, machte sich Franz Gedanken hinsichtlich einer neuen Stellung. Aber im Revierjägerberuf war, wenigstens im Alpenraum, das Angebot immer noch größer als die Nachfrage, und auf die alten Tage noch umlernen oder gar fortgehen von Berg, Wild, Heimat? Aber besser Karnickel züchten, als dem Herrn Kronenberg & Company in den Arsch kriechen!

Doch ehe Franz sein Kündigungsschreiben mit schwerer Hand auf einen Briefbogen gekritzelt hatte, traf im Jagdhaus Besuch ein. »Ich bin der Wolfgang!«, sagte der Besuch, »und wer bist du?«

Der Besuch war zwischen sieben und acht Jahren alt und Kronenbergs einziger Sohn.

»Ich bin der Jäger«, sagte Franz, dem das magere, strohblonde Bürscherl auf Anhieb gefiel. »Deinem Vater siehst aber gar net ähnlich!«

»Aber der Mama«, sagte der Kleine forsch, »die ist mir auch lieber.«

»Mir auch, obwohl ich s' net kenn«, murmelte Franz. Dann sagte er laut: »Wie lang bleibst denn bei uns?«

»Lang«, sagte der Bub, »bis mich meine Mama abholt, die ist nämlich im Bad.«

»Braucht deine Mama so lang zum Baden?«, grinste Franz. »Wenn ich bad, bin ich in zwei Minuten sauber.«

Der kleine Kronenberg schüttelte seinen Kopf: »Also, so richtig sauber siehst du nicht aus.«

Franz zwirbelte seinen Schnurrbart auf: »Jetzt schau mal den Rotzbuben an!«

»Was ist Rotzbube?«

»Ein Saubub, ein Rotzlöffel – ja bist denn du unter der Käsglockn auf d' Welt kommen, dass du gar nix verstehst?«

»Käsglockn, ist das Käseglocke?«

»Endlich. Ich glaub, wir kommen noch zusammen!«

»Rauchst du auch Pfeife?«

»Warum?«

»Weil du nach Tabak stinkst. Lässt du mich mal an deiner Pfeife ziehn?«

»Jetzt schaut doch den ...«

»Schon gehört ... Also, was ist, rauchen wir Brüderschaft?« Franz kramte seine Pfeife hervor und stopfte sie bedächtig. Der Bursche gefiel ihm.

»Also gut«, sagte Franz, »rauchen wir also eine Pfeife miteinander. Du zündest an!« Und er drückte dem Wolfgang die Pfeife in die kleine Kinderhand.

Der Bub nahm das Mundstück in den Mund und verzog keine Miene, obwohl es ihn sichtlich ein wenig würgte.

Franz lachte: »Gilt schon, unsere Freundschaft ist bereits besiegelt. Wenn du sie anzündest, reißt es dir den Kopf weg!«

»Warum?«, fragte der kleine Kronenberg.

»Weil«, sagte Franz gewichtig, »die oberbayerischen Jager und Wildschützen statt Tabak auch Schwarzpulver rauchen und bloß der Kopf von einem oberbayerischen Jager oder Wilderer den Druck von den einzelnen Explosionen aushält!«

»Du lügst«, rief der Bub begeistert, »erzählst du mir eine Wilderergeschichte?«

»Später einmal«, sagte Franz, »jetzt muss ich auf den Berg und den Pirschsteig herrichten.«

»Nimm mich mit!«, sagte der kleine Wolfgang bittend und hüpfte am Franz hoch.

Da erst bemerkte Feigl, dass der kleine Kronenberg am linken Fuß einen Stützapparat trug.

»Du hupfst«, stotterte er, »du hupfst daher wie ein Böckerl. … wie ein Gamsböckerl …«

Der Bub hatte seine Hände um des Jägers Hals geschlungen und bettelte: »Nimm mich mit!«

Da nahm ihn Franz um die Hüfte und setzte ihn mit einem Schwung auf seine Schulter. Er ging ein paar Schritte. Er spürte den Buben gar nicht.

»Gut«, sagte er, »aber erst müssen wir's mit deinen Leuten bereden. Wenn s' nix dagegen haben, komm ich übermorgen wieder her und hol dich ab.«

»Ich möchte auch so ein oberbayerischer Jäger sein«, flüsterte das Böckerl und sah dem Franz nach, wie er mit kräftigem Schritt in den Hundsalmsteig einbog.

»Pfüat dich, Böckerl«, rief Franz zurück, dann hatte ihn der Wald verschluckt.

Auf dem Rabenpalven

Inzwischen hatte Wolfgang Kronenberg von seiner Mama die fernmündliche Genehmigung erhalten, mit dem Jäger auf den Berg zu steigen, aber bloß zu einer friedlichen Augenpirsch. Frau Kronenberg war keine Freundin der Jägerei, und der Bub sollte gar nicht erst auf den Geschmack kommen. Franz wurde angewiesen, sein Gewehr zu Hause zu lassen.

Aber ein Jager ohne Büchs? Davon waren nun weder Franz noch Böckerl begeistert, und so befanden die zwei schließlich, dass die Büchs mitgenommen, aber, auf Eid, nicht benutzt werden sollte.

Eines frühen Morgens holte also Franz den Wolfgang ab, und die beiden schritten auf den Berg zu, und zwar in Richtung des Rabenpalven, der auf einem nicht allzu schwierigen Steig zu erreichen war. Böckerl hüpfte tapfer dahin, aber es war abzusehen, dass er das Ziel trotz größter Kraftanstrengung nicht erreichen würde. Sein linkes Bein war versteift und auch ein beträchtliches Stück kürzer als das rechte; bei flachem Boden entwickelte der kleine, drahtige Kerl eine ansehnliche Geschwindigkeit, doch bergauf hinderte ihn der steife Fuß so sehr, dass er bald anfing, leise zu seufzen.

Franz sah es mit großem Mitleid, aber er wusste auch, dass es für einen körperlich Behinderten nichts Grausameres gibt, als ihm das Mitleid offen zu zeigen.

Er wischte sich daher den Schweiß von der Stirn und sagte: »Du gehst mir zu schnell, Böckerl, denk doch dran, dass ich ein alter Knacker bin.«

Böckerl schnaufte: »Wie alt bist du denn eigentlich?«

»Näher an die fünfzig wie an die vierzig«, seufzte Franz und hockte sich am Wegrand nieder.

»Hast du keine Frau?«, fuhr Böckerl fort.

Franz schüttelte den Kopf. »Nein, meine Mutter hab ich halt.«

»Aber wenn deine Mutter stirbt, dann bist du allein!«

»Das schon, aber dann hab ich allerweil noch meine Hex.«

»Und wenn deine Hex stirbt, was dann?«

»Dann taug ich auch nix mehr … ach was, reden wir von was anderem, das heißt, gehn wir lieber wieder, dass wir net in die ärgste Hitz reinkommen.«

Und so gingen sie weiter. Böckerl hatte nun ein wenig ausgerastet, aber es dauerte nicht lange, da fing er wieder leise an zu seufzen.

»Ich weiß net«, sagte Franz, »ich fühl mich heut so wacklig. Ich mein, ich nehm dich ein bissl auf den Rücken, damit's mir das Kreuz ein bissl zusammendrückt und die Füß besser belastet sind.«

Zweifelnd sah Böckerl den Jäger an. »Und das soll ich dir glauben?«

»Ich mach keine Sprüch«, beteuerte Franz, »ich kann einfach net gehen, wenn ich net irgendwas zum Tragen hab. Mein Kreuz ist auf zwanzig bis dreißig Kilo Last eingespielt, das sind drei große Salzsteine oder ein Gamsbock. Wenn ich das net auf dem Buckl hab, kommen mir die Haxen durcheinander, und am Schluss haut's mich noch hin. Geh, unterstütz mich, und hock dich ein bissl drauf!«

Und Franz kniete sich nieder, steckte den Kopf durch Böckerls Beine hindurch und hob ihn in die Höhe. »Jetzt fühl ich mich wohl, und den Hals wärmt's mir auch, ich krieg nämlich so leicht Rheumatismus.«

Nun saß also Böckerl auf Feigls Schultern, und dieser schritt so mächtig aus, dass der Bub sich an des Jägers dichter Haarwolle festhalten musste. Fast ein wenig beleidigt sprang Hex hinterdrein.

An den Palvenalmen machten sie eine kurze Rast. Franz schwitzte gewaltig und wischte sich ununterbrochen mit seinem riesigen Taschentuch das Genick ab. »Das ist gesund«, schnaufte er, »mit dem Schweiß kommt die Krankheit raus, ich bin dir ja so dankbar, dass d...«

»Lügen-Franz«, rief Böckerl und gab Franz blitzschnell einen Kuss auf die verschwitzte Stirn. Franz vergaß fast zu atmen.

»Böckerl«, sagte er leise und sah den Buben dankbar an. Hex war zwischen seine Beine gekrochen, und so lagerten sie alle drei auf der trockenen Almwiese vor dem Steffl Kaser.

»Letztes Jahr war noch die alte Steffl Marie heroben«, erzählte Franz. »Das war ein Weibsbild, die hat den Teufl net gefürchtet. Die hat jeden Stier gebändigt, indem sie ihm den Schwanz eingedreht hat, bis er so zahm geworden ist wie ein neugeborenes Kalb. Über zwanzig Almsommer war sie ganz allein da heroben, ohne dass sie einen Tag krank war. Dann hat sie sich hingelegt und ist gestorben. Jetzt treibt niemand mehr sein Vieh herauf, und der schöne Almboden wächst zu.«

»Schade«, sagte Böckerl, »hier ist es so schön!«

»Aber da, wo ich dich heut hinführ, ist's noch schöner«, sagte Franz und lud Böckerl ein, wieder auf seinen breiten Schultern Platz zu nehmen.

»Sieht man da auch Wild? Bis jetzt hab ich noch gar nichts gesehen!«

»Ein Bergrevier ist kein Tierpark«, belehrte ihn Franz, »aber heut zeig ich dir ein Platzerl, da geht's schon einmal zu wie in Hellabrunn.«

»Und welches Wild zeigst du mir?«, wollte Böckerl wissen.

»Das interessanteste und unterhaltsamste, das der Berg aufzuweisen hat«, sagte Franz.

»Und das ist?«, drängte der Bub ungeduldig.

Feierlich antwortete Franz: »Die Gams!«

»Viele?«

»Ganze Rudel!«, prahlte Franz. »Der Palven ist der beste Gamsberg weit und breit. Da stinkt es an manchen Plätzen wie in einem Schafstall!«

»O, ich freu mich schon, hühott ... hühott ...«, rief Böckerl und zog den Franz an den Ohren, um seine Gangart zu beschleunigen.

Nach etwa einer dreiviertel Stunde waren sie auf dem Palvensattel. Hier gabelte sich der Steig; einer führte hinauf zum Gipfelkreuz, der andere schräg hinab in die Nordostflanke. Böckerl meinte, es ginge bergauf, aber Franz belehrte ihn: »Der Gipfel ist für die Touristen da, wir Jager haben da droben nix zu suchen. Wo wir jetzt hingehn, hört die Welt auf. Da gibt's bloß noch Steine und Latschen, und wenn du runterschaust, drückt's dir den Magen ab. Bist überhaupt schwindelfrei?«

Böckerl schluckte ein wenig, und Franz kniete sich hin, um seinen kleinen Reiter absteigen zu lassen. Jetzt wurde der Steig ganz schmal, und plötzlich hörte er auf. Sie waren auf dem »Fürcht dich net« angelangt, einem berühmten Gamsstand, den Feigls Vater entdeckt hatte. Zu drei Seiten fiel der Fels steil in die Tiefe; auf dem schmalen Plateau, das von niederen Krüppellatschen umwachsen war, hatten gerade zwei erwachsene Männer Platz für ihre Beine. Als Sitz diente eine uralte, dicke Latschenwurzel und als Rückenlehne der flechtenbehangene Stamm eines Wetterbaums, der wie ein Schiffsmast in den Himmel ragte. Franz breitete seinen Mantel auf den Sitz und sprach mit Feldherrengebärde: »Bittschön, Majestät, nehmen S' Platz. Was Sie jetzt sehen werden, ist im ganzen Alpenland einmalig – nämlich die berühmte Gamsrutsche vom Palvenberg!« Er packte Böckerl hinten am Anorak und hieß ihn, sich nach vorn zu beugen.

»Siehst das Schneefeld dort unten?«, flüsterte er. »Das schmilzt net einmal im heißesten Sommer. Im ganzen Palvengebiet ist das der luftigste und kühlste Platz. Bloß ganz in der Früh kommt die Sonn ein bissl hin, sonst ist immer Schatten. Ich hab's noch net einmal erlebt, dass da unten keine Gams gesessen wären. Siehst du sie?«

Böckerl schaute und schaute. Dann flüsterte er: »Ich sehe nichts!«

»Das gibt's net«, sagte Franz unwillig und lehnte sich gleichfalls nach vorne. Aber das Schneefeld war leer. Franz war niedergeschmettert.

»Das gibt's doch net ... das gibt's doch net ...«, murmelte er immer wieder. Das Böckerl aber konnte den Franz nicht leiden sehen und tröstete ihn: »Wir bleiben einfach sitzen, bis die Gämsen kommen. Inzwischen machen wir Vesper, und du erklärst mir dabei die Berge. Einverstanden?«

»Aber verstehn tu ich das net ...«, brummte Franz und kramte zerstreut die Brotzeit aus dem Rucksack.

Die Aussicht auf dem Stand war gewaltig. Ganz draußen im Dunst lag die Stadt Salzburg. Deutlich sah man die Mauern der Feste. Weiter im Süden ragte das riesige Massiv des Dachsteins in den Himmel, dann folgte der Hohe Göll mit seinen gefährlichen Wänden, die einsame Hochlandschaft des Steinernen Meers, die Felsentürme Watzmann und Hochkalter, die schaurigen Abstürze der Reiteralm.

Böckerl wurde nicht müde, umherzuschauen, aber Franz war die gewaltige Kulisse gewöhnt und mühte sich ab, den Speck in möglichst dünne Scheiben zu schneiden. Dabei lugte er immer wieder hinunter auf die »Gamsrutsche«.

»Weißt du was?«, sagte Böckerl, während er sein Brot kaute, »bis die Gämsen kommen, kannst du mir eigentlich die versprochene Wilderergeschichte erzählen.«

»Schon, schon …«, brummte Franz unkonzentriert und suchte mit seinem Fernglas den Gegenhang ab, denn er vermutete eine Störung durch die Bergtouristen. Aber er konnte nirgends einen Menschen entdecken, und auch auf dem Palvengipfel war niemand zu sehen.

»Gibt's hier noch Wilderer?«, wollte Böckerl wissen.

»Ich glaub net«, sagte Franz und schob seiner Hex ein Stück Speck ins Maul. »Einen echten Wilderer hab ich, solang ich Dienst mach, eigentlich nie erlebt. Was manchmal da oben herumgeschlichen ist, das waren abenteuerlustige Burschen, die ihren Mut beweisen wollten. Einem von diesen Kerlen, der's ein bissl zu bunt getrieben hat, hab ich in die Wade geschossen und ihn dann bei der Polizei abgeliefert – das war der Pinzgauer Sigi von St. Martin. Seitdem ist Ruh gewesen.« Böckerl konnte seine Enttäuschung nicht ganz verbergen.

»Dann wird also gar nicht mehr gewildert?«

»Nein«, sagte Franz, »die Burschen von heut haben keinen Sinn mehr für die Berge. Die wildern lieber auf dem Parkett vom Kurhotel.«

»Schade«, seufzte Böckerl.

»Und ich bin froh«, sagte Franz. »Ich schieß net gern auf einen Menschen. Meinem Vater ist's net erspart geblieben, der hat im Zweikampf einen Lumpen erschossen. Später hat's ihn dann selber erwischt, und die Leute haben gesagt: ›Jetzt ist er tot, der Kasper, das hat er jetzt von seinem Übereifer.‹ – Nein, ich trauere dem net nach, dass die Wilderei aufgehört hat!«

»Aber eine Wilderergeschichte wirst du doch wohl wissen?«, bohrte Böckerl hartnäckig.

»Die sind alle gelogn!«, lachte Franz. »Das heißt, eine, die ist verbürgt, die hat mein Großvater immer erzählt, ein Mann wie ein Felsen und gefürchtet im ganzen Oberland ...«

»Bitte ... bitte ...«, bettelte Böckerl.

Franz kramte seine Pfeife aus der Jackentasche und füllte sie in nervenaufreibender Ruhe mit Tabak. »Also gut, dann erzähl ich dir sie halt. Die Geschicht heißt:

Der Pulverwastl

Da war einmal ein Mo ... Mann, wollt ich sagen. Selbiger hieß mit Schreibnamen Sebastian Hinterstoder, aber bekannt war er bloß unter dem Namen ›Pulverwastl‹. Der Pulverwastl war ein Mann, der gewissermaßen ein Jäger war, aber ohne Jagdschein, weil es in der damaligen Zeit für einen gewöhnlichen Bauernknecht keinen Jagdschein gab und ihm auch der Diridari dazu gefehlt hätt.«

»Diridari, was ist das?«, wollte Böckerl wissen.

»Pinkepinke, verstehst das? Kein Mensch, die Berufsjäger net ausgenommen, so erzählte mein Großvater, hat so vui ... so viel vom Wild, vom Berg, vom Schleichen, vom Täuschen verstanden wie der Wastl. Er war ein Viechermensch, und manche haben fest behauptet, sein Vater wär ein Braunbär vom Winkelmoosgebiet gewesen, der sich mit einem Luchs vom Rauschberg gekreuzt hätt, und daraus wär der Pulverwastl entstanden.

Tag um Tag logierte der Wastl im Freien und ist mit einem Stückl Brot auskommen. Aber wenn er seinen alten Vorderlader in Schussrichtung gebracht hat, war's geschehn um den Hirsch oder um die Gams oder um das Reh. Manchmal haben s' eine regelrechte Treibjagd abgehalten, der Wastl und seine Truppe, und die Bauern haben ihnen dafür eine lebenslängliche Abgabe zugesichert, weil das Wildbret sich damals schrankenlos vermehrt hat und die armen Bergbauern noch ärmer gemacht hat. Deswegen hat der Pulverwastl im Pinzgau und im Salzburgischen einen Ruf gehabt wie im Flachland draußen der Bayerische Hiasl. Kannst du mir eigentlich folgen?«

»Ich versteh dich genau«, rief Böckerl, »du redest hochdeutsch wie ein Lehrer!«

»Vielleicht bin ich einer und weiß es gar net«, murmelte Franz und schaute kurz hinunter zum Schneefeld. Aber immer noch war keine Gams zu sehen, dabei ging es schon auf Mittag zu. So fuhr er fort: »Der Pulverwastl war schon hoch in den Sechzigern und immer noch ein Wildschütz mit Leib und Seele. Sein liebstes Wild war die Gams, und die guten Böck standen meistens herüben im Bayerischen, im Karkogel-Gebiet und da heroben im Palven. Die Gams ist recht neugierig, und das hat sich der Wastl zunutz gemacht, indem er sich vor dem Pirschgang eine Gamsdecke umgehängt hat, in die eine Hirnschale mit einer starken Krücke eingenäht war. Wenn er sich dann gebückt hat und auf allen vieren rumgekrabbelt ist, haben die Gamsböck sich täuschen lassen und sind näher gekommen, um den seltsamen Herrn Kollegen anzuschauen.

Der Wastl hat aber die Angewohnheit gehabt, vor jeder Lumperei einen so genannten Pulverschnaps zu sich zu nehmen, das heißt, er hat sich ins Schnapsglas eine winzige Messerspitze Schwarzpulver getan, damit er besser trifft, hat er behauptet. Übrigens ist daher der Name gekommen – ›Pulverwastl‹.

Bei einem Glas ist's aber meistens net blieben, und drum hat der Wastl die meiste Zeit hübsch nach Schnaps gestunken … gerochen, wollt ich sagen. Damit aber des

Wild das net spannt, hat er sich vorher in einem Haufen Gamslosung gewälzt.

Jetzt hat sogar der Wind schlecht sein können, der Wastl hat die Gams überlistet und samt seinem Pulverschnapsrausch auch meistens eine getroffen!«

»Eine tolle Geschichte!«, rief Böckerl begeistert.

»Also hör zu, wie's weitergeht. Es ist nämlich gleich zu Ende mit dem Pulverwastl.

Der Wastl schleicht also wieder in seinem kohlschwarzen Teufelsumhang im Karkogel-Gebiet herum und hat zwei Kameraden dabei, weil er selber nimmer kräftig genug gewesen ist, um einen schweren Lackl von Gamsbock ins Tal zu bringen.

Die zwei jungen Burschen verstecken sich hinter einem Latschengebüsch und folgen mit größter Hochachtung und Bewunderung dem alten Wildererkönig bei seinem raffinierten Jagdgang. Aber der Wastl hat scheint's zu viel Schwarzpulver ins Schnapsglasl hineingebracht gehabt, und hat mehrere Male die Hose herunterlassen müssen – weißt schon, zu was. Das war jedes Mal eine rechte Geschicht, wegen seiner Montur, und aus den Latschen hat's hübsch aufdampft, und deswegen hat die ganze Jagerei net recht klappen wollen.

Auf einmal sehn die zwei Wildererlehrlinge, wie der Pulverwastl den Oberkörper in die Höh wirft und hinterrücks niederstürzt. Es hat genauso ausgschaut, wie wenn eine Gams einen guten Blattschuss hat.

Und tatsächlich hat sich das Echo von einem Schuss im steilen Gewänd des Karkogels gebrochen.

Entsetzt sind die zwei Burschen ins Dorf runtergerannt und haben von dem fürchterlichen Vorfall berichtet. Daraufhin haben sich dem Wastl seine Anhänger zusammengerottet und sind mit einer Tragbahre hinauf auf den Berg, wo sie den Wastl tatsächlich mausetot aufgefundn haben. In der Gamsdecke ist ein kleines Loch gewesen – und er hat tatsächlich einen Blattschuss gehabt.

Sie haben ihn dann samt seiner Gamshaut auf die Bahre gelegt, und wie die Prozession durchs Dorf zogen ist, haben die Frauen zuerst nix anderes gemeint, als dass die Männer einen Gamsbock vom Berg tragen. Und so wird's dem Pulverwastl, wie man ihn gekannt hat, grad recht gewesen sein.

Wer den Schuss abgegeben hat, ist nie aufgekommen, und auch net, ob es Absicht oder ein Versehen war.

Den Pulverwastl hat als Wildschütz keiner seiner Nachfolger mehr erreicht. Jetzt schau runter, Böckerl, jetzt kommt da drunt auch eine Prozession daher, acht … zwölf … sechzehn Gams – Geißen, Jährling und Kitz … jetzt wirst gleich was erleben …«

Böckerl spähte mit rotem Kopf zu den Gämsen hinunter, die ihr Familienleben völlig ungeniert vor den Augen der beiden Beobachter entfalteten. Die behäbigen Geißen legten sich am Fuß des Kars zur Ruhe nieder und beauftragten eine ältere Tante mit der Kinderaufsicht. Ein anderes älteres Tier mit ganz grauem Grind hockte sich seitwärts auf ein Felsköpfl und fungierte als Wachtposten. »Das ist die Zenz«, flüsterte Franz, »eine uralte Geiß. Zwei, drei Jahr setzt sie aus, auf einmal bringt s' wieder ein Kitz daher. Ich versteh den Gamsbock net, der sich an dem ledernen Frauenzimmer vergreifen kann!«

Die Gamskitze waren nun, in der Mitte des Hochsommers, schon zwei Monate alt und recht munter auf den Beinen. Aber auf dem steilen Schneefeld, da rutschten ihnen die kürzeren Läufe weg, so sehr sie sich auch einstemmten, und abwärts ging es, in sausender Fahrt, hinein in eine breite Mulde, wo sie zum Halten kamen. Dann wiederholte sich der Vorgang, immer und immer wieder; die Kitze hüpften schräg den Schneehang hinein und rodelten dann hinunter, eines hinter dem anderen, wie bei einer lustigen Schlittenpartie.

Franz hatte sich über die »Gamsrutsche« schon oft seine Gedanken gemacht und hinter dem scheinbaren Spiel einen Sinn gesucht.

»Was sagst du, Böckerl«, flüsterte er jetzt zu dem Buben hinüber, »ist das eine echte Gaudi, oder geht's mehr darum, die Läufe zu stählen und das Gleichgewichtsgefühl zu üben, das für eine Gams so wichtig ist? Die Natur hat net recht viel übrig für die reine Spielerei, da ist meistens was Ernsthaftes dahinter …«

Da tönte plötzlich ein Pfiff aus dem Schneekar herauf.

»Jetzt hat uns die alte Haubitze gewittert, ganz still halten«, flüsterte Franz.

Aber noch mal tönte der Pfiff. Die Gamsmütter erhoben sich aus ihren Lagern, die Kitze rannten zu den Müttern, und die Jährlinge rotteten sich zu einem Häuflein zusammen. Wie ein Denkmal stand die alte Zenz auf ihrem Felsköpfl und äugte hinauf zum Stand. Dann sprang sie ab in die Latschen und das ganze Rudel hinter ihr drein. Das Schneefeld war leer.

»Die alte Tante hat aber noch ganz gute Augen«, sagte Böckerl, und neben einem bissl Ärger war auch viel Anerkennung in seiner Stimme.

»Die ist für das Rudel mehr wert als für einen Einödbauern ein Wachhund. Drum acht ich auch drauf, dass net geschossen wird. Aber weißt was, jetzt steigen wir ab, und die nächste Woch greifen wir das Karkogel-Gebiet an, wo der Pulverwastl seinen letzten Atemzug tan hat. Ich zeig dir genau den Platz. – Und noch was zeig ich dir, von dem kein Mensch was weiß. Und jetzt aufsteigen, Herr Oberforstrat, der Muli braucht seine Last, sonst kriegt er ein weiches Kreuz!«

»Ich bin ja so glücklich«, juchzte Böckerl und bettete seinen Kopf auf den dichten Haarpelz vom Franz.

›Ich auch‹, dachte dieser, ›wenn du nur grad einen andern Vater hättst.‹ Und er drückte Böckerls magere Beine fest an sich.

Blasi, der Mankeibär

Als Franz mit dem Böckerl vom Palven zurückkehrte, wartete schon ein Jagdgast auf ihn, der zu einem Sommergamsbock eingeladen war. Kronenberg hatte seine Jagdgäste in drei Klassen eingeteilt. Sollte ein Gast infolge seiner überragenden Bedeutung für Kronenbergs geschäftliche Interessen auf möglichst ausgewähltes Wild unverzüglich zu Schuss kommen, so wurde er in die Klasse 1 eingestuft. In der Klasse 2 dagegen rangierten diejenigen Herren, deren Jagderfolg als nicht ganz so dringlich erachtet wurde, und wer vom Jagdherrn einen unsichtbaren Dreier auf die Lodenjacke aufgemalt bekam, der hatte in der Regel mit einigen Tagen Hüttenaufenthalt und der guten Bergluft zufrieden zu sein. Der Sommergamsgast war einer dieser geschäftlich wenig ergiebigen Fälle, und Franz schleppte ihn weisungsgemäß auf die jagdlich am wenigsten interessante Schöllkopfhütte.

Der Gast war aber kein unsympathischer Mann und ein erfahrener Jäger, weshalb es der Franz nicht übers Herz brachte, ihn lediglich mit einem Brustkasten voll Bergluft wieder nach Hause zu schicken. Er pirschte mit ihm in die Sojenleite hinüber und brachte ihn auf eine eng gestellte Mittelgams zu Schuss. Der dankbare Mann, dem seine niedrige Einstufung nicht entgangen war, belohnte ihn dafür mit einem erfreulichen Trinkgeld, was den mager besoldeten Revierjäger Feigl einigermaßen für den postwendenden Tadel durch den Jagdherrn entschädigte. Es sollte nicht der einzige Tadel bleiben, der durch die dankbare Spenderhand eines »Bergluftgastes« spürbar abgeschwächt wurde.

Wie sich nämlich im Lauf der Zeit herausstellte, pflegten die jagdlichen Qualitäten der Gäste meist umso geringer zu sein, je wünschenswerter dem Jagdherrn ein Erfolg erschien, wohingegen die »Bergluftgäste« fast durchwegs eine glückliche Kugel schossen. So ergab sich, dass Kronenbergs jagdliche Strategie nicht in dem gleichen Maß durchzusetzen war wie seine geschäftliche. Kronenberg, der über die seltsamen Launen des Jagdglücks und die anspornende Wirkung von Trinkgeld nicht gründlich genug informiert war, machte ausschließlich den »eigenmächtigen« Revierjäger dafür verantwortlich. Ein Grund mehr, ihn bei nächster Gelegenheit auszuwechseln.

Franz indessen freute sich schon auf seinen nächsten Jagdgast. Und wenn er ihn auch, entgegen dem Brauch, samt Rucksack und Fernglas huckepack auf den Berg zu befördern hatte, war er ihm doch der liebste, mit seiner unschuldigen Neugier und ehrlichen Dankbarkeit.

Kronenberg hatte für Ende August bereits den nächsten Gast angekündigt, diesmal einen aus der 2. Klasse, und außerdem sein eigenes Interesse an einem »nicht unbedingt kapitalen« Feisthirsch bekundet, weshalb Franz sich beeilen musste, sein Versprechen eines Ausflugs zu Pulverwastls Gedenkstätte einzulösen.

Als sie dann nach einem ziemlich schweißtreibenden Anstieg oben waren in den weiten Latschenfeldern der Südflanke des Karkogels und vor dem verwitterten Steinmandl standen, das die Stelle markierte, wo der alte Wildererkönig seinen letzten Seufzer getan hatte, sagte Böckerl traurig: »Mir tut ja der Pulverwastl so leid. Und dein Großvater hat ihn auch bestimmt nicht erschossen?« Franz, dem der Aufstieg mit seinem stark gehbehinderten Jagdgast beträchtlich zugesetzt hatte, pfiff wie ein altes Murmeltier.

Erst nach einer Weile vermochte er, sich fortgesetzt die blaurote Stirn trocknend, zu antworten: »Ich mein eher, dass es einer von der Konkurrenz war. Aber beschwören möcht ich 's net. Die Feigls können 's Maul halten!«

»Du auch?«

»Warum fragst das?«

»Weil ich dir etwas sagen möchte. Aber du darfst zu niemand darüber reden. Versprichst du mir das?«

»Auf Ehre und Gewissen!«, sagte Franz feierlich.

Böckerl legte seinen Mund an Franz' Ohrwaschl und flüsterte: »Ich mag dich viel, viel lieber als meinen Papa!«

Erschrocken fuhr Franz in die Höhe: »Um Gottes willen, Böckerl ...«

»Doch ... doch ...«, flüsterte Böckerl, »und weißt du, warum?«

»Ich will's net wissen!«, wehrte Franz ab.

Aber Böckerl ließ sich bei seiner Liebeserklärung nicht aufhalten: »Weil du deine Tiere so gern hast«, sagte er, »und wir haben nicht einmal einen Hund, obwohl die Leute sagen, dass Papa ein großer Jäger ist.«

»Dann kauft halt einen«, brummte Franz.

Böckerl schwang sich auf Franz' Schoß, sah dem Jäger sekundenlang in die Augen und sagte: »Ganz im Ernst, Franz. Könntest du nicht meine Mutter heiraten?«

Franz sprang entsetzt in die Höhe: »Aber ich bitt dich ...!«

»Meine Mutter ist wunderschön«, lockte Böckerl.

»Aber ich net!«, rief Franz und griff wieder zu seinem Taschentuch, um sich den Schweiß abzutrocknen. »Und für mein Monatsgehalt könnt ich deiner Frau Mama net einmal einen neuen Sonntagshut kaufen. Nein, Böckerl, lassen wir 's lieber beim Alten, und du nimmst mich gratis zur Familie dazu, als Onkel Franz-Jager, meinst net?«

»Schade«, seufzte Böckerl, »meine Mutter hätte dich bestimmt gemocht!«

»Da müsst s' schon stark kurzsichtig sein«, grinste Franz.

Aber der kleine Heiratsvermittler gab so schnell nicht auf: »Das werden wir ja sehen. Wenn meine Mama mich holt, stell ich dich vor. Einverstanden?«

Franz schüttelte energisch den Kopf.

»Nein, ganz und gar net. Ich bin nämlich ein Weiberfeind. Mir geht's genauso wie dem Blasi, wegen dem ich dich eigentlich da raufgeführt hab!«

»Wer ist Blasi?«, fragte Böckerl neugierig.

»Ein alter Mankeibär«, antwortete Franz, »beziehungsweise ein altes männliches Murmeltier. Früher waren die Mankei da heroben daheim, dann sind s' immer weniger worden. Zuerst hat man gemeint, der Adler hätt die Schuld. Aber der Adler ist verschwunden und die Mankei mit ihm. Ein früherer Forstmeister hat dann wieder Mankei eingesetzt, aber sie haben sich net gehalten. Bloß einer ist übrig blieben – der Blasi!«

»Wie alt ist der Blasi?«

»Das weiß kein Mensch. Aber fünfzehn Jahr gwiss!«

»Warum bringt ihr ihm keine Frau?«

»Die tät er derbeißen!«

»Weshalb?«

»Weil er ein Weiberfeind ist – wie ich!«, sagte Franz mit ernster Miene.

Böckerl legte den Kopf schief: »Und du würdest auch beißen ...?«

»Und wie!«, drohte Franz und ließ seine beachtlichen Zähne sehen.

Daraufhin folgte Böckerl ein wenig wortkarg dem Franz-Jager auf dem Weg zu des Mankeibären Blasi Junggesellenwohnung.

Diese lag in den freien Hängen des westlichen Mittagsjochs und war so angelegt, dass König Adler, der Mankeifeind Nr. 1, keine Aussicht hatte, unentdeckt an den Bau heranzukommen. Aber auch nicht die Jäger.

»Da droben unter dem Felsen ist sein Quartier«, sagte Franz, »er hat uns bereits gesehn, da geh ich jede Wette ein!«

»Dann kommt er sicher nicht heraus«, flüsterte Böckerl bedauernd.

»Der kommt, verlass dich auf mich«, grinste Franz, griff in seine Jackentasche und brachte eine Handvoll Hafer zum Vorschein. »Das streu ich ihm vors Loch hin, dann verstecken wir uns hinter einem Latschenbusch. Fünf Minuten, mehr brauchn wir net zu warten, dann kommt er raus und isst die Körndl auf. Das tu ich jedes Mal, wenn ich da heroben bin, und widerstanden hat er noch nie.«

Gesagt, getan. Geduckt hockten Franz, Böckerl und

die Hex hinter dem Latschenbusch, bei halbem Wind. Es dauerte ein wenig länger als sonst, aber dann kam Blasi tatsächlich zum Vorschein. Ein abgemagerter, grauer alter Herr, dem die Bergsonne wohl nicht mehr allzu lange auf das ruppige Fell scheinen würde. Er witterte mit penetranter Gründlichkeit und äugte mit seinen trüben Äuglein in die Runde, aber den Schatten des Adlers, blitzschnell über die Felsen streichend, den er so sehr fürchtete, konnte er nicht erspähen. So wendete er sich den duftenden Körndln zu, die es offenbar vom Himmel geregnet hatte, um seine alten Tage zu erfreuen.

Er stellte sich auf die Hinterläufe und knabberte eifrig. Er hatte viel Ähnlichkeit mit einem alten Bauern, der seine Brotzeit genießt, als wäre es die letzte.

Böckerl flüsterte aufgeregt: »Er ist ja so süß, der Blasi! Wirst du ihn auch nie totschießen?«

»So eine Patrone hab ich net«, beruhigte ihn Franz.

Dann stiegen sie ab.

Es begab sich aber, dass Böckerls Mutter früher als vorgesehen den ärztlich verordneten Badeaufenthalt abgebrochen hatte und im Jagdhaus bereits auf die beiden Hochtouristen wartete.

»Oh«, sagte Böckerl, »Mama ist da! Da will ich euch schnell miteinander bekannt machen!«

»Mir gehst«, rief Franz furchtbar erschrocken. »Ich ... ich ... hab noch was zu tun im Dorf drunten. Pfüat dich ... Pfüat dich ...«

Und fort war er.

Böckerl nahm seine Mutter bei der Hand, deutete auf den hochflüchtigen Franz und stammelte: »Das ist er, der Franz-Jager, von dem ich dir so viel geschrieben hab ...«

»Von hinten nicht übel, aber offenbar alles andere als ein balzender Auerhahn«, lachte Frau Kronenberg und schloss ihren Sohn in die Arme.

Die Auerhahnbalz im Treppenhaus

Übers Wochenende war überraschend Herr Kronenberg im Jagdhaus eingetroffen und entführte Böckerls Mama auf die Jochhütte, um ihr die Perle des Reviers, das Mittagsjoch, zu zeigen. Der alte Kugler Lois wurde als Träger engagiert.

»Warum hast du eigentlich den Jäger Feigl nicht mitgenommen?«, fragte Frau Kronenberg während des Aufstiegs.

»Weil mir der Mann auf die Nerven geht!«

»Aber Böckerl ist in ihn ganz vernarrt«, entgegnete Frau Kronenberg. Karlheinz Kronenberg blieb stehen. »Wer ist ›Böckerl‹?«

»Ach, du weißt das gar nicht?«, lachte Frau Kronenberg. »So sagt der Jäger Feigl doch zu Wolfgang. Ich finde das nett. Hat dir Wolfgang übrigens von dem alten Mankeibären Blasi erzählt?«

Kronenberg horchte auf: »Nein! Er erzählt mir nichts!«

»Du forderst ihn auch gar nicht dazu auf«, sagte Frau Kronenberg mit leisem Vorwurf.

Kronenberg entgegnete gereizt: »Ich denke, wir stellen unsere Erziehungsfragen für zwei Tage zurück.«

Frau Kronenberg sagte kühl: »Nun, das ist auch eine Lösung, und inzwischen erfährt Wolfgang von einem einfachen Bergjäger, was ein Vater für seinen Sohn bedeuten kann. Wenn du so weitermachst, wirft dich dieser Feigl noch aus dem Rennen ...«

Wütend drehte sich Kronenberg um: »Noch einmal den Namen und ...«

»Der Mann hat dir wohl zu viel Format?«, lächelte Frau Kronenberg ein wenig spöttisch.

Kronenberg zuckte zusammen. Dann sagte er: »Ich pflege meine Bediensteten nach dem Nutzen zu beurteilen, den sie mir bringen, nicht nach ihrem Format. Du solltest deinen Sohn darauf vorbereiten, dass die Schonzeit für den Jäger Feigl demnächst ablaufen wird ...«

Frau Kronenbergs Gesicht rötete sich: »Irgendwie bist du hassenswert ...!«

Kronenberg lächelte zynisch: »Ich weiß, aber ich glaube, ich kann es mir auf Grund meiner nicht ganz unbedeutenden Einkünfte leisten.«

Der Aufstieg ging in überaus frostiger Stimmung weiter, und der alte Kugler Lois, mit Rucksack, Büchse und zwei Lodenmänteln aufgepackt wie ein Tragesel, formulierte seine Gedanken in dem leise vor sich hingebrummten Satz: »Bei den bessern Leut gehört der Grant scheinbar zum guten Ton; die müssen eine schlechte Verdauung haben.«

Böckerl klopfte zur selben Zeit an die Tür des Jagerhäusls, um dem Franz die freudige Mitteilung zu machen, dass er bei ihm zu übernachten gedenke. Aber erst als Franz sich überzeugt hatte, dass Böckerl ohne seine »wunderschöne« Frau Mama gekommen war, ließ er ihn eintreten.

Dafür strafte ihn der Bub sogleich mit der Bemerkung: »Weißt du, was meine Mutter von dir gesagt hat?«

»Was?«, fragte Franz nicht ohne Spannung.

»Du seist alles andere als ein balzender Auerhahn.«

»Das weis ich zurück!«, rief Franz und tat, als sei er ganz ernsthaft beleidigt.

»Meine Mutter weiß ja gar nicht, wie ein balzender Auerhahn aussieht«, lenkte Böckerl schnell ein, »und ich auch nicht. Kannst du mich einmal auf die Auerhahnbalz führen?«

»Da bist noch zu jung«, sagte Franz. »Da muss man in der Früh um eins aufstehn, wenn man zur rechten Zeit am Balzplatz sein will. Und mit dem Anspringen, das ist so eine Gschicht, das muss gehn, zack, zack, hast einen Schritt zu viel gemacht oder die Haxen durcheinander gebracht, pflastert dir der Hahn eine auf den Hut nauf und sagt Pfüa Gott! Das Anspringen muss zuerst geübt werden. Und ob es ein Preuß wie du erlernt …?«

»Du wolltest wohl ›Krüppel‹ sagen«, flüsterte Böckerl und ließ traurig den Kopf hängen.

Franz spürte einen Stich im Herzen. »Das wär doch noch schöner«, rief er, »wenn so ein federleichter Springgingerl wie du das net lernen tät. Weißt was, wir fangen gleich an. In der Kammer droben ist noch ein alter, ausgestopfter Auerhahn vom Vater, den hängen wir im Treppenhaus auf. Ich stell mich drunter und ahme dem Auerhahn seine Balzlaute nach, und du springst ihn an und erschießt ihn. Da hast du einen Hackelstecken, das ist deine Flinte. Laden tun wir sie auch gleich. Ist schon geschehn. Und jetzt hol ich den Hahn.«

Was wurde es doch für eine herrliche Auerhahnbalz in Franz' engem, dämmerigem Treppenhaus! Böckerl schlich sich von der Haustür herein, und Franz, der sowohl die Rolle des Jagdführers, als auch die des balzenden Urvogels übernommen hatte, flüsterte: »Ich mein, ich hab was gehört. Ich glaub, er fängt schon an zum Knappen.« Dabei öffnete er leicht den Mund und ließ die Zunge ein paar Mal sehr leise und verhalten auf- und niederschnalzen. Das ergab den Ton des erwachenden und langsam sich einspielenden Hahnes.

»Wir sind überriegelt, wir können ruhig noch näher hin. Also machen wir schnell, zu viel Zeit lässt er uns net!«

Böckerl, der Hahnenjäger, pirschte also ein paar Schritte näher, bis Franz zischte: »Halt! – Jetzt wird's ernst! Merk dir genau, was ich sag. Der Hahn hat sich jetzt eingespielt und lässt ein Gsatzel nach dem andern hören. Hörst du das Tropfen, klack … kleck … klick …? Das ist es! Und zuletzt tut's einen ganz lauten Schnackler – das ist der Hauptschlag! –

Jetzt kommt der Jager an die Reihe. Drei schnelle Schritt und gestandn! Wenn der Hahn schweigt, gibt's nix, als wie zu einer Salzsäule erstarren. Wenn er aber schleift, kannst du ihn runterschießen, und er spannt's gar net. So einen schönen Tod, wie ihn der Auerhahn erlebt, hat kein einziges Viech auf dieser Welt. Also – gehn wir's an!«

Franz brachte sich in Balzstellung und glöckelte munter drauf los. Und jedes Mal, wenn er mit seiner Zunge laut schallend gegen den Gaumen schlug und alsdann den Hals nach oben bog, um verzückt in die Sterne zu starren und dabei Laute von sich zu geben, die sich wie das Knirschen alter Sofafedern oder wie das Auseinanderziehen eines durchlöcherten Ziehharmonikabalges anhörten, eben jenes berühmte Schleifen, bei dem sich die Gehörgänge des Hahnes verschließen und er in Taubheit und Ekstase versinkt – hüpfte Böckerl mit ein paar kleinen Schritten näher. Franz war in der Tat einer der wenigen Jäger, die die so verhaltenen, fast unwirklichen Lautäußerungen des balzenden Auerhahns nachzuahmen vermochten, vermutlich wegen seines voluminösen Kropfes, der ihm Töne gestattete, die einem normalen Kehlkopf nicht zur Verfügung standen. Franz war überaus stolz auf seine fast einmalige Begabung und konnte es nicht unterlassen, zwischen zwei besonders schön gelungenen Gsatzln Böckerl darauf hinzuweisen: »Gell, da hat deine Mama daneben gelangt, wie sie gsagt hat, ich wär alles andere als ein balzender Auerhahn!«

Inzwischen war der Hahnjäger unangefochten unter dem Balzbaum angelangt, und Franz flüsterte: »Richten Sie sich, Herr, beim nächsten Schleifen muss es krachen!« Und wie der Hahn beziehungsweise der Franz den Stängel in die Höhe bog und »chchchit … chchchit …« machte, da hob Böckerl schnell die Flinte und sagte: »Paff!«

Franz griff nach oben, packte den ausgestopften Hahn am Hals und stürzte samt dem Riesenvogel zu Boden.

»Jetzt hast mich troffen!«, ächzte er. »Und dabei hab ich mich doch grad erst richtig eingespielt!«

Böckerl aber stand mit gesenkter »Flinte« da und brach in Tränen aus. »Oh, ich würde nie einen Auerhahn erschießen!«

»Ich auch net«, sagte Franz und schüttelte sich den Staub des ausgestopften Urvogels aus den Haaren. »Und die Gäste, die mir für die Balz zugewiesen werden, die schau ich mir schon ganz besonders genau an. Wenn ich mein, es könnt ein Rohling sein, dann bleib ich hinter ihm zurück und lass dem Hahn, eh er das Schleifen anfängt, eine Warnung zukommen, indem ich ein paar Mal schnell mit meinem Hut hin- und herwedel. Dann ist er mit Sicherheit vergrämt und der Jagdgast meistens auch. Aber das trag ich mit Würde und Gelassenheit!«

Die erfolgreiche Auerhahnjagd im Treppenhaus hatte einen Zuschauer gehabt, nämlich die Mutter vom Franz, die durch einen Türspalt mit fortgesetztem Kopfschütteln dem Treiben der beiden zugesehen hatte.

Jetzt rief Franz ihr zu: »Mutter, richt ein Bett her für den Auerhahnjäger, er bleibt bei uns die Nacht über!«

Eine solche Ehre wusste Mutter Feigl sehr wohl zu schätzen, und Böckerl bekam das Fremdenkammerl zugewiesen und versank in einem riesigen Bauernbett. Rings um ihn drohten Hirschgeweihe von den Wänden, und auf abgesägten Aststutzen hockten ausgestopfte Eulen, Sperber und Eichelhäher und glotzten ihn neugierig an.

Böckerl aber schloss die Augen und fühlte sich so glücklich und geborgen wie noch selten in seinem Leben.

Am Sonntag, gegen den späten Nachmittag, begleitete Franz seinen Gast zur Jagdhütte hinauf. Kronenberg und seine Frau waren bereits vom Berg zurück und speisten im Esszimmer, während der alte Kugler Lois auf der Hausbank saß und bei Franz' Anblick, unter Mitnahme eines seltsam bauchigen Rucksacks, eilig hinter das Haus verduftete. Franz aber, der gestern noch so unnachahmlich den balzenden Auerhahn imitiert hatte, zupfte verlegen an seinen Schnurrbartspitzen und war nicht um alles in der Welt zu bewegen, mit ins Haus zu kommen. Stattdessen heftete er sich an die Fersen des Kugler Lois und passte ihn gerade noch ab, als dieser den Rucksack hinter einem Haufen Scheitelholz verstecken wollte.

»Was hast denn da in dem Sack drin?«, fragte er den Lois.

»Walderde«, stotterte derselbe, »die möcht die Frau Kronenberg mit heimnehmen, für ihre Blumen, hat s' gesagt!«

»So«, sagte Franz, »und damit sie besser düngt, hast sie mit Wildbratschweiß gemischt. Komm, lass einmal reinschaun in den Rucksack!«

»Das darf ich net!«, rief der alte Lois erschrocken, »der Herr Kronenberg hat gesagt, das geht niemand was an, auch net den Herrn Feigl!«

Franz schob den alten Knacker auf die Seite und brummte: »Ein Wildbratschweiß geht den Herrn Feigl immer was an!«

Und er schnürte ohne Weiteres den Rucksack auf. Plötzlich erbleichte er. Seine Hände fingen an zu zittern. Er leerte den Rucksack auf den Boden und vor ihm lag – Blasi, der Mankeibär! Einen Augenblick befürchtete der alte Lois, einen Amokläufer vor sich zu haben, so schrecklich, so wild blickte Franz drein. Aber dann hatte sich der Jäger wieder in seiner Gewalt und sagte leise: »Und du hast ihm den Bau verraten – du Sauhund!«

»Er hat's schon gwusst«, rechtfertigte sich Lois. »Seine Frau hat's ihm erzählt, und die weiß es von dem Buben. Heut in der Früh dann hat er zu mir gesagt: ›Jetzt schaun wir uns den alten Mankei an, los, Kugler, führen Sie mich hinauf!‹ Da hab ich nimmer auskönnen und hab ihn hingeführt, und der Bär, der alte Hanswurscht, muss auch noch rauskommen!«

»Und dann?«, fragte Franz.

»Dann hat er ihn erschossen!«, sagte der Lois.

»Der Kerl ist net normal«, murmelte Franz, »das hab ich schon länger gemerkt. Der muss auf alles zielen, was sich rührt. Das ist eine Krankheit, wie wenn einer kleine Kinder umbringt. Da sollt man was tun … da sollt man was tun …!«

»Was willst denn tun?«, fragte Lois erschrocken.

»Das weiß ich auch net«, murmelte Franz, »räum zuerst einmal das Viech weg, ehe es das Böckerl sieht!«

Aber Böckerl war schon eine Weile hinter den beiden Männern gestanden und hat alles mit angehört. Blass und gefasst sah er auf den toten Mankeibären. Aus dem Esszimmer hörte man jetzt Kronenbergs metallische Stimme.

Da flüsterte Böckerl: »Ich kann nicht mehr Papa zu ihm sagen, nein, ich kann nicht!«

Dann brach der Bub in Tränen aus, umschlang den Hals vom Franz und schluchzte: »Nimm mich mit, Franz, nimm mich mit …«

Franz löste Böckerls Hände von seinem Hals und sagte so barsch er konnte: »Führ kein Theater auf wegen dem zerrupften Großvater. Los, Lois, räum ihn weg! Und du gehst rein zu deine Leut! Ich bin ein Jager – und keine Kinderamme!«

Und ohne noch ein weiteres Wort zu verlieren, drehte er sich um und ging. Doch als er schon weit unten war, spürte er noch Böckerls verwunderten Blick in seinem Rücken, und das Herz war ihm wund und weh.

Entlassen!

Eines Tages stürmte der junge Forstwart Kastenbauer, der zu einer Art Verbindungsmann zwischen dem Jäger Feigl und dem Herrn Forstmeister Berwein geworden war, ins Chefbüro und rief: »Stellen Sie sich vor, was er sich wieder geleistet hat, der Herr Direktor der Hirschhandelsgesellschaft mit der ziemlich beschränkten Haftung?«

»Bittschön, etwas mehr Respekt vor der Macht des Geldes, und vor allen Dingen net so laut«, rügte ihn der

Vorgesetzte. »Setz dich zuerst hin, Kastei, und rauch eine …«

Er hielt seinem jüngsten Außenbeamten die Zigarettenschachtel hin und bediente ihn mit Feuer. In »Berweins Holzbüro«, wie er sein Zimmer scherzhaft getauft hatte, ging es stets gemütlich und formlos zu. Im Vorgriff auf künftige Zeiten wollte Berwein sogar den Amtstitel abschaffen. »Wenn der Berwein ein Depp ist, dann kann ihn der ›Forstmeister‹ auch nimmer retten, und ist er keiner, reicht Berwein auch – und den Bäumen ist's sowieso wurscht, wie ich heiß!«

So war seine Meinung, die aber »hoch oben« keine Zustimmung fand. So blieb's beim »Herrn Forstmeister« und der Hoffnung auf einen reformfreudigen Minister.

Kastenbauer tat einen tiefen Zug und fuhr eilig fort: »Vor vier Wochen ist der Franz mit dem Herrn Kronenberg auf einen Hirsch gangen. Tatsächlich haben sie einen zu sehn gekriegt im Karkogl-Graben, am Gegenhang drüben. Anpirschen war unmöglich. Der Franz sagt zum Herrn Kronenberg: ›Der Schuss ist zu weit, den Hirsch müssen wir ziehn lassen, und eine Nachsuche da drüben, da steig ich lieber rückwärts durch die Fleischbank-Ostwand.‹

Der Herr Kronenberg hat aber trotzdem geschossen, und der Franz hat durchs Fernglas beobachtet, dass der Hirsch einen schweren Vorderlaufschuss gehabt hat – der Hax ist bloß noch an der Haut gehängt. ›Jetzt haben wir den Dreck‹, hat der Franz gesagt, ›der Hirsch ist beim Teufl, und wer sich freut, das sind entweder die Bauernjäger oder der Holzfuchs.‹ Der Herr Kronenberg hat gar net richtig hingehört, hat auf die Uhr geschaut und gesagt: ›Höchste Zeit, ich muss heute noch zu einer wichtigen Konferenz nach Stuttgart.‹ Ist abgestiegen und hat den

Franz in seinem Schlammassel sitzen lassen. Der Franz hat zwei Tag lang mit seiner Hex nachgesucht und ist fast abgestürzt in dem furchtbaren Gelände, aber der Hirsch ist aus dem steilen Mahder gewechselt und hinüber ins flachere Mosalmgebiet zu den Bauernjägern. Dort hat ihn der alte Kronester Hans vor drei Tagen erschossen. Der Hirsch war bloß noch Haut und Knochen. Sonst ein braver Hirsch, ein ungerader Zwölfer und nimmer zu jung.«

»Die Herren machen es sich leicht, wenn's mulmig wird, haben sie eine Sitzung!«, knurrte Berwein finster.

»Warten Sie, das Schönste kommt erst noch«, fuhr Kastei fort. »Wie's dann bekannt worden ist, dass der Hirsch zur Strecke kommen ist, hat der Herr Kronenberg den Franz zum alten Kronester geschickt, weil er das Geweih sehen will. Der Franz bringt also das Geweih ins Jagdhaus rauf, und der Herr Kronenberg sagt: ›Richten Sie dem alten Lumpen aus, dass ich die Trophäe als mein Eigentum betrachte!‹

Der Franz hat einen roten Schädel gekriegt und gesagt: ›Da kennen Sie das Jagdrecht net!‹

Darauf der Herr Kronenberg: ›Das Geweih gehört der ersten Kugel!‹

Und der Franz war abgefertigt.

›Aber ich hab ihm mein Ehrenwort geben …‹, hat er's noch einmal versucht.

Da hat ihn der Herr Kronenberg belehrt: ›Ehrenwort – das war einmal!‹ – und hat ihm die Tür vor der Nase zugeschlagen.«

»Wahrlich, ein edler Mensch!«, zischte Berwein.

»Es kommt noch besser«, fuhr Kastenbauer fort. »Der Franz geht zum alten Kronester und entschuldigt sich:

›Es tut mir leid, Hans, ich weiß, dass es net recht ist, aber …‹

›Reingelegt hast mich‹, hat ihn der alte Bauernjäger angeschrien, ›aber das sag ich dir, das nächste Geweih hol ich mir von euch drüben, und wenn ihr mir in den Weg kommt, schieß ich euch die Haxn ab, wie ihr es mit dem Hirschen gemacht habt, Herrenjäger, ihr feinen …!

Darauf hat der Franz nix zu entgegnen gewusst, ist abzogen und hat sich in seinem Kummer beim Wastlwirt einen fetzigen Rausch angesoffen!«

»Jetzt bin ich bloß noch gespannt, wann der Herr Kronenberg einmal an den Falschen kommt«, sagte Berwein und zündete sich erregt eine Zigarette an.

»Nie!«, ereiferte sich Kastenbauer. »Vor dem zieht doch ein jeder den Schwanz ein! Wenn ihn net der Franz selber einmal über den Haufen schlägt, geschieht nix!«

Berwein winkte ab: »Große Worte, Kastei! Mit Sprüch ist nix ausgerichtet!«

»Dem Franz ist es ernst«, beharrte Kastei, »›wenn noch einmal so eine Schweinerei passiert‹, hat er gesagt, ›jag ich den Herrn Kronenberg vom Berg runter!‹«

Berwein lächelte nachsichtig: »Wie viele Halbe hat er gehabt, wie er das gesagt hat?«

»Höchstens drei«, sagte Kastei.

Berwein erhob sich. »So, und wisst ihr, was dann geschieht? Seine Kündigung kriegt er, und machen können wir nix! Sagst dem Franz einen schönen Gruß von seinem Freund Berwein, dass er in Gottesnamen die Stellung halten soll, bis sich der Herr Kronenberg von selber das Genick bricht – ich glaube, wir können's erwarten. Auf Wiedersehn – und jetzt muss ich arbeiten!«

Franz Feigl nahm sich den Ratschlag seines »Freundes«

Berwein tatsächlich zu Herzen und schluckte tapfer seinen Groll hinunter, bis zu dem Tag, als sich in dem schönen Bergrevier zu Petersreuth folgender, beinahe makabrer Vorfall ereignete.

Franz saß mit dem Herrn Kronenberg am so genannten Hennerwandschlag an. Der Herr Kronenberg wollte eigenhändig ein Stück Kahlwild schießen für die Jagdhausküche, weil er zum Aufgang der Gamsbrunft eine Anzahl wichtiger Leute erwartete.

Der Herr Kronenberg hatte schon von jeher einen sagenhaften Anlauf. Sie saßen kaum richtig im Schirm, da zog ein Stück aus und äste bei gutem Wind langsam in die breite Mulde oberhalb des Ansitzplatzes hinein. Der Herr Kronenberg machte sich schussbereit.

Feigl hatte das Fernglas vor den Augen und winkte ab: »Kälber-Stück!«

»Na und?«, sagte Kronenberg und visierte ein. »Net schießen!«, beschwor ihn Franz und legte die Hand auf Kronenbergs Arm. Da krachte auch schon der Schuss. Das Stück versuchte eine Flucht und brach zusammen. Feigl sagte mit blassem Gesicht: »Bei uns schießt man das Kalb zuerst – an die Regel halten sich sogar die Lumpen!«

»Was wollen Sie denn, da ist ja das Kalb!«, lachte der Herr Kronenberg, und tatsächlich stand das Kalb plötzlich wie aus dem Boden gewachsen mitten auf dem Schlag und ließ ein eigenartiges Pfeifen hören, wie es Franz noch nie gehört hatte. Es umkreiste das Stück und stieß ununterbrochen seine feinen, hellen Locktöne aus. Schließlich blieb es vor der toten Mutter stehen, hob den Wedel auf und begann sich in Schrecken und Angst zu losen. Blitzschnell hatte Kronenberg das Gewehr an der Backe. »Warten Sie, bis es breit steht«, mahnte Franz.

»Warum?«, sagte der Herr Kronenberg und drückte ab. Und nun geschah etwas Seltsames. Das Kalb zog den Rücken auf, der Äser tauchte nach unten und die Läufe spreizten sich auseinander. Die Decke zitterte, wie Wehen ging es durch seinen Körper, dann klagte es noch einmal auf, ganz kurz und jämmerlich – und fiel verendet auf die Seite.

Franz war leichenblass geworden. Er lief auf das Kalb zu und kniete sich bei ihm nieder. Er griff die Decke ab. Nirgends ein Einschuss. Er hob den Wedel auf. Da war ein wenig wässeriger Schweiß. Er drückte die weichen, gelben Haare auseinander …

Er schüttelte den Kopf …

Dann schrie er mit heiserer Stimme herüber: »Waidmannsheil, Herr Kronenberg, das war ein Meisterschuss – mitten ins Waidloch!«

Kronenberg hatte den unheilvollen Ton in Franz' Stimme überhört und antwortete geschmeichelt: »Waidmannsdank! So ein pikantes Ziel bietet sich allerdings nicht alle Tage. Ich glaubte nicht, dass ich treffen würde.«

Und er zog sein obligatorisches Cognacfläschchen aus der Jackentasche und genehmigte sich einen.

Da war es um die Beherrschung vom Franz geschehen. Er sprang auf wie ein Tiger und schrie mit gurgelnder Stimme: »Und da säuft der auch noch einen Schnaps! Wissen Sie, was Sie sind? Sie sind ein Aasjäger! Ein Sadist sind Sie! Das meld ich dem Forstamt! Und die zwei armen Viecher da, die können S' selber ausschlachten!« Dann drehte er sich um und stieg ab.

Eine Woche verging, dann klopfte es schüchtern an der Tür des Herrn Forstmeister Berwein. Draußen stand der Revierjäger Franz Feigl. »Wissen S' es schon?«

Berwein nickte. »Ja, komm rein, Franz.«

Franz griff mit zittrigen Fingern in die Jackentasche und nahm ein Kuvert heraus. »Das hat mir gestern der Postbote zugestellt. Ein Einschreiben von der Rechtsanwaltssozietät Dr. Hesse, Dr. Morhaupt und noch zwei Doktoren …«

»Zeig her …«

»Da …«

»Deine fristlose Entlassung! Und hieb- und stichfest, wie ich sehe. Die Burschen verstehen ihr Geschäft. Billig wird's auch net gewesen sein, das Geschreibsel.«

»Was soll ich tun, Herr Forstmeister?«

»Einen Gegenanwalt kannst dir nehmen, und das Arbeitsgericht kannst anrufen. Aber das ist ja alles Unsinn! Willst du denn unter einem solchen Schinder überhaupt noch weitermachen?«

Franz schüttelte den Kopf. »Nein, jetzt ist's aus!«

»Mich wundert ja bloß, dass du net schon längst …«

»Das war wegen dem ›Franz-Jager‹ …«

»Franz-Jager?«

»Ja, wegen dem Buben vom Herrn Kronenberg. Ich mag das Kind, und er mag mich. Ich bin sein Franz-Jager.«

Forstmeister Berwein griff gedankenverloren in seine Zigarettenschachtel. »Eigenartig, dass das Schicksal immer wieder der Bestie ein frommes Lämmchen in den Schoß legt. Was ist damit bezweckt?«

Franz ballte seine Fäuste und sagte leise: »Dass sie net erschossen wird vielleicht …«

Da packte ihn Berwein an den Jackenaufschlägen: »Franz, fang dich wieder! Ich hab das alles kommen sehn und vorgesorgt. Der Oberjäger Mader vom Nachbarbezirk geht nächstes Jahr in Pension. Wir stellen dich formell als Waldpfleger an, und du hilfst ihm vorerst beim

Jagdschutz und Füttern und übernimmst dann seine Stelle. Einverstanden?«

Franz sagte leise: »Kann ich eine Zigarette haben?«

»Aber selbstverständlich«, lächelte Berwein und schob ihm die Schachtel hin.

Franz paffte in die Luft und sagte langsam: »Ich dank Ihnen, Herr Forstmeister. Vielleicht komm ich auf das Angebot zurück. Aber jetzt möcht ich einmal ein bissl privatisieren.«

»Du und privatisieren?«, lächelte Berwein ungläubig.

»Warum denn net?«, sagte Franz mit undurchdringlichem Gesicht, »ich möcht einmal ein bissl spazieren gehn.«

Berwein wurde unruhig.

»Franz, was hast du vor?«

Franz stand auf und schüttelte den Kopf: »Nix. Jetzt mach ich zuerst einmal mein Brennholz fertig, dann seh ich's schon. Darf ich Sie wieder einmal besuchen?«

»Jederzeit – und so oft du willst!«, sagte Berwein und streckte seinem getreuen Jäger die Hand hin. »Und wenn du Zeitlang nach dem Jagern hast, schwingst du dich aufs Motorrad und fährst zum Mader raus. Ich halt den Platz für dich frei!«

Franz zögerte.

Schnell sagte Berwein: »Hast dir's überlegt? Nimmst an?«

»Nein, es ist was anders«, sagte Franz verlegen. »Wenn Sie es den Revierbeamten ausrichten täten, meine Mutter soll's net wissen, dass ich entlassen bin …«

»Wird gemacht«, sagte Berwein und sah dem Franz nach, wie er auf seiner schweren Maschine davonfuhr, einem grauen, unbekannten Schicksal entgegen …

»Herr Revierjäger a. D.«

Der Feigl Franz war schon immer ein sparsamer Mensch gewesen. Er trug seine Jacken meistens, bis die Ellenbogen durchschauten. Aber auch dann waren sie noch lange nicht ausrangiert. Die Mutter pflasterte ein Stückl Hirschleder drauf, und nun erst war das Bekleidungsstück so recht nach seinem Geschmack. In neuen Textilien fühlte er sich nicht wohl, und so besaß er nur einen Anzug, den er früher einmal in Salzburg erstanden hatte. Er trug ihn nur, wenn er mit seiner Mutter zur Kirche ging, oder an sonstigen festlichen Tagen.

Franz' Mutter hatte eine kleine Rente, und da sie ebenso genügsam war wie ihr Sohn, hatten die beiden einen hübschen Betrag zusammengespart.

Franz konnte sich also das »Privatisieren« durchaus eine Weile leisten. Der Mutter gegenüber war aber Franz nach wie vor im Dienst. Sie war nicht mehr bei bester Gesundheit, hatte schon einmal einen leichten Schlaganfall erlitten, und Franz wagte es nicht, sie mit einer unangenehmen Nachricht zu erschrecken.

Vom Vater her war noch ein grobkalibriger alter Repetierer im Haus, den Franz hin und wieder zum Kahlwildabschuss benutzt hatte. Diese Büchse hing er sich jetzt allmorgendlich um die Schulter und verließ das Haus in jägerischem Aufzug. Aber wenn er an der Holzlege vorbeiging, nahm er das Gewehr schnell von der Schulter und versteckte es zwischen zwei hohen Holzstößen.

Dann nahm er Kurs zum Wastlwirt, bestellte sich eine Halbe Bier und verschanzte sich hinter einer Zeitung.

Doch hielt er dieses Sommerfrischlerdasein nicht viel länger als eine Woche aus, dann zuckten ihm die Waden, und die muskulösen Haxen unter dem Tisch fingen ganz automatisch an zu marschieren.

Er war eine Gehmaschine geworden in den vielen Jahren als Jäger, er konnte nur sitzen, wenn er müde war, dann allerdings mit großer Ausdauer und beachtlichem Flüssigkeitsbedarf. Jetzt wurde er nicht mehr müde und hatte auch keinen Durst mehr – ein Hundeleben!

Genau der gleichen Meinung war auch Hex, die Schweißhündin, und so ging der Franz eines Tages am Wirtshaus vorbei und rannte mit immer schnelleren Schritten den Berg hinauf. Aber was wollte er eigentlich dort oben? Er konnte doch nicht wegen der guten Luft bis hinauf in den Palven rennen? Oder wegen der wundervollen Aussicht auf den Hundskopf? Schon bei seinem ersten Berggang spürte Franz das entsetzliche Dilemma, in das ein pflichtbewusster, aktiver Mensch gerät, wenn er ohne Aufgabe dasteht.

Und dem jungen Forstwart Kastenbauer, diesem psychologischen Blindgänger, fiel beim ersten Zusammentreffen mit dem »sommerfrischlernden« Jäger nichts Besseres ein, als zu lamentieren:

»Eine Schand ist das, einen solchen Mann wie dich zu entlassen, von dem die ganze grüne Zunft noch was lernen könnt!«

Franz lächelte gequält: »Übertreib net, Kastei. Und überhaupt, was ihr bloß habt – so schön hab ich's noch nie gehabt.«

Und er ließ den Kastei stehen und ging pfeifend weiter.

Innerlich aber war er schon mürbe und nicht mehr weit davon entfernt, Forstmeister Berweins Angebot anzunehmen.

Inzwischen hatte Kronenberg einen neuen Jäger eingestellt. Es war ein junger Mann mit noch frischem Prüfungszeugnis als Revierjäger, und er hieß Albert Hammerl. Er stammte aus der Tegernseer Gegend, und sein Vater war ebenfalls Berufsjäger gewesen. In seiner Heimat war momentan kein Revierjägerposten frei gewesen, und so hatte er sich, auf ein Inserat hin, bei Kronenberg gemeldet.

Er wohnte im benachbarten Vorderau und war offensichtlich ein Feind alkoholischer Getränke. Dadurch war er bislang der »Nachrichtenzentrale« Wastlwirt ferngeblieben und über seinen Vorgänger verständlicherweise nur sehr einseitig informiert.

Es war aber nicht zu verhindern, dass der alte und der neue Jäger eines Tages am Berg zusammentrafen.

›Das ist, scheint's, der frühere Jager‹, dachte Hammerl, als er den Franz sah.

Und dieser dachte: ›Das muss der Neue sein! Gespannt bin ich, wie lang 's der beim Kronenberg aushält.‹

Laut sagte Hammerl: »Grüß Gott!«

Und im Stillen dachte er: ›Was hat der da heroben überhaupt noch zu suchen, wenn er schon entlassen ist? Das gefällt mir net!‹

Auch Franz sagt laut »Grüß Gott« und dachte dabei: ›Wer's bei dem Kronenberg aushält, ist entweder ein Lahmarsch oder ein Waidlochjager wie er selber!‹

So kamen sie einander näher und wurden sich mit jedem Schritt unsympathischer. Der Pfad war schmal. Wenn keiner zur Seite ging, stießen sie zusammen. Wer sollte wen vorbeilassen? Der Junge den Alten? Der Jäger im Dienst den Herrn Spaziergänger?

Ehe sich einer von ihnen entschieden hatte, standen sie so dicht beisammen, dass sich fast die ausgebeulten Knie ihrer Lederhosen berührten. »Da wird einer von uns ein bissl auf d' Seiten gehn müssen«, brummte Franz.

Sehr energisch gab Hammerl zur Antwort: »Sie sagen's, Herr Revierjäger a. D.«

Das »Revierjäger a. D.« stieg dem Franz in den Kopf. Auf seinem dicken Hals traten die Adern hervor. Ohne dass Franz den Kopf im Geringsten bewegte, wippte der rote Schnurrbart auf und ab. Er schien elektrisch geladen zu sein.

Hammerl übersah die bedrohlichen Zeichen und wiederholte noch energischer: »Also, was ist – Herr Revier…?«

Er hatte noch nicht ausgeredet, da packte ihn Franz blitzschnell um die Hüften, hob ihn mit einem kurzen Schwenker in die Höhe und stellte ihn unterhalb des Weges wieder auf den Boden.

»So geht's auch«, schnaufte er und wollte an Hammerl vorbeigehen.

Dieser aber hatte schon die Büchs vom Rücken gerissen und schrie mit krebsrotem Gesicht: »So geht's eben net, Herr …«

Franz' Augen blitzten gefährlich auf, und er sagte mit leiser Stimme: »Wenn du das noch einmal sagst, hau ich dich über den Haufen, zusammen mit deiner Stopselbüchs, du Jagerlehrbua, du neubackener!«

Dann drehte er sich um und ging ohne Weiteres seiner Wege. Hammerl wusste sehr gut, dass nicht der geringste Anlass bestand, von der Waffe Gebrauch zu machen, und rief dem Franz wütend nach: »Der Herr Kronenberg hat Recht gehabt – das ist ein Gewaltmensch! Aber wart, Herr Kollege, ich mach dich schon noch klein!«

Der Feigl Franz aber verschob auf diesen Vorfall hin sein Vorsprechen beim Forstmeister Berwein hinsichtlich eines Aushilfspostens im Bezirk des Oberjägers Mader auf vorerst unbestimmte Zeit.

»Das möcht ich doch sehn, wer da herin das ältere Wegrecht hat!«

Ja, so denkt eben ein Berglerschädel!

Es verging eine Zeitspanne von vielleicht zwei oder drei Monaten, ehe sich die beiden Männer wieder begegneten. Der Feigl Franz war noch der gleiche Dickkopf und kam mit wild vorgeschobenem Kinn des Wegs, um sein älteres »Wegrecht« zu verteidigen.

Aber der junge Jäger Hammerl war offensichtlich in sich gegangen. Schon von weitem riss er den Hut herunter und begrüßte den Franz mit einem leutseligen »Grüß Gott, Herr Feigl!«.

Franz war so verblüfft, dass ihm fast die Pfeife aus dem Mund fiel, auf deren gemütliche Rauchkringel er auch während eines Berggangs nicht verzichten mochte.

Der Hammerl Bertl aber hatte bereits den Weg freigemacht und sagte: »Ich möcht mich entschuldigen! Ich hab net gewusst, dass Sie der Feigl Franz sind!«

»Warum?«, sagte Franz verlegen, »ist das was Besonderes?«

»Für uns Berufsjager schon!«, antwortete Hammerl und streckte Franz demonstrativ die Hand hin.

»Ich hab übrigens gekündigt!«

Franz stellte sich dumm. »Und warum, wenn ich fragen darf?«

Prompt und nicht ohne Pathos kam die Antwort: »Ich hab hier genug gesehn in dem Vierteljahr! Und wo ein Feigl Franz geht, hat ein Hammerl auch nix zu suchen!«

Franz spürte, wie es ihm wohl und warm ums Herz wurde. Und so beschloss er, auf sein älteres Wegerecht zu verzichten und dem idealistischen Burschen den Vortritt zu lassen.

Dadurch kam es, dass jeder auf halbem Hang stehend darauf wartete, dass ihm der andere die Ehre der freien Wegbenutzung gab.

Aber keiner mochte sich dazu entschließen. Schließlich löste Franz das Problem und grinste: »Weißt was? Jetzt kaufen wir uns eine Halbe beim Wastlwirt … einverstanden?«

Und so geschah es auch, und der solide Revierjäger Hammerl unterdrückte seinem großen Vorbild Feigl Franz zuliebe sogar seine Abneigung gegen den Alkohol und wurde spät des Nachts vom Wastlwirt in einem nie gekannten, hochseligen Zustand in sein Quartier gebracht.

In der Wildererhöhle

Der Revierjäger Hammerl hatte Franz das Selbstvertrauen wiedergegeben. Dieser fühlte sich wieder fest auf den Beinen und einer neuen Aufgabe gewachsen. Da verstarb von heute auf morgen seine Mutter. Sie hatte einen zweiten Schlaganfall erlitten. Den Grund konnte sich Franz denken, wenn er den Nachbarfrauen ins Gesicht schaute. Sie hatten das Maul nicht halten können. Jetzt lamentierten sie und spritzten Weihwasser durchs leere Haus, statt mit der eigenen Dummheit und Grausamkeit zu Gericht zu gehen.

Der Tod der Mutter warf Franz zurück in einen dumpfen Zustand der Mutlosigkeit. Wozu jetzt noch groß fortgehen und sich wichtig machen, wenn niemand daheim wartete?

Franz hatte immer schon gern zum Bierflaschl gegriffen, wenn ihn etwas bedrückte. Jetzt brauchte er ja auf eine ruhige »Schießhand« nicht mehr Rücksicht zu nehmen, und bald stapelten sich die leeren Tragerl im Hausgang.

Zum Glück befand sich in dem kleinem Häusl ein Raum, der sich zum unfruchtbaren Nachgrübeln und Sinnieren nicht eignete.

Wenn man ihn betrat, dann kam einem guter Holzgeruch entgegen, und Hobel und Stemmeisen flogen einem wie von selber in die Hand. Es war eine kleine Schreinerwerkstatt, die sich der Vater vom Franz eingerichtet hatte, weil er glaubte, dass das Jagern allein, und wenn's noch so leidenschaftlich und verantwortungsbewusst betrieben wurde, für ein Mannsbild mit Fantasie und Tatendrang nicht ausreichte.

So hatte er angefangen, nebenbei kleinere Schreinerarbeiten zu fertigen: Nachtkastln und Kommoden im bäuerlichen Stil, und ab und zu auch einen Fenster- oder Türstock für eine Almhütte. Dadurch hatte der rührige Mann seinen inneren Frieden gefunden, und die schmale Haushaltskasse hatte sich über die Aufbesserung gefreut. Und jetzt entdeckte auch der Sohn, der sich, anders als der Vater, neben der Jagerei eine gleichwertige Tätigkeit gar nicht hatte vorstellen können, die nervenberuhigende Wirkung von gutem Holz und scharfem Werkzeug.

Nun war aber auch in den abgelegenen Bergtälern längst die Zeit vorbei, in der ein Ungelernter seine ungeschickten, wenn auch grundsoliden Erzeugnisse an den Mann bringen konnte. Franz verzichtete deshalb darauf, windschiefe Sennerinnennachtkastl zu fabrizieren wie der Vater, sondern verlegte sich auf jägerisch-alpenländische Schmuck- und Gebrauchsgegenstände, die bei den immer zahlreicher werdenden Sommergästen sehr beliebt waren. Mit dem blauen Schurz, den er sich eines Tages umband, und mit dem ersten »Original-Kleiderständer aus Oberbayern«, den er aus Lärchenholz und aufgeschraubten Hirschhörnern anfertigte, hatte Franz seine Lebenskrise überwunden und strebte wieder neuen, wenn auch nicht ganz deutlich erkennbaren Ufern zu.

Jedenfalls gingen die ersten Gelder ein, und Franz bemerkte mit Genugtuung, wie sich sein handwerkliches Geschick mit jedem fertig gewordenen Gegenstand steigerte. Eines Tages hatte er einen Block Lindenholz in der Hand, der von weitem, bei bestimmter Beleuchtung, an einen sich nach vorn bückenden, eine Gams vom Berg schleppenden Jäger oder Wildschützen erinnerte. Franz bearbeitete den rohen Block nun intensiv mit Stemmeisen und Schnitzmesser, aber siehe da – der Wildschütz wurde immer magerer und unansehnlicher; und zuletzt war er so zusammengeschnitzelt, dass bloß noch sein Bergstecken übrig war.

›Das Wegsäbeln liegt mir net‹, dachte Franz, ›da bin ich zu hitzig! Aber wenn ich ein Stückl Holz fänd, das net viel mehr bräucht, als irgendwo eine Nase ankleben oder ein Aug rauskratzen, dann glaub ich, brächt ich was zusammen!‹ Das gewisse Stückl Holz aber fand sich in der Werkstatt nicht, jedoch vielleicht irgendwo am Berg.

Und so kam Franz wieder an die frische Luft und, was die Hauptsache war, hatte fortan einen Grund, sein geliebtes Revier hin und wieder zu durchstreifen.

Es war Frühjahr geworden im Bergrevier, die Zeit, in der Franz, als er noch im Dienst war, seine großen Besichtigungsgänge unternahm; in die steilen Hundsbachgräben hinab, hinüber in die Südleite des Schöllkopfs, hinauf zum Sojenpeter und natürlich ins Mittagsjochgebiet. Tag für Tag hatte er früher den Berg abgeschnüffelt, um nach Fallwild zu suchen. Dabei hatte er den Bergfrühling in all seinen Stadien erlebt, wie er durch die Südhänge hinaufzog bis unter die Felsen, die Almwiesen mit Krokusblüten überschüttete, und zuletzt, in den lauen Mainächten, sogar in die Schattenlagen eindrang und den letzten Schnee zum Teufel jagte.

Jetzt ging der Franz ohne dienstlichen Auftrag auf den Berg, um, wie er sich einredete, nach einem interessanten Stückl Holz zu suchen, etwa einer spaßigen Latschenwurzel oder einem verdrehten Ast, aus dem sich ein origineller Spazierstockgriff oder ein Hutaufhänger anfertigen ließ. Aber in Wirklichkeit war es noch immer der Jäger, der da durch das Gebirge streifte und mit nimmermüden Augen nach Fallwild und Abwurfstangen spähte.

Mit dem ersten zarten Lahnengras und den aufgeplatzten Buchenknospen kam Franz auch hinauf in den Mittagsjochsattel, wo sich schon das erste Rotwild fährtete.

Franz beobachtete das Gelände mit aller Aufmerksamkeit, denn es konnte möglich sein, dass sich die »Heiligen drei Könige« bereits von der Futterraufe abgesetzt hatten, um im angenehmen Maienlüfterl, bei saftigen Gräsern und milden Buchenblättern, da heroben in der Abgeschiedenheit ihr Bastgeweih zu schieben.

Tatsächlich entdeckte Franz eine Fährte, deren markanter Abdruck ihm bekannt vorkam. »Das ist der Melchior, wenn mich net alles täuscht«, flüsterte er aufgeregt und vergaß ganz, dass ihn der Melchior nicht mehr das Geringste anging.

So pirschte er langsam, mit gerötetem Gesicht, die Augen am Boden, in die Höll hinein, dem Heiligtum des Reviers.

Die Höll war jagdlich völlig unerschlossen, kein Pirschsteig durchzog sie, kein Stand lud zu einem Erfolg versprechenden Ansitz. Die Feigls hatten, ebenso wie ihre Vorgänger, dieses wilde und dennoch paradiesische Gelände als unantastbare Wildheimat betrachtet, in der sie keine Störung duldeten. Nur bei der großen Frühjahrsinspektion gestatteten sich die erfahrenen Jäger eine vorsichtige Durchpirsch, und manchmal war es vielleicht bei einer Nachsuche nicht zu umgehen, dass in die Jahrhunderte alte Sperrzone eingedrungen wurde. Sonst aber war die Höll tabu, für Jäger und Jagdgast.

Dass aber ein neugieriger Tourist sich erdreistete, hier oben herumzustapfen, das verhinderte die Höll von selbst, indem sie ihm Dutzende von umgestürzten Bäumen in den Weg warf und ihn vor plötzlich aufklaffenden Felsspalten erschauernd zurückschrecken ließ.

»In der Höll kann bloß der Teufl spazieren gehn – und der bricht sich d' Haxen!«

Das war die Meinung der Almbauern, die den Berg vom »Schafsuchen« vielleicht noch besser kannten als die Jäger.

Aber die Höll hatte noch ein Geheimnis. Und von dem wussten nicht einmal die alten Schafhirten und Senner.

Irgendein einsamer Schwarzgeher von »drüber der Grenz« war einmal in einen schweren Wetterumsturz geraten, als er am Mittagsjoch auf einen Gamsbock pirschte. Ein fürchterlicher Windstoß hatte ihn zu Boden geworfen, und er kroch, von steinharten Hagelkörnern bombardiert, unter die Latschen hinein, um nach Deckung zu suchen. Dabei gelangte er zufällig in eine Höhle, die sich als idealer Unterschlupf herausstellte. Die Höhle war völlig trocken und erhielt von einer seitlichen, von Latschen halb verdeckten Öffnung ein indirektes Licht, als brenne irgendwo eine Lampe. Dabei war keinerlei Zugluft in dem etwa zimmergroßen Raum, und mehrere Felsbrocken boten sich als überaus bequeme Stühle an, wenn man sie mit ein wenig Moos polsterte. Sogar ein Tisch war vorhanden in Form einer gewaltigen Felsplatte, die sich aus der Decke gelöst hatte und auf einem Steinsockel, mit leichter Schrägneigung, liegen geblieben war.

Als der Schutz suchende Wilderer seinerzeit diese Höhlenwohnung entdeckt hatte, mochte er vielleicht nicht glauben, dass die Natur allein diesen Komfort geschaffen hatte. Und doch war es so. Unter Hunderten von kalten, nassen, zugigen Löchern in diesem Berg hatte sie sich eine besondere Attraktion einfallen lassen.

Vielleicht hatte der letzte Bär des Mittagsjochgebiets mit untrüglichem Instinkt hier sein Winterquartier genommen, ehe ihn ein trinkgeldversessener Schafhirt an den Jagdherrn verriet, vielleicht aber hat es doch einmal, wider jede Vernunft, einen Berggeist gegeben, der, in seinen Nebelumhang gehüllt, sein flechtenbehangenes Haupt auf die Felsplatte gelegt und seine Tage hier oben verdämmert hatte.

Sei es, wie es will, die Höhle wurde von ihrem Entdecker als ideales Notquartier an die Zunft der Wilderer weitergereicht und schützte so manchen der Kameraden aus Pulverwastls Schützenkompanie, vielleicht sogar ihn selbst, vor den Unbilden der Witterung und der Entdeckung durch den Jäger.

Feigl Isidor, der Großvater vom Franz und Gegenspieler des Wildererkönigs, war der erste Grüne, der von der Höhle Kenntnis erhielt. Der Verräter erkaufte sich dafür freien Abzug und ersparte sich eine Watschn, die bei dem riesenhaften Mann lebensgefährlich sein konnte.

Feigl Kaspar, dessen Sohn, übernahm das Geheimnis, ohne es je an jemanden außerhalb der Familie zu verraten. So kam es an den Franz. Und auch er vergrub es in seiner Brust.

Der Grund für die Schweigsamkeit der Feigls lag auf der Hand. Die Kenntnis des Quartiers erleichterte ihre Gegenzüge. Besonders Kaspar Feigl, der Schärfste der drei, nutzte sein Wissen rigoros. Der Schuss, der ihn dann hinstreckte, war aber ein Zufallsergebnis, nicht die Quittung für sein konsequentes Vorgehen.

Als Franz an jenem Frühjahrstag durch die Höll pirschte, fiel ihm die Bärenhöhle ein, die mit der Abnahme der Wilderei inzwischen an Bedeutung verloren hatte.

Sie fiel ihm deshalb ein, weil am Himmel ein Maigewitter aufzog und er bei einem instinktiven Griff in die Hosentasche feststellen musste, dass er den Schlüssel für die Jochhütte vergessen hatte …

Vergessen hatte?

»Dann such ich halt bei den Wilddieben Unterschlupf, wenn mich die Jagerischen aussperren!«, grollte Franz und verkroch sich, während schon die ersten Blitze in die Gratbäume krachten, in die trockene, allen Wettern trotzende Felsenhöhle.

Er kramte seine Pfeife aus der inneren Jackentasche und blickte sich um. ›Die könnt man leicht zum Übernachten herrichten‹, dachte er. ›Ein bissl Laubstreu reintragen, ein altes Schaffell darüber gelegt, und das Himmelbett ist fertig!‹

Franz überlegte allen Ernstes, sich die Höhle zu einer Art Zweitwohnung auszubauen, sozusagen als Jagdhüttenersatz. »Vielleicht brauch ich sie noch einmal, vielleicht drücken sie mich aus meinem Häusl auch noch raus!«, brummte er und stopfte mit seinem dicken Daumen den Tabak in den porzellanenen Pfeifenkopf. Dann zündete er an, und die ganze Bude füllte sich mit gemütlichem Dampf.

Er lümmelte sich breit auf den steinernen Tisch und streckte die Haxen aus.

Da fiel ihm ein, dass das Wichtigste noch fehlte zur absoluten Gemütlichkeit.

Das Feuer!

Er schaute sich um, und tatsächlich entdeckte er im Hintergrund eine rußgeschwärzte Feuerstelle, darüber stand ein eiserner Dreifuß, wie ihn die Sennerinnen verwenden, um den Teekessel aufzusetzen.

Schnell sprang Franz auf, suchte draußen ein paar dürre Latschenäste zusammen und schichtete sie locker auf die Feuerplatte. Dann stopfte er sein Brotzeitpapier hinein, zündete ein Streichholz an und wartete darauf, im Rauch zu ersticken.

Erst sah es auch ganz danach aus, und Franz presste sich vorsorglich das Taschentuch vor den Mund. Aber plötzlich ringelte sich der Rauch nach oben und zog ohne jeden Widerstand ab.

Die Höhle hatte einen natürlichen Kamin – nämlich eine Scharte, die auf Umwegen, und ohne Schnee und Regen hereinzulassen, irgendwo oben zwischen den Latschen ins Freie führte.

Als Franz vor die Höhle trat, um den Rauchabzug zu beobachten, sah er bloß eine kaum sichtbare graue Wolke, die vom Gratwind auseinandergewirbelt und gleichmäßig in die dichten Latschen verteilt wurde. »Da kann einer zehn Schritt davor stehn, und er spannt nix!«, grinste Franz und rieb sich die Hände.

»Jetzt muss ich bloß noch Wasser finden, und das Parkhotel zu Reichenhall ist ein Schafstall im Vergleich zu dieser Prachtwohnung!«

Aber auch damit hatte der Franz keinen Verdruss, denn gar nicht viel weiter unten, in einer Senke, quoll ein dünner Wasserstrahl unter dem zusammengedrückten Gras heraus und versickerte in dem braunen Hang, wo jetzt überall die zierlichen, violetten Eisglöckerl zum Vorschein kamen.

Franz bückte sich nieder und kostete. Auweh – Schneewasser! »Da beißt's im Sommer aus! Aber ich frag net danach. Ich trag mir ein Fasserl Bier rauf!«

Als Franz schließlich die Höhle verließ, um abzusteigen, war er so zufrieden wie schon lange nicht mehr, und er beschloss, mit der Installation der notwendigen Einrichtung gleich nächste Woche zu beginnen.

»Nachher bleib ich den halben Sommer da heroben, und das Häusl vermiet ich an die Sommergäst. Dann bleibt mir auch noch Geld übrig, und ihr könnt mich allesamt am …!«

So übernahm der jüngste Feigl von der alten Wildererkompanie deren streng gehütetes Geheimquartier.

Der Ort macht den Menschen, heißt es.

Ob das der Franz wusste?

Der Schuss, der nach hinten losging

Nach dem Weggang des jungen Revierjägers Hammerl erhob sich für Kronenberg die schwierige Frage der Nachfolge. Schwierig insofern, als sich der Berufsjägerverband nicht bereit zeigte, einem der ihm angeschlossenen Jäger die Annahme des Postens zu empfehlen. Franz Feigl war längere Zeit im Prüfungsausschuss des Verbandes tätig gewesen, und so erklärte sich die empfindliche Reaktion dieser Vereinigung, die sich mit ihren nur wenigen hundert Mitgliedern zu Recht als Elite der Jägerei betrachtete.

Als Kronenberg die leidige Winterfütterung mit wechselnden Aushilfskräften notdürftig über die Bühne gebracht hatte und ihm die Suche nach einem hauptamtlichen Revierbetreuer nachgerade peinlich werden musste, nannte ihm ein Vertrauensmann die Adresse eines Pinzgauer Jägers, der voraussichtlich den Posten annehmen würde. Der Mann sei in unbefriedigender Stellung als Hauswart in einer Fremdenpension und nebenberuflicher Jagdaufseher einer kleinen Privatjagd. Geprüfter Berufsjäger sei er nicht. Aber man könnte ihn vorerst als Jagdgehilfen beschäftigen und dann die Prüfung nachholen lassen. Er wäre für die Stellung aus gewissen Gründen der richtige Mann.

Sigfried Unterwegerer, so hieß der Pinzgauer, wurde also hergebeten und gab ohne Weiteres zu, mit jenem berüchtigten Pinzgauer Sigi identisch zu sein, den der Revierjäger Franz Feigl in der Gegend der Mandlköpfe zwischen Karkogel und Mittagsjoch beim Wildern ertappt, und da flüchtig, angeschossen und der Polizei in Vorderau überstellt hatte. Ein halbes Jahr Gefängnis war die Quittung gewesen, dazu noch die durchgeschossene Wade – »hier, bittschön, das Loch sieht man heut noch!«

Kronenberg rieb sich die Hände.

Der Pinzgauer Sigi war in der Tat der richtige Mann!

Als Sigfried Unterwegerer seinen Dienst antrat, war er im Besitz eines nagelneuen Mauser-Stutzens, zweier Zigarrenkisten voller Munition und der festen Überzeugung, dass ein Zusammentreffen mit dem Franz Feigl, vormals Revierjäger dahier, dieses Mal zu seinen Gunsten ausgehen würde.

Da er aber ein langsamer Denker war und nur über eine schwere Zunge verfügte, die sich meist erst nach zwei oder drei Stamperln Birnenschnaps etwas lockerte, studierte er, ehe er zum ersten Pirschgang aufbrach, einige markante Sätze ein, die er dem Feigl Franz im Falle eines Zusammentreffens an den Kopf schleudern würde.

Etwa: »Ja, was ist denn des? Ich mein, ich seh net recht – des ist ja der Feigl Franz! Waidmannsheil, Herr Revierjäger a. D.! Haben S' eine schöne Wurzl gefundn? Oder ist des Wurzlsammeln bloß eine Ausred? Geh, lassen S' einmal reinschaun in Ihren Rucksack …«

Oder: »Grüß dich, Franz! Gell, da schaust! Jetzt haben wir die Jacken gewechselt, jetzt geht das Spiel andersrum …«

Es gab der dummen Redensarten gar viele, um einen nicht gerade als geduldig und friedfertig bekannten Menschen zum Kochen zu bringen und ihm dann, wenn er etwa in rasendem Zorn seinen Bergstecken hob, pitsch … patsch … eins aufbrennen und ihn abführen zu können wie gehabt, bloß diesmal – in der umgekehrten Marschordnung!

Aber schon drei Tage später kam der Pinzgauer Sigi in sichtlich aufgelöstem Zustand vom Berg herunter und berichtete dem Kugler Lois: »Stell dir vor – mit dem Stecken hat er mich übern Haufen gerannt, und das neue Gewehr ist auch beim Teufl!«

»Reg dich net auf, Sigi«, sagte der alte Lois harmlos: »'s Gewehr ist ja da, das hat der Feigl Franz vorhin bei mir abgebn. Ein neues Gewehr soll man net aus der Hand legen, wenn man ein neuer Jager ist, sollt ich dir vom Franz ausrichten!«

»Das telefonier ich dem Herrn Kronenberg!«, schrie der Pinzgauer Sigi, »das gibt einen Prozess wegen ... na, die wissen's schon wegen was, die Rechtsanwält ...«

Und tatsächlich brachten die Sozietäten Dr., Dr. und noch mal Dr. die Erhebung der Anklage gegen den früheren Revierjäger Franz Feigl wegen »Körperverletzung, Widerstand gegen die Staatsgewalt sowie des dringenden Verdachts der Wilderei« zuwege.

Vor dem zuständigen Landgericht wurde der Fall verhandelt.

Einziger Tatzeuge war der Jagdgehilfe Sigfried Unterwegerer, alias Pinzgauer Si... nein, bloß Sigfried Unterwegerer. Als sachverständiger Zeuge trat Kriminalmeister Schöpf auf den Plan, der die Vorermittlungen geführt hatte. Den Vorsitz führte der Oberamtsgerichtsrat Wildmoser, selber Jäger und passionierter Volkskundler der alpenländischen Bräuche. Im Zuschauerraum saß halb Petersreuth und Vorderau sowie das Personal der umliegenden Forstämter, mit Ausnahme der Beamten, die das harte Los des Notdienstes getroffen hatte.

Irgendwo im Hintergrund hatte sich der Jagdpächter Karlheinz Kronenberg platziert, umrahmt von einer welken Sekretärin nebst Schreibblock, sowie zwei Herren akademischen Aussehens. Die Verhandlung nahm ihren Verlauf.

Der Herr Staatsanwalt tat sein Bestes und der Angeklagte auch, indem er sich mit lauter Stimme für »komplett unschuldig!« befand. Dann lud der Herr Vorsitzende den Zeugen Unterwegerer. »Herr Sigfried Unterwegerer, wenn ich recht lese, also jetzt berichten Sie, was ist geschehen da droben am Mittagsjoch? Ein großartiges Revier übrigens. Ich kenn es von früher her, als Jagdgast des Herrn Forstdirektor Hilger, aber das gehört nicht hierher – also bittschön, Herr Unterwegerer ...«

Mühsam, und durch die vielen Leute irritiert, quälte sich der Pinzgauer Sigi ein paar Sätze heraus: »Des war so: 's Gewehr hat er mir genommen, und nachher hat er mir noch einen Bergstecken in d' Rippen einigerennt, dass mir ganz komisch worden ist!«

»Und dann ...?«

»Dann hat er geschrien: ›Ihr bringt mich net runter von meinem Berg, ihr alle miteinand net, und wenn ihr euch ein Bataillon Gebirgsjäger zu leihen nehmt!‹«

»Und weiter?«

»Dann hat er sich mein Gewehr umghängt und ist gangen!«

»Das Gewehr wurde aber unversehrt im Jagdhaus abgegeben, wie ich dem Protokoll entnehme.« Der Sigi nickte: »Des schon.«

Dem Herrn Oberamtsgerichtsrat Wildmoser machte dieser unblutige Wildererfall sichtlich Spaß, umso mehr, als er die wahren Zusammenhänge längst durchschaut hatte. Er lehnte sich gemütlich in seinen Stuhl zurück: »Hat der Herr Staatsanwalt hierzu ... nein? Dann soll jetzt der Herr Angeklagte seine Version zum Besten geben. Feigl Franz, kein ganz unbekannter Name hierzulande. Also Feigl, wie war das ...?«

Franz zwirbelte ein wenig nervös seinen fuchsigen Schnurrbart auf und begann mit raumfüllender Stimme: »Das war ganz einfach. Ich bin von der Höll her kommen mit einer selten schönen Wurzel. Da seh ich einen Mann Brotzeit machen. Ja, sakra, denk ich, das ist ja der Pinzgauer Sigi, den ich vor einem Dutzend Jahr oder mehr beim Wildern aufgriffen hab, gar net weit weg, da drüben bei den Mandlköpf! Und jetzt hat sich der Gamsdieb scheint's beim Herrn Kronenberg als Jäger eingeschmuggelt, habe die Ehre! – Also weiter: Er sieht nix, er hört nix und frisst seinen Speck, 's Gewehr lehnt an einem Baum. Ein sauberes Büchserl hat er, denk ich, eine Mauser mit Spezialschloss, eine solche wollt ich auch immer. Und ich nehm des Büchserl in die Hand ... Da bemerkt er mich. Fährt in die Höh und springt mich an. Ich kann net anders und bring einen Bergstock in Abwehr. Er rennt rein und fällt zusammen! ... Dann bin ich gangen und hab die neue Büchs ordnungsgemäß beim Jagdhaus vom Herrn Kronenberg abgeliefert.«

Unter seinen dichten Brauen heraus schaut der Herr Oberamtsrichter Wildmoser in die Runde und streift den Herrn Karlheinz Kronenberg samt Begleitkommando mit einem undefinierbaren Blick: »Herr Verteidiger, wollten Sie net noch was sagen?«

Dieser schüttelte den Kopf: »Hier ist nicht mehr viel zu sagen. Der Fall ›Pinzgauer Sigi‹ war seinerzeit eine glatte Sache. Der Fall ›Feigl Franz‹ ist offensichtlich krumm. Ich verzichte darauf, die Glaubwürdigkeit des Zeugen Sigfried Unterwegerer, den der damalige Gerichtsvorsitzende bezeichnenderweise einen ›Abwegerer‹ nannte, durch Vorlesen eines einschlägigen Zeitungsberichts vollends zu erschüttern. Der Mann spricht für sich selbst.«

Nachdem noch der Zeuge Kugler und der Sachverständige, Kriminalmeister Schöpf, zu Wort gekommen waren, zog sich das Gericht zur Beratung zurück und befand alsdann: »Der Angeklagte, Franz Feigl, wird von der Anklage des Widerstands gegen die Staatsgewalt freigesprochen. Wegen des in offenbar fahrlässiger Weise mit der Eisenspitze nach vorne gehaltenen Bergstocks und der hierdurch verursachten leichten Körperverletzung wird ihm eine Geldstrafe von 100 Euro auferlegt.«

»Und 's Wildern?«, rief der Pinzgauer Sigi enttäuscht in den Saal.

Der Herr Oberamtsrichter erhob sich: »Haben Sie bei dem Herrn Feigl eine Waffe festgestellt?«

»Die kann man verstecken auch!«

»Sie müssen's ja wissen!«, brummte Wildmoser und kam zum Schlusswort: »... und im Übrigen wäre es zu überlegen, ob es nicht in gewissem Sinn als unmoralisch angesehen werden muss, einen ehemals wegen Wilddiebstahls vorbestraften Mann in einem so renommierten Hochwildrevier als Jagdschutzorgan einzusetzen. Ich danke, meine Herren, die Verhandlung ist geschlossen!«

Worauf der Herr Kronenberg aufsprang und mitsamt seinen Doktoren und dem Stenogrammblockfräulein aus dem Gerichtssaal stürmte.

Der Forstmeister Berwein aber grinste ganz hinterfotzig und sagte zu dem Forstwart Kastenbauer: »Der Schuss ist nach hinten losgangen! Wenn der Franz die Nerven behält, setzt er den Herrn Kronenberg noch matt!«

»Ein Kleiner zwingt einen Großen in die Knie – das wär einmalig auf der Welt!«, begeisterte sich Kastei und riss seinen Geldbeutel heraus.

»Die 100 Euro Strafe zahl ich ein!«

»Untersteh dich«, rief Berwein, »die zahl ich!«

»Also gut«, grinste Kastei, »dann legen wir zusammen und finanzieren dem Franz noch zusätzlich einen gescheiten Rausch beim Wastlwirt!«

Und so geschah es auch.

Wer geglaubt hatte, der Herr Kronenberg hätte sich die Schlussworte des Oberamtsrichters Wildmoser hinter den grünen Jägerhut geschrieben und daraus seine Konsequenzen gezogen, der irrte gewaltig.

Im Gegenteil, Kronenberg berief in aller Eile seine Getreuen zu einer Blitzkonferenz ins Jagdhaus. Was dabei gesprochen wurde, kam nie ans Tageslicht. Lediglich der Jagdgehilfe Unterwegerer bekam die lapidare Anweisung: »Versuchen Sie, die Scharte auszuwetzen!«

Damit hatte der Pinzgauer Sigi die Verantwortung auf dem Hals, und der »Stab Kronenberg« wusch seine Hände in Unschuld.

Der Sigi legte sich denn auch grimmig ins Zeug, aber der Feigl Franz war vorsichtig geworden und benutzte nur mehr seine eigenen, verschwiegenen Pirschpfade, die schon sein Vater vor dem allgemeinen Jagdbetrieb geheim gehalten hatte.

So rannte der Sigi vergeblich kreuz und quer über den Berg, zum Schaden des Kahlwildabschusses, mit dem er ohnehin beträchtlich im Rückstand lag. Aber wenn er auch in den gewaltigen Wald- und Latschengebieten vergeblich nach dem ausgebleichten Jägerhut vom Franz Ausschau hielt, so hatte er doch mit diesem ein indirektes Zusammentreffen – und zwar eines, dass ihm die Zähne klapperten.

Franz hatte die Tage zwischen Hirschbrunft und Gamsbrunft immer sehr gemocht, obwohl schlecht zu jagern war um diese Zeit. Das Wild war faul und träge, oft auch noch geschreckt vom vielen Jagdbetrieb, stand viel herum, zog wenig. Die Gamsböcke waren noch nicht rogel. Oft lag der Berg wie ausgestorben da, und nur die Kolkraben ließen ihre einsamen Rufe vernehmen. Waren die Raben dann fort, so hörte man, auf den Bergstecken gestützt, nur noch das dumpfe Pochen des eigenen Pulsschlags.

Aber dafür waren jetzt die Berggeister wach, zogen ihre Nebelschlingen um Fels und Grat und ließen die Wetterbäume ins Riesenhafte wachsen. Überall waren jetzt Gestalten und Gesichter zu sehen, und sogar in der Höll, diesem Inferno aus Felsbrocken, Schluchten, Baumleichen und krummen Latschenarmen, schien ein altes, geheimnisvolles Sagenreich lebendig geworden zu sein.

Der Feigl Franz hatte zu den Berggeistern immer gute Beziehungen unterhalten, er war ein Naturmensch mit guten Nerven und scheute ein plötzliches Berggewitter weit mehr als den sagenhaften Büffiteufl, von dem der Volkstums- und Sagenforscher Oberlehrer Zacherl glaubte annehmen zu dürfen, dass er ein weitläufiger Verwandter des schlesischen Rübezahl sei.

Es war einer dieser »Geistertage«, als der Herr Jagdgehilfe Unterwegerer auf dem Weg zur Jochhütte war und dabei ohne Not und mehr aus Neugierde den westlichen Teil der Höll durchquerte. Er war berggewohnt und verfügte über einen ausgezeichneten Orientierungssinn, aber hier wurde ihm fast schlecht, so grauenhaft zerrissen und zerklüftet war das Gelände.

Jetzt fiel auch noch der Nebel ein, so dick, dass man zu ersticken glaubte, und dann war er plötzlich wieder weg, husch … hui … wie fortgeblasen!

Und dann begannen die Bäume zu klagen, und der Wind jammerte oben auf dem Grat. Fluchend tastete sich der Sigi der Jochhütte entgegen.

Auch der Feigl Franz war unterwegs in der Höll, gekräftigt durch eine gute Brotzeit und gestärkt durch ein Mittagsschlaferl auf dem Schaffell im Hotel »Zum fröhlichen Wildschützen«.

Jetzt machte er sich an den Abstieg.

Seine Laune war ausgezeichnet, denn er hatte einen ganz kapitalen Fund gemacht, nämlich einen uralten, verwitterten Baumstock, der geradezu gespenstische Formen aufwies und mit seinem weiten Maul sowie seinem breiten Schädel, woraus ein langes, krummes Horn wuchtete, dem sagenhaften Büffiteufl, den noch niemand gesehen hatte, auch nicht der Oberlehrer Zacherl, gewiss wie ein Zwilling ähnlich sah.

Was heißt ähnlich sehen? Er war's! Denn in welcher Form sonst, als in der eines uralten, fast versteinerten Baumstocks, hätte er sich Jahrhunderte hier oben halten können!

Mit seiner kleinen Handsäge schnitt Franz den Stock vorsichtig ab, und dabei rieselte ihm das Holzmehl entgegen, weil der Stock innen völlig hohl war. Behutsam kratzte Franz mit seinem Messer Mehl und Zunderholz heraus, bis die Öffnung so groß war, dass sein Kopf hineinpasste.

Jetzt bohrte er noch ein paar Augenlöcher aus und hob das Monstrum in die Höhe. Ein fester Ruck, und der Kopf war in der Höhlung. Dabei kam ihm der feine Holzstaub in die Nase, und er musste niesen.

»Sakra, so ein Schmarrn!«, fluchte Franz und versuchte, sich das Trumm vom Kopf zu reißen. Aber seine Ohrwaschl hatten sich verklemmt, und die kühne Adlernase wirkte wie ein Widerhaken.

Franz tat einen dumpfen Ton und schleuderte seinen Kopf hin und her, dass er fast am Holzmehlstaub erstickte.

In diesem Moment bog der Pinzgauer Sigi um einen Felsen und – blickte in das fürchterliche Auge des sagenumwobenen Büffiteufl!

Feigls Gestalt war von einem Erdbuckel verdeckt, nur der entsetzliche Schädel war zu sehen, aus dessen Stirn ein krummes Einhorn ragte und dem erschrockenen Sigi wild entgegendrohte. »So was«, flüsterte der Sigi, »so was von einer Naturerscheinung hab ich noch nie net gesehn!« Und er starrte gebannt und mit gesträubten Haaren auf das gespenstische Gebilde.

In diesem Moment tat der Franz den erwähnten Nieserer, wodurch sich das krumme Horn auf und nieder bewegte und aus den Augenlöchern das Holzmehl staubte.

Der Pinzgauer Sigi spürte, wie es ihm eiskalt den Rücken hinablief.

»Gibt's des?«, flüsterte er, »der rührt sich ja!«

»Sakrament, gehst net runter?«, fluchte der Franz in diesem Augenblick und schüttelte so heftig den Schädel, dass das kostbare Einhorn an einem Baumast anschlug und fast abgebrochen wäre.

Da schrie der Sigi entsetzt auf: »Der Büffiteufl!«

Und raste in voller Flucht den Berg hinunter.

Endlich hatte der Franz die richtige »Drehung« gefunden und legte den Holzstock mit schwerem Schnaufen neben sich auf den Waldboden. Gerade noch sah er den Herrn Unterwegerer in den Nebel hineinhüpfen, mit Sprüngen, die einem Berghirsch zur Ehre gereicht hätten.

»Büffiteufl, des hast gut gemacht!«, lachte er, wickelte den kostbaren Fund in sein riesiges Taschentuch und verbarg ihn behutsam in seinem Rucksack.

Der Pinzgauer Sigi war aber, statt schamvoll zu schweigen, einfältig genug, sein Erlebnis noch am gleichen Abend beim Wastlwirt, wenn auch leicht »idealisiert«, zum Besten zu geben: »Zuerst hab ich mir gar nix dabei denkt und hab seinen Schädel für einen wunderlichen Baumstock gehalten. Aber dann seh ich, wie er den Kopf hin- und herdreht. Ich sag's euch, eiskalt ist's mir runtergelaufen, und d' Knie haben mir geschnackelt, des will was heißen bei mir! Eine Täuschung, red ich mir ein, eine Hallu ... zion, bist halt zu schnell raufgerannt ... Aber auf einmal hat er wie wild den Kopf geschwenkt und dabei einen furchtbaren Fluch gesagt, aber net auf Deutsch, sondern auf Chinesisch oder was – schi ... schi ... schi ... hat es sich angehört!«

Der Sigi sah fragend in die Runde: »Wisst ihr, was des heißt? Ich auch net, und zum Fragen bin ich nimmer kommen, weil er plötzlich eine riesige Dampfwolke aus den Augen und Nasenlöchern rauslassen hat, und da hab ich mich langsam zurückgezogn, weil ich mein Amulett vergessen gehabt hab, und ohne des kannst gegen so einen Teufl nix ausrichten!«

»Da hast aber Glück gehabt, dass er dir net 's Gewehr weggenommen hat!«, sagte der Wastlwirt mit diabolischem Grinsen.

»Warum, tut er des?«, fragte der Sigi arglos.

»Einen Fall weiß ich bestimmt ...«, grinste der Wastlwirt und stellte dem Sigi schnell eine frische Maß hin, um ihn am tieferen Nachdenken zu hindern.

Ein Herzstoß für den »Franz-Jager«

Es war nun schon der zweite Winter seit Feigls Entlassung. Das Füttern besorgte jetzt der Jagdgehilfe Unterwegerer, ohne rechte Begeisterung und bloß noch zweimal die

Woche. Die übrige Zeit hockte er beim Wastlwirt herum und verdrängte den Franz von dem gemütlichen Platz am Kachelofen, an dem sich dieser gelegentlich seinen Rücken und seine einsame Seele gewärmt hatte. Jetzt holte sich Feigl das Bier ins Haus, denn er war menschenscheu geworden und hatte keine Freude mehr an Gesellschaft.

Einmal in der Woche, meist an einem Montag, stapfte er den altgewohnten Weg zum Futterstadel hinauf und füllte die Barren bis an den Rand mit Kraftfutter. Die alte »Lies«, sein Lieblingsstück, kannte ihn noch und forderte eigensinnig ihre gewohnte Sonderration, einen Apfel oder eine Winterbirne.

»Tu's gut beißen«, sagte Franz, während die Lies das Mitbringsel von seinem Handteller nahm. Dann ließ er noch einige Äpfel in den Kälberbarren rollen und schlich sich schnell davon.

Der Jagdgehilfe Unterwegerer merkte sehr wohl, dass sich einer bei der Fütterung zu schaffen machte, und äußerte sich wiederholt beim Wastlwirt: »Da kann einer 's Jagerspielen net lassen! Wenn ich den einmal erwisch, spitz ich ihn mit der Heugabel an einen Baum – dann haben die Füchs auch was zum Fressen!«

Aber der Franz war auf der Hut und hatte einen guten Kundschafter, nämlich den Wastlwirt selber, der jedes Mal, wenn dicke Luft war, hinter dem Haus einen Reisigbesen verkehrt herum in den Schnee steckte. So erstahl sich der Franz ein paar Stunden pro Woche bei seinem geliebten Wild, was den jungen Forstwart Kastenbauer zu der ebenso ketzerischen wie unvorsichtigen Bemerkung veranlasste: »Füttern tut er für den Kronenberg auch noch, der Franz ! Wenn mir so was passiert wär wie ihm, gäb's bloß eine Antwort – wildern!«

Das ganze Forstamt erschrak über diese Äußerung, sogar die grünen Fensterläden wackelten, und Kastei bekam einen roten Kopf und stotterte: »Das ist mir rausgerutscht, müssen S' entschuldigen, Herr Forstmeister.«

Franz selbst war von diesem Gedanken noch weit entfernt. Wenn er nicht am Berg war bei seiner Lies oder in der Au, um Alpenstangen für die Sommergäste zu schneiden, dann saß er in seiner Schnitzerwerkstatt, um die Funde des Sommers mit wenigen, aber treffenden Korrekturen und Farbtupfern in feuerspeiende Drachen, achtköpfige Riesenschlangen oder fünfschwänzige Dinosauriere zu verwandeln. Daneben arbeitete er mit Besessenheit an den allergrässlichsten, schauerlichsten Masken und Larven, ohne allerdings bei irgendeiner die natürliche Wirkung des Büffiteufl-Schädels zu erreichen.

Und noch eine ganz besondere Arbeit hatte er sich vorgenommen: Aus einem Stück Latschenholz sollte ein kleines Gamsböckl entstehen, ein Jahrling mit dünnen, fingerhohen Krücken, der gerade im Sprung über einen Felsblock setzte. Den wollte er zu Ostern seinem kleinen Freund Böckerl zum Geschenk machen.

Aber würde er überhaupt noch hinunterkommen ins kleine Häusl, wo im Revier längst ein anderer Jäger Dienst machte?

Sicher wusste der Herr Kronenberg ganz genau, welchen Trumpf er in der Hand hatte. Würde er noch einmal kapitulieren vor den bettelnden Augen seines Buben, wie das letzte Mal? Oder es an der Zeit finden, das Messer anzusetzen für einen Stoß, der Feigl empfindlicher als alles andere treffen musste?

Franz wagte nicht, die Frage zu beantworten, und schnitzte eifrig weiter, bis sein kleines Kunstwerk fertig war. Ein schönes Gamsböckl. Hübsch, frech und bockig mit seiner runden Stirn und den kurzen, festen Läufen.

Ob Böckerl sich erkannte?

Franz lachte leise vor sich hin, brachte das Böckl in Kampfstellung und unterwies es: »Stoß nur zu, das Stoßen muss man können, sonst kommt einmal einer daher und rennt dich über die Wand runter, genauso wie mich!«

Der Karfreitag kam heran, und kein Böckerl klopfte an die Tür. Aber am Sonntag, da war es so weit. Franz spähte aus dem Fenster und sah draußen den geliebten blonden Schopf.

»Böckerl«, schrie er, »komm rein!«

Schnell nahm er sein Geschenk aus der Pappschachtel und versteckte es hinter seinem Rücken.

Aber Böckerl hatte sich verändert. Es war kein Jahrlingsböckl mehr. Es hatte ja schon fast einen Bart. Und ernst war er, wie sonst nie.

»Guten Tag, Franz«, sagte der Bub und blieb an der Tür stehen. Sonst hatte er den Franz samt seiner Gehschiene immer angesprungen wie eine Wildkatze. Hopplahopp, hatte er ihm auf dem Buckel gehockt: »Los, Franz, hühott ... hühott ...!«

Nichts von alledem.

Franz' Hände umkrampften das kleine Stückl Holz hinter seinem Rücken.

Da sagte Böckerl, und es war, als träfe den Franz ein Hammerschlag: »Vater sagt, du wilderst! Ist das wahr?«

Franz war blass geworden. Sein fuchsroter Schnurrbart zitterte. Er brachte kein Wort heraus.

»Und ein Säufer bist du auch, sagt Vater«, fuhr Böckerl fort, und sein Blick streifte über die zahllosen Bierflaschen, die überall in der Werkstatt herumstanden.

Franz schnaufte tief. Dann fragte er mit heiserer Stimme: »Glaubst du, was dein Vater sagt?«

Böckerl sah zu Boden und sagte leise: »Ob ich es glaub oder nicht, ich darf nicht mehr kommen. Morgen soll ich mit dem neuen Jäger auf die Hahnpfalz. Aber ich will nicht! O Franz ...«

Weinend hing ihm das Böckerl am Hals.

Franz, der sonst so raue Klotz, bekam wässrige Augen und stotterte: »Aber Böckerl! Aber Böckerl ...!«

Da riss sich der Bub schnell los. »Zu Mittag muss ich zurück sein, Vater weiß nichts. Wiedersehn, Franz!«

»Wart noch ...«, rief Franz ihm nach, »wart noch, ich hab was für dich ...« Aber Böckerl war schon fort.

Drei Tage wartete Franz, ob Böckerl nicht doch noch einmal vorbeikäme, dann machte er sich auf den Weg zum Jagdhaus, um dem Buben sein Geschenk auf irgendeine Weise zukommen zu lassen. Und ein glücklicher Zufall wollte es, dass er draußen mit dem Kronenbergischen »Hofnarren« Kugler Lois zusammentraf.

»Loisl«, sagte Franz, »hol mir 's Böckerl her. Sag ihm, ich hab was für ihn, was ihn bestimmt freut!«

»Den jungen Herrn Kronenberg, wennst den meinst, der ist nimmer da«, sagte der alte Lois. »Der hat die ganze letzte Nacht nix wie geheult, und da hat ihn der Herr Kronenberg samt dem Kindermädl und dem Fahrer heimgeschickt. Jetzt soll er eine Woche an die Nordsee, wo der Herr Kronenberg ein Ferienhaus hat. Und ins Jagdhaus, da lässt er ihn nimmer her, weil der Bub offenbar die Bergluft net verträgt, hat er gesagt, der Herr Kronenberg.«

»So, hat er gesagt, der Herr Kronenberg«, wiederholte Franz und schob die Kinnlade vor, dass die Zähne knirschten. Dann holte er plötzlich aus und warf sein Schnitzwerk mit einem gewaltigen Wurf gegen die Vorderfront des Jagdhauses, dass der Putz von der Wand herunterbröckelte.

»Was hast jetzt dort hingeschmissen? Eine Bombe?«, fragt der alte Lois erschrocken.

»Na – 's Böckerl!«, schrie Franz auf und sprang mit wilden Sätzen den Hang hinunter.

In der letzten Festung

Nachdem Böckerls Abreise bei dem Jäger Feigl offenbar die erwartete Wirkung gezeigt hatte – er verließ kaum mehr sein Haus und soff noch mehr als früher –, beauftragte Kronenberg einen Privatdetektiv, um nach weiteren verwundbaren Stellen zu suchen. Und der erfahrene Berufsschnüffler fand auch eine. Der Feigl Franz hatte eine Schwester, die verheiratet in Salzburg lebte. Franz' Mutter war gestorben, ohne ein Testament zu hinterlassen, und so war seine Schwester, die Therese, jetzige Frau Thalhammer, Eigentümerin der Hälfte des Jägerhäusls geworden. Franz wurde sich dessen erst bewusst, als er zum Nachlassgericht geladen wurde. Die Therese hatte ursprünglich vorgehabt, ihren halben Anteil auf den Bruder zu übertragen, da sie selbst in gesicherten Verhältnissen lebte und der Franz außer dem Häusl, seinen Gewehren und seinem Hund nichts besaß. Aber der Herr Schwager, Bäckermeister und Grundbesitzer zu Salzburg, glaubte, auf den bequemen Besitzzuwachs nicht verzichten zu können, und so wurde dem Franz klargemacht, dass alles erst einmal seinen rechten Gang gehe, und im Übrigen bleibe es beim Alten, und Franz brauche um sein Häusl nicht zu bangen und könne es nach wie vor ganz bewohnen.

Dabei wurde aber versäumt, das Wohnrecht für die Haushälfte der Schwester »notariell« zu machen, »weil es das doch nicht braucht unter Geschwistern!«. Und hier war die schwache Stelle.

Eines Tages erschien im Bäckerladen Thalhammer ein Mann, der sich als Grundstücksmakler auswies und zu erkennen gab, dass er für einen gut situierten Großstädter eine Ferienwohnung in den Bergen suche. Dabei sei er auf das Jagerhäusl in Petersreuth gestoßen; es wäre jeweils nur für höchstens drei Wochen im Jahr, ein Zimmer genüge eigentlich schon. Ganz nebenbei nannte der freundliche Mann ein Sümmchen, dass der Herr Bäckermeister Thalhammer das Ohrensausen bekam und seine liebe Frau Therese die Hände ineinander krampfte, dass die Knöchel weiß wurden.

»Der Franz wird das aber nicht dulden!«, stieß sie hervor.

»Überlegen Sie's sich«, lächelte der Herr. »Ich komme nächste Woche wieder vorbei.«

Der besagte Herr aus der Großstadt aber war ein Kronenbergscher Prokurist, dem man ein großzügiges Darlehen der Firma zugesichert hatte, für den Fall, dass er die Ferienwohnung in der übrigen Zeit des Jahres dem Jäger des Kronenbergschen Pachtreviers zur Verfügung stelle.

Durch diesen raffinierten Schachzug sollte der Feigl Franz in seinem eigenen Häusl unter Bewachung gestellt werden.

Und nun konnte er reagieren, wie er wollte, entweder in Ruhe seinen Anteil verkaufen und fortziehen, oder in einer Kurzschlusshandlung die alte Hütte in Brand setzen, so oder so – er hatte verloren!

Tatsächlich kam zwischen der Frau Bäckermeister Thalhammer und dem Herrn Prokurist aus dem Rheinland, wenn auch kein Kaufvertrag, so doch ein langfristiger Mietvertrag zu Stande, und der Feigl Franz musste zähneknirschend erleben, dass sich der Prokurist für ein paar Tage probeweise bei ihm einquartierte. Ihm auf dem Fuß folgte der Jagdgehilfe Unterwegerer, um mit abscheulichem Grinsen seine zukünftige Wohnung zu besichtigen.

Franz durchschaute das üble Spiel auf Anhieb. Aber er reagierte anders, als es sich Kronenberg ausgerechnet hatte. Noch in der gleichen Nacht holte er den alten Repetierer hervor, der noch immer hinter den Holzstößen stand, verbarg ihn unter seinem weiten Lodenumhang und trug ihn hinauf in seine Felsenhöhle.

Das war nun seine letzte Festung.

Da gab's kein Einmieten mehr.

Und wer anfragte, würde seine Antwort in Pulver und Blei erhalten!

Kolkraben über dem Mittagsjoch

Wer das kleine Häusl des Feigl Franz betrat, mochte zuerst meinen, der Jäger, der hier wohnte, habe in seinem ganzen Leben nichts als Trophäen zusammengetragen. Schon draußen, im schmalen Gang, drohten einem die Kampfsprossen zahlloser Hirschgeweihe entgegen, und wohin man sich dann wendete und wohin man auch blickte, hingen Geweihe, Gehörne und Krucken. Aber wenn man diese Hörndlsammlung näher betrachtete, musste man zur Kenntnis nehmen, dass nicht ein einziger so genannter Erntehirsch oder -bock dabei war. Im Grunde hing an den Wänden von Franz' Häusl nur das, was das Bergrevier in drei Jägergenerationen an Schwachem und Krankem erzeugt hatte, und was der Jäger, hierin einem Gärtner ähnlich, weggenommen hatte.

Aber auch mancher abgelahmte Hirsch oder manche Gams war dabei, die die Feigls bei ihren Kontrollgängen in den einsamen Gräben und Schluchten gefunden hatten, und manchmal auch ein Stück, das durch die Kugel eines fiebernden, übereiligen Jagdgasts zu Siechtum und langsamem Eingehen verdammt worden war. All das war mit Datum und Stichwort auf den Hirschschalen vermerkt – eine Chronik des Bergreviers im Auf und Ab der Zeiten, in Freud und Leid.

Nur im Jägerstüberl, in dem die Feigls ihre langen Pfeifen rauchten und ihre Pirschgänge überdachten, hingen stattliche Geweihe. Doch es waren nur aufmontierte Abwürfe, die an den Fütterungen zur Zeit der Hornung aufgesammelt worden waren. Die edlen Produkte des Reviers, sei es Hirschgeweih, Gamskrucke oder Rehgehörn, gehörten nie und nimmer dem Berufsjäger.

Wo überall im Land waren sie wohl verstreut?

Als der Feigl Franz einstmals, nach zwanzig Jahren Dienst im Bergrevier, von seinem Chef »einen Hirsch nach Wunsch« frei bekam, sagte er lächelnd: »Ich dank schön, Herr Forstmeister. Ich freu mich, dass ich den Hirsch schießen darf, und das reicht mir. Geben Sie ihn dem Oberförster Biermichl, der hat mehr Platz an seiner Wand. In meinem engen Häusl kann ich so ein Trumm Hirschgeweih nimmer unterbringen!«

Nicht um alles in der Welt war Feigl dazu zu bewegen, den Finger auf einen wirklich Starken krumm zu machen.

Später äußerte er sich zum Forstwart Kastenbauer: »Ich schieß mir genug. Mir reicht ein Stück billiges Fleisch und ein Aufbruch für meinen Hund. Und wenn einmal ein Guter geschossen wird unter meiner Regie, dann hab ich schließlich auch ein wenig mitgezielt – oder meinst net?« Das war der Feigl Franz zu seinen Jägerzeiten.

Aber jetzt ging ein anderer Feigl Franz über den Berg. Und während er in seiner Felshöhle saß, um den alten Repetierer mit Werg und Öl schussfertig zu machen, überlegte er sich, wie es anzustellen sei, den »Hirsch nach Wunsch« nachträglich einzubringen und darüber hinaus noch zwei oder drei der Allerbesten des Reviers.

»Von Anfang an haben sie mir unterstellt, dass ich wildere«, flüsterte er vor sich hin, »sie sollen Recht haben! Aber ich bin heikel geworden, ich pack jetzt die Guten – soll der Kronenberg das Gfraß wegputzen!«

Der Feigl Franz war böse geworden.

Es war jetzt Mitte August. Die starken Hirsche hatten verfegt und traten in die Feistzeit ein, jenem Abschnitt im Jahr, der der Vorbereitung für die Brunft dient. Ein Feisthirsch ist faul und in der Faulheit vorsichtig. Ein Feisthirsch hat nur einen Freund, das ist die Nacht. Der Feisthirsch fällt im ersten Morgengrauen, ehe er in die Latschen zieht – oder gar nicht. Wenn du eine Tarnkappe hast, Hirschjäger, oder die Geduld und das Geschick eines alten Fuchsrüden, kannst du ihn vielleicht zur faulen Stunde auf die Decke legen. Aber die faule »Stunde« dauert meist nur wenige Minuten. Bist du aber zur Stelle, wenn sich das Geweih, irgendwo im weiten Berg, irgendwann im Zenit der Sonne, aus den Latschen schiebt?

Franz überlegte sich, dass es zweckdienlich sei, möglichst wenig zu pirschen, und wenn, dann nur am Tag, im

Übrigen aber an den günstigen Plätzen, unter peinlicher Beachtung des Windes, anzusitzen.

Er hatte Zeit, mehr Zeit als alle Jäger dieser Welt. Die starken Hirsche des Reviers hatten seit altersher ihren Einstand im Bereich der Höll.

Die Höll war vollkommen unberührt. Stets war aller Jagdbetrieb von ihr fern gehalten worden.

Das würde ihm jetzt zunutze sein.

Oft zwei, drei Tage blieb Franz am Berg, ohne sein Häusl aufzusuchen. Manchmal schlief er in der Höhle, manchmal in den Latschen, in einer trockenen Senke, bloß mit seinem Lodenumhang zugedeckt. Am Tag leuchtete die Sonne heiß und gnadenlos in die Flanke des Bergs, die letzten Rinnsale waren versiegt, das Leben schien erloschen. Nur das Bremsengeschmeiß raste in der Sonnenglut hin und her.

Alles Wild war jetzt weit hinauf in die Höhenlagen gewechselt, wo der Aufwind über die Grate strich. Franz brachte bald heraus, dass ein kleines Hirschrudel, vielleicht vier, vielleicht nur drei Köpfe, im Ostabfall des Hundskopfs stand, wo sich breite, von Latschen bewachsene Grasbänder aus der waldigen Südflanke heraus in den Berg schoben, immer schmäler und luftiger wurden und irgendwo im Fels, jetzt nur noch dem Gamswild zugänglich, endeten. In diesem steilen Gelände blies zu allen Tageszeiten ein scharfer Wind zum Schaden der Fliegen und Bremsen, dieser Geißel des Bergsommers.

Unter normalen Verhältnissen wäre das Jagen hier unmöglich gewesen, da an eine Bringung nicht zu denken war.

Für einen Mann aber, der in Abgeschiedenheit und Heimlichkeit eine starke Trophäe erbeuten wollte, ohne auf das Wildbret Rücksicht zu nehmen, war der Jagdplatz ideal. Und ideal war ferner, dass er weder mit irgendwelcher Konkurrenz, noch mit Augenzeugen zu rechnen hatte. Nur das Echo der Schüsse, das war vielleicht zu hören, falls weit drüben im Rabenpalven die Jagdhütte besetzt war oder sich Holzarbeiter irgendwo in den Hängen des Schöllkopfs zu schaffen machten.

Und einen Hinweis auf verbotenes Treiben konnte auch das Gebaren der großen Rabenvögel geben, wenn sie hartnäckig über einem bestimmten Punkt im Gelände kreisten und ihre Rufe ausstießen, die der erfahrene Bergjäger dahin zu deuten weiß, dass irgendwo ein Stück Wild verludert. Aber auch wenn dieser erfahrene Bergjäger vielleicht im richtigen Augenblick zur Stelle war, so fehlten ihm die Flügel und die Augen des Adlers, das Geheimnis der Raben zu entschleiern.

Eine Woche lang beschäftigte sich Franz nur damit, den Tagesablauf des kleinen Hirschrudels zu studieren, Auswechsel und Rückwechsel, und die wahrscheinlichen Äsungsaufenthalte herauszufinden. Noch hatte er keine Büchse bei sich, nur ein altes, kleines Fernglas, versteckt unter der Jacke. Eines Tages war es dann so weit, dass er einen Ansitzplatz gefunden hatte, der es ihm erlaubte, die Hirsche vor dem Einwechseln in die Tageinstände abzufangen. Der Platz war für Talwind berechnet und musste von unten angegangen werden. Er gewährte Einsicht in eine teils schmale, teils breitere Latschengasse, die sich fast bis zum Grat hinaufzog. Drei frische Wechsel durchschnitten sie. Auf einem musste das Rudel kommen, wollte es nicht auf freiem Grat gegen den Einstand wandern. Und kam es, und das Licht reichte aus, dann war selbst zum höchstgelegenen Wechsel noch ein sicherer Schuss anzubringen.

Franz stieg ab und versteckte seinen Repetierer, den er in ein Stück Segeltuch eingeschlagen hatte, am Ansitzplatz in den Latschen.

Es wurde Ernst.

Noch in der gleichen Nacht verließ er sein Häusl und war, lang bevor der Morgen graute, zur Stelle.

Jetzt schlug ihm plötzlich das Herz bis zum Hals hinauf, und er wünschte sich die Nähe mit irgendeinem Menschen, einem Jagdgast, den man mit Flüsterstimme einweisen konnte: »Jetzt wird's gleich so weit sein – richten S' sich!«

Aber Franz war allein, und seine Hand zitterte, als er auf die Uhr schaute – halb vier!

Am Berg war Totenstille. Der Wind strich kühl und stetig vom Grat herunter. Die Wechsel, feine Linien, traten aus dem Graugrün des Berges hervor. Der Himmel im Osten wurde hellblau – und plötzlich war Büchsenlicht. Franz starrte den Graben hinauf. Die Büchse lag auf seinen Knien. Wenn das Wild erschien, war nicht viel Zeit ...

Aber es wurde heller und heller, und die grauen Wetterbäume fingen an, blutrot aufzuleuchten. Eine Rossbremse brummte vorbei, auf Beuteflug. Aber noch war Talwind.

Da zog, weit oben, das erste Wild durch die Latschenfurt. Geringer Hirsch. Dann nichts mehr ...

Franz ließ sich nicht täuschen. Und plötzlich und völlig lautlos stand ein starker Feisthirsch auf dem mittleren Wechsel. Hellrot leuchtete der Wildkörper, das Geweih senkte sich auf und nieder im langsamen Schritt. Er verhielt und äugte herab.

Da donnerte der Schuss. Der Hirsch zuckte zusammen und stürmte in die Latschen.

Eine Weile noch krachte es und Steine rieselten. Dann ein dumpfer Fall. Ein letztes Ächzen. Weit oben im Grat schreckte ein Stuck. Zur linken Hand, in der Höhe des Mittelwechsels, krachte ein Geweih durch die Latschen, hangaufwärts, wie Franz deutlich hörte.

Er repetierte. Wieder war Stille am Berg. Franz hockte und lauerte. Aber der zweite Hirsch war offenbar zurückgestürmt in die Latschenfelder des Karkogels. Für heute war die Jagd vorbei.

Franz brachte seine Büchse in Sicherheit und verkroch sich in seine Höhle. Er schlief ein wenig, stieg dann ab und machte sich erst am nächsten Tage auf die Nachsuche, den »Wurzelrucksack« auf dem Rücken, in der Hand ein besonders interessantes Griffstück für einen Sommerfrischler-Bergstock.

Und so, harmlos durch die Gegend streifend, stolperte er wie zufällig über den gewilderten Hirschen.

Er erschrak, als er in seine mächtigen Stangen griff – es war der Melchior, von der Jägerei Mondalmhirsch genannt, der stärkste Hirsch des Reviers!

Diesen Ausnahmehirsch hatte er am Futterstadel »Zur stillen Brotzeit« mit vielen Kraftfuttergaben herangezogen. Fast zahm war der Recke gewesen, solange der süße Sesamkuchen in dem Barren duftete. Mit dem ersten Buchenlaub aber zog er stets auf und davon, das armdicke Bastgeweih schon weit über den Mittelspross geschoben, und dann war er verschwunden, um im Nebelrauch der letzten Septembertage im Mondalmgebiet aufzutauchen. Gewaltig hallte sein Röhren von den bleichen Mauern der verlassenen Hütten wider; ein hoher Jagdgast schoss an ihm in der ungeheueren Erregung vorbei, Berwein, der Forstmeister, begnadete ihn ein Jahr später, um das Wachstum dieses Übergeweihs bis zu seinem Zenit zu beobachten. Aber nun war der Recke stiller geworden und kein Freund der freien Alm mehr. Nur des Nachts dröhnte zwischen den Ruinen sein tiefer Bass. Franz trennte den Schädel ab und bedeckte den Wildkörper mit Steinen, so gut es ging. Dann wuchtete er das Geweih auf seine Schultern und trug es in seine Höhle. Dort hatte er einige schwere Eisenhaken in die Wand getrieben. Für den Kaspar, den Melchior und den Balthasar. Der Melchior hing jetzt dort!

Drei Tage später brachte er den zweiten Hirsch des Rudels zur Strecke. Aber diesen Hirsch hatte er vorher noch nie gesehen; es war kein Futterstadelhirsch.

Alles ging gut, wie beim ersten Mal. Nur die Kolkraben kreisten jetzt häufiger als sonst über dem Mittagsjoch ...

»Man sagt, dass er aus Rache wildert ...«

Es war Spätsommer geworden. In manchen Nächten spürte man schon den herannahenden Herbst. Das Hirschwild ging in die Hochfeiste, zog immer weniger und war kaum mehr bei Büchsenlicht zu sehen.

Oben, in jenem wildträchtigen Gebiet zwischen Mittagsjochsattel und Hundskopf, von den Einheimischen wegen seiner abseitigen Lage und Unzugänglichkeit Höll genannt, verödeten die Wechsel, und die Äsungsplätze waren verlassen.

Das rührte aber nicht von der Feistzeit her, sondern von dem unheimlichen Kerl, der einmal da, einmal dort in den Latschen lauerte und unter den Geweihten eine blutige Ernte hielt.

Drei starke Hirsche waren im östlichen Steilgelände gefallen, einen vierten und den gleichzeitig Letzten der

»Heiligen drei Könige« schoss Franz an den Schafböden, im diesigen Licht eines Regentags.

Jedes Mal, wenn der Schuss draußen war, hatte Franz das gleiche Verfahren angewendet – Büchse fort und verschwinden!

Oft erst Tage später umkreiste er vorsichtig den Anschussplatz, wie ein Fuchs, der sich misstrauisch dem Luderbrocken nähert. Hatte er den roten Hügel zwischen den Latschen erspäht, um den schon die Fliegen summten, schlug er nochmals einen großen Bogen um das Gelände, ehe er dann niederkniete, um das Geweih abzuschlagen.

Jetzt hatte er die Blüte des Reviers vernichtet, und ein Jahrzehnt musste vergehen, wollte sich ein Jäger aus dem Mittagsjochgebiet annähernd gleichstarke Trophäen an die Wände hängen.

Einmal, nur ein einziges Mal, beging Franz einen schwer wiegenden Fehler.

Er wusste nicht, wie es kam. Er pirschte den Steig unter dem Grat entlang und hatte die Büchse auf dem Rücken. Vielleicht wollte er die Waffe zur Höhle bringen, um sie zu reinigen. Er dachte vielleicht gerade an Böckerl oder seinen früheren Chef Berwein und lebte einen Augenblick so tief in der Vergangenheit, dass er glaubte, noch der alte Franz-Jager zu sein.

Plötzlich wurde er von hinten angerufen: »Hallo, Sie da, was tun denn Sie da heroben?!«

Blitzartig erwachte Franz aus seinen Träumen, fuhr herum und sah einen jungen Grenzpolizisten auf sich zukommen.

Doch ehe er sich entschieden hatte, entweder das Gewehr vom Rücken zu reißen oder mit einem Riesensprung in die Latschen zu hechten, rief der junge Kerl: »Ja, des ist ja der Jäger! Gell, sind S' erschrocken!«

Zögernd entgegnete Franz: »Ein Wunder wär's net in der Einsamkeit da heroben.«

»Sehn Sie, und grad deswegen bin ich rauf. Und weil ich für den Winter trainier, für die Langlaufstaffel; da haben sie mich als Schlussläufer eingeteilt. Enzwieser heiß ich, vielleicht haben S' meinen Namen schon in der Zeitung gelesen!« Franz spürte, wie der Druck von seinem Brustkasten wich, und er nickte eifrig: »Freilich hab ich das! Wer kennt den Enzwieser net!«

»Lügen tut er auch noch«, lachte der junge Bursch, »mich kennt nämlich kein Mensch, und egal ist's mir auch. Geh, machen wir ein wenig Brotzeit miteinander! Meine Hauswirtin hat mir eine halbe Sau eingepackt, die ess ich allein nie.«

Und schon zog er seinen kleinen Sportrucksack vom Rücken, und Franz blieb nichts anders übrig, als mitzuhalten. »Haben S' schon was geschossen heut?«, fragte Enzwieser. Franz streifte den jungen Grenzer mit einem schnellen Seitenblick.

»Nein«, sagte er langsam, »da heroben wird außer in der Hirschbrunft nix geschossen. Der Abtransport ist zu kompliziert.«

Enzwieser lachte: »Ihr seid auch nimmer die Alten. Früher, mein ich, haben s' die Hirsch auf dem Buckel runtergetragen. Und wenn's die Jäger net getan haben, dann bestimmt die Wilderer!«

»Kann schon sein«, murmelte Franz.

»Wird da heroben gewildert?«

Die Frage kam ganz plötzlich, und Franz vermochte sein Erschrecken nicht zu verbergen.

»Ich glaub net«, sagte er vorsichtig. Enzwieser schaute auf die Uhr.

»Jetzt müssen gleich die andern kommen. Wir sind zur gleichen Zeit von der Jochhütte gestartet; aber die Herren Kollegen haben sich scheint's am Steilhang ein wenig übernommen. Wenn die net besser werden, lauf ich die Staffel allein!«

Franz fuhr in die Höhe. »Für mich wird's Zeit. Ich muss heut noch …«

»Geh, warum denn so eilig? Da heroben drückt einen doch nix, kein Chef und keine Frau! Der Habammer Michl ist übrigens auch mit von der Partie, den müssen S' doch kennen, der hat eimal beim Wastlwirt gewohnt, bevor er geheiratet hat.«

»Kann schon sein, aber ich muss jetzt weiter …« Und ohne sich noch auf ein weiteres Wort einzulassen, setzte er seinen Hut auf und machte sich davon.

Habammer … Habammer … dem Mann durfte er nicht begegnen, der wusste Bescheid. Fort, nichts wie fort …!

Franz raste den Steig hinunter, durchquerte die Höll und verschwand in seinem Unterschlupf.

Oben am Brotzeitplatz waren soeben Enzwiesers Staffelkameraden eingetroffen und setzten sich schnaufend und schwitzend neben ihren Schlussmann, der mit abfälligen Äußerungen über ihre miserable Kondition nicht sparte.

Dann sagte er: »Da hab ich grad den Jäger getroffen. Das ist aber ein seltsamer Heiliger. Als er gehört hat, dass ihr nachkommt, ist er auf und davon. Der muss menschenscheu worden sein, bei seiner Jagerei …«

Der Habammer Michl horchte auf. »Wie hat er den ausgschaut?«

»Vogelwild – eine Mischung zwischen einem Jäger und einem Berggeist!«

»Hat er einen roten Schnauzbart gehabt?«, fragte Michl.

»Haargenau. Und eine Riesennase.«

»Dann war's der Feigl Franz!«, rief Habammer.

»Und?«, fragten seine Kameraden.

»Der ist schon lang kein Jäger nimmer«, sagte der Habammer Michl, »den hat der neue Jagdpächter entlassen. Man sagt, dass er aus Rache wildert.«

»Was tun wir jetzt?«, sagte Enzwieser betreten.

»Nix«, entgegnete Habammer. »Das solln die Herren Jäger unter sich ausmachen. Wenn du drunten jemanden fragst, sagt ein jeder, dem Jagdpächter geschieht's recht, der ist ein Saukerl! Ich schlag euch vor, wir halten 's Maul und haben nix gesehn!« Und so geschah es auch.

Der Pinzgauer Sigi gibt auf

Die heimtückische Einquartierung des Jagdgehilfen Unterwegerer im Jägerhäusl, mit der man gedachte, dem Feigl einen unerträglichen Zecken ins Fleisch zu setzen, erwies sich als weniger wirkungsvoll, als sich der Herr Kronenberg vorgestellt hatte.

Zwar hatte der Unterwegerer den Feigl nun unter Kontrolle, aber ebenso der Feigl den Unterwegerer. Die Situation war entnervend für beide und zwang sie schließlich, um Mord und Totschlag zu vermeiden, das gemeinsame Quartier als neutrales Gebiet zu betrachten.

Im Grunde war Feigl bei dem Katz-und-Maus-Spiel sogar der Überlegene, denn er verfügte völlig frei über seine

Zeit, während der Jagdgehilfe seine Dienststunden einzubringen und den Pflichtabschuss zu tätigen hatte.

Wenn der Pinzgauer Sigi todmüde hinten in seiner Kammer schnarchte, packte der Franz Speck und Brot in seinen Rucksack, zog die schweren Schnürstiefel unter dem Schuhbankl heraus und rüstete sich zum Berggang.

Die Hex hob dabei den Kopf, als wollte sie sagen: »Wann bist denn endlich fertig mit deinem sonderbaren Geschäft? Wann darf ich denn endlich wieder mit? Wenn schon net zum Jagern, dann wenigstens, um eine Wurzel runterzutragen!«

Und Franz beugte sich hinab zu seiner treuen Gefährtin und flüsterte: »Sei froh, dass du daheimbleiben kannst. Wenn du wissen tätst, was dein Herrchen da droben tut, tätst ihm die Gurgel durchbeißen!«

Als der Pinzgauer Sigi bei einem schnellen Blick durch das Werkstattfenster vom Franz den Büffiteuflschädel erspäht hatte und nunmehr den Grund wusste, warum er als Jäger nicht so recht ernst genommen wurde, war er entschlossen, dem Franz bei der nächsten sich bietenden Gelegenheit eins aufzubrennen, ohne erst die fürchterliche Halbmantelpatrone gegen eine gnädige Vollmantel auszuwechseln. Auch einen Hund hatte er sich zugelegt, obwohl er nicht recht damit umgehen konnte. Der Hund war ein Schweißrüde und als ungewöhnlich scharf bekannt. Aber trotz seiner Schärfe sprang ihn die alte Hex des Feigl Franz gleich bei seiner ersten Antrittsvisite über den Haufen und riss ihm in einem kurzen, aber mörderischen Kampf das halbe linke Ohrwaschl weg. Fortan umkreisten sich die beiden Hunde in grimmiger Feindschaft, was die ohnehin explosive Stimmung im engen Häusl noch erhöhte.

»Jetzt wird's mir zu viel – jetzt muss einer von uns weiter!«, zischte der Pinzgauer Sigi eines Tages und ließ im Jagdhaus ausrichten, dass er die nächsten Tage ausschließlich dem Jagdschutz am Mittagsjoch widmen werde, und falls er nach einer Woche nicht zurück sei, wäre der Feigl Franz der Schnellere gewesen, und man solle ihn verhaften und eine gnadenlose Verhandlung machen.

Dann verbreitete er, wo er gerade ging und stand, seine Absicht, auf einige Tage nach Österreich zu seinen Verwandten zu reisen, und quartierte sich in Wirklichkeit auf der Jochhütte ein, von wo aus er vom ersten Morgengrauen bis spät in die Nacht die Zugänge zur Höll, in der er Franz' Aktionsfeld vermutete, pausenlos belauerte.

Aber der alte Hase Feigl hatte den Trick mit dem »Verwandtenbesuch« selber schon zu oft durchexerziert, um noch darauf hereinzufallen. Er verließ sein Häusl um keinen Meter, und erst als der Unterwegerer nach einer Woche, reichlich bärtig und mitgenommen, von seiner »Austriareise« zurückkehrte, rüstete er sich seinerseits zur Pirsch.

Mit einer solchen Möglichkeit hatte aber auch der Pinzgauer Sigi gerechnet, und als der Franz aus dem Haus war, brach er sein überlautes Schnarchen ab und machte sich fertig zur Verfolgung.

Es war zwei Uhr nachts und stockdunkel. Er ließ dem Franz einen Vorsprung von etwa einer Stunde und pirschte dann langsam, und mit Hilfe einer abgeblendeten Stablampe, auf dem breiten Holzabfuhrweg hinein in die Flanke des Mittagsjochs, um später in einen schmalen Jagdsteig abzuzweigen.

Unterwegs überlegte er sich noch einmal, wo die beiden letzten ungeklärten Schüsse gefallen sein mochten, wenn man das Echo berücksichtigte. Und er machte sich vor allen Dingen Gedanken, wo der Franz seinen Unterschlupf hatte, in dem er Gewehr und Munition verwahrte und die schweren Wetterstürze überdauerte.

Plötzlich schlug er sich die Faust vor die Stirn, dass ihm fast der Hut herunterfiel.

»Bin ich ein Rindvieh! Dass ich da net eher dran denkt hab – der ist im Loch, da geh ich jede Wette ein!«

»Loch« war bei den Pinzgauern das Kodewort für das uralte, streng geheimgehaltene Wildererversteck am Mittagsjoch.

»Der Feigl weiß von dem ›Loch‹ und benutzt's jetzt selber als Notquartier. Das ist der Grund, warum er mitten im Revier hockt und wir ihn net sehn und net zu fassen kriegen!«

Das war des Pinzgauer Sigi späte Erkenntnis.

Er selbst hatte zu seinen eigenen Wildererzeiten nur ein einziges Mal einen schnellen Blick in die sagenumwobene Höhle werfen dürfen, und zwar in Begleitung eines älteren Kollegen, der inzwischen auch »brav«, ja sogar Pfarreimesner geworden war.

Es war damals schon nicht mehr üblich gewesen, vom »Loch« aus zu operieren. Die Wilderer hatten keinen Sinn mehr für tagelanges Umherschleichen und primitives Übernachten; sie schossen schnell in ein Gamsrudel hinein und verschwanden mit ihrer Beute über der Grenze.

Nur so viel wusste Sigi noch, dass die Höhle im oberen Teil der Höll, irgendwo unterhalb des Grats, in der Verlängerung eines schräg nach oben verlaufenden Felsspalts zu suchen sei.

Der Jagdgehilfe Unterwegerer hätte mit diesen oberflächlichen Kenntnissen den Feigl Franz wohl niemals aufgespürt, wenn nicht sein Hund gewesen wäre. Aber der Rüde hatte schon beim Einmünden in den Pirschgang das intensive Bier- und Tabaksgerücherl vom Franz in der Nase, und sein Herr assistierte ihm hierbei kräftig, indem er ihm einen von Franz' alten Socken immer wieder vor die Nase hielt und dabei flüsterte: »Such ihn, such ihn ...«

Auf diese Weise bog der Jagdgehilfe Unterwegerer beim ersten Morgendämmern unterhalb der Schafböden in einen alten Schafsteig ein, der ihm bislang noch nicht aufgefallen war.

Auf diesem Steig hatte der Franz einen Widergang unternommen, aber wohl nur, um nicht den Rückwechsel des im Karalmgebiet stehenden Wildes zu durchschneiden. Weit hinunter in den Hundskopfgraben und dann, in einem Knieschinder sondersgleichen, wieder steil aufwärts in den Jochsattel ging Franz' Schleichweg, um dann in sanfter Kehre wieder einzumünden in die untere Höll.

Mit größter Vorsicht und zunehmender Aufregung folgte der Pinzgauer Sigi des Feigl Franz raffiniertem Umweg. Plötzlich spürte er den scharfen Wind vom Grat herunter, und die aufgehende Sonne färbte schon die Spitze des Karkogels mit einem ganz vorsichtigen Rot.

Wo aber war der Franz?

Die kaum sichtbare Pfadspur verzweigte sich nun in drei Richtungen. Unterwegerer rief den Hund zu Hilfe, drückte ihm beschwörend den Socken an die Nase und flüsterte: »Such ihn, such ihn ...!«

Dabei schlug ihm das Herz bis zum Hals hinauf.

Aber der Schweißrüde war kein Polizeihund, und die Socken des Feigl Franz interessierten ihn nicht mehr, seit ihm das Bockdüfterl des Gamswildes entgegenwehte, das aus den Schafböden heranzog, um ein oder zwei Stunden nach Sonnenaufgang über den Grat in die Schattenseite zu wechseln.

Sigi überlegte, dann entschied er sich für die mittlere der kaum noch erkennbaren Steigspuren. Ohne es zu wissen, befand er sich auf dem richtigen Weg zum »Loch«. Dreißig, zwanzig Schritte noch, dann musste er jenen, fast wie von Hand gemeißelten Torbogen erreichen, hinter dem ...

Plötzlich schrak Unterwegerer zusammen.

Ein Luftzug hatte ihn an der Stirn gestreift, ein Eiswind aus dem Berginnern. Er lauschte eine Weile. Trocknete sich den Schweiß von der Stirn. Dann nahm er vorsichtig den Rucksack vom Rücken und hieß den Hund, sich darauf zu legen. Er prüfte die Büchse und entsicherte leise. Dann pirschte er, Schritt für Schritt, vorwärts ... Franz Feigl hätte normalerweise keine Aussicht gehabt, zu entkommen.

Ein Blick in die Höhle, die gewilderten Hirschgeweihe an den Wänden, auf dem Felsbankl im Hintergrund das Gewehr, daneben die Munitionsschachtel – und der Pinzgauer Sigi hätte nicht lange gefackelt!

Aber Feigl hatte es sich zur Gewohnheit gemacht, niemals sein Versteck auf Anhieb aufzusuchen. Erst pirschte er in halber Höhe auf den Grat hinauf, um von einem Felsköpfl aus, das unauffällig aus den Latschen ragte, lange und gründlich nach Gefahr zu spähen. Von hier sah er, selber in ausgezeichneter Deckung, bis zu den verfallenen Mondalmkasern hinunter, und, was noch wichtiger war, er sah, durch das Astgitter zweier Wetterfichten, hinüber zur Jochhütte, dem nächstgelegenen Jägerquartier. Dann, wenn er sicher war, unbeobachtet zu sein, holte er seinen Repetierer aus dem Versteck, das er laufend wechselte, und pirschte auf seine Höhle zu.

Aber auch dann noch rechnete er mit dem Äußersten, nämlich dass die Höhle entdeckt und besetzt wäre. Erst wenn er, durch einen Seitenspalt, der von herabhängenden Latschenästen verdeckt war, hineingespäht hatte und die Höhle leer vorfand, fühlte er sich sicher und machte es sich in seinem Quartier gemütlich.

Und so lauerte er auch heute noch auf seinem Kogel, als sich der Pinzgauer Sigi gerade für den mittleren der drei Steige entschieden hatte.

Franz wollte seine Routinesitzung eben abbrechen, da sah er unter sich in dem kleinen Latschenkessel plötzlich einen Hut, der sich langsam bergwärts bewegte.

Er kannte die altehrwürdige Kopfbedeckung, die er in diesem Moment im Gang des eigenen Hauses auf dem Kleiderhaken wähnte, nur zu gut. – Jetzt war es also so weit.

Der Pinzgauer Sigi war ihm auf der Spur.

Schnell rutschte Franz von seinem Felskopf herunter, brachte in Eile das Gewehr an sich, das im Stumpf eines hohlen Wetterbaums lehnte, klomm wieder empor und machte sich schussfertig.

Der Jagdgehilfe Unterwegerer beziehungsweise sein Hut hüpfte durch die Latschengasse langsam bergauf. Manchmal sah Franz das rote Fell des Schweißhundes durch die dichten Latschenäste schimmern. Das machte ihm Kummer.

Jetzt lag der Hund des Sigi auf dem Rucksack. Er war unruhig und äugte zum Kogel herüber. Er hatte Wind.

Aber der Pinzgauer Sigi beachtete es nicht und pirschte wie hypnotisiert auf den Eingang der Höhle zu, das Gewehr in Hüfthöhe, den Finger im Abzugsbügel. Franz brachte seinen Repetierer in Anschlag. Nun hatte der Hund ihn eräugt und knurrte auf. Erschrocken schaute der Sigi um.

Da krachte der Schuss, und Sigis Hirschbart spritzte nach allen Seiten auseinander. Der Hut selbst bewegte sich in schneller Kreiselbewegung bodenwärts, das Geschoss aber platschte an einen Felsen, erzeugte eine kleine Staubwolke und irrte als Querschläger in den Hang hinaus. Der Hund winselte auf und verkroch sich, den Rucksack nachschleifend, in die Latschen. Dann Stille.

Als der Pinzgauer Sigi nach dreimaligem Verirren mit wackelnden Knien und völlig außer Atem bei der Jochhütte eintraf, fand er an der Hüttentür einen Zettel vor, auf dem mit gut leserlichen Druckbuchstaben geschrieben stand: »Der nächste Schuss geht tiefer! – Halt's Maul und verschwind!« Noch am frühen Nachmittag stieg der Pinzgauer Sigi ab. Er war blass und wirkte geistesabwesend.

Aus alter Gewohnheit spähte er, ehe er in das Haus trat, durch Franz' Werkstattfenster. Da riss es ihn zurück! – Friedlich saß der Franz vor seiner Schnitzbank und lachte harmlos vor sich hin.

»Der ist wahnsinnig, der tut's ...!«, flüsterte der Sigi, rumpelte in seine Kammer, packte eilig seine Sachen zusammen und empfahl sich über die Grenze ins friedliche Pinzgauer Land.

»Wo sind Ihre starken Hirsche, Herr Kronenberg?«

Im Bergrevier ist die Hirschbrunft der Höhepunkt des Jahres. Wenn die Brunft miserabel war, ist dem Bergjäger das ganze Jahr versaut. Und heißt es: »Sakra, aber heuer haben s' geschrien!«, dann hat sich alles bezahlt gemacht, der hohe Kostenaufwand des Jagdherrn, der Eifer des Berufsjägers und die Passion der Gäste.

Gegen Mitte September zu geht der Hirsch zum Rudel, vielleicht auch etwas früher. Die erste Oktoberwoche ist Hochbrunft, und um die Mitte des Monats ist das ganze Spiel zu Ende. Das ganz große Theater aber dauert nur wenige Tage. Es sind genau die Tage, an denen es unablässig von den Berghängen dröhnt, bei Sonnenaufgang am mächtigsten, zu Mittag vielleicht verstummend, und am frühen Nachmittag wieder beginnend – Schrei um Schrei, Ruf und Gegenruf, bis spät in die Nacht. Und steht der Vollmond über der Alm, wird die Brunft der Hirsche zu einem Schauspiel, das in der Natur nicht seinesgleichen hat.

Wenn es dann richtig »herbstelt« im Gebirge, Ahorne und Buchen aufflammen im Gehäng, die Lärche hellfarbig aus dem Dunkelgrün der Wälder heraustritt und der Reif die Almwiesen überzieht, ist der Sinn und Zweck des ganzen Theaters schon erfüllt; das weibliche Wild ist beschlagen und die wilden, zottigen Freier ziehen sich stumm und abgekämpft in ihre Wintereinstände zurück.

Heuer sah der Jagdherr vom Mittagsjochrevier der hohen Zeit mit einiger Sorge entgegen. Der Jagdgehilfe Unterwegerer hatte sich aus dem Staub gemacht, ein Nachfolger war in der kurzen Zeit nicht aufzutreiben. Und wäre er es gewesen, und hätte er das Format eines Feigl Franz gehabt, so hätte er wegen mangelnder Revierkenntnis die Gäste nicht führen können.

Im buchstäblich letzten Moment orderte der Herr Forstmeister Berwein seinen altbewährten Oberförster Biermichl zur jagdlichen Amtshilfe ab, was Kronenberg jedoch kaum als einen Akt der Nächstenliebe, sondern eher als beginnende Einflussnahme auf Revier und Jagdbetrieb deuten musste.

Überhaupt hatte Kronenbergs Einfluss – die Gründe waren noch nicht in aller Deutlichkeit sichtbar – nachgelassen. Das Jagdhaus war die meiste Zeit unbewohnt, und Kugler Lois, der Hauswart, verbrachte seine Zeit damit, riesige Berge von Brennholz aufzuschichten. Kronenberg selbst hatte sich den ganzen Spätsommer nicht mehr sehen lassen.

Zur Brunft allerdings war eine Anzahl von Gästen angesagt, von denen jedoch nur einer von überragender Bedeutung für Kronenbergs weiteres wirtschaftliches Wohlergehen war – der Herr Konsul und Bankier Hans G. Hermesdorfer.

»Der Konsul bekommt den Mondalmhirsch!«, bestimmte Kronenberg anlässlich einer Vorbesprechung mit dem Oberförster Biermichl.

»Muss das der sein ...«, knurrte Biermichl, der ein besonders exemplarisches Muster bayerischer Dickfelligkeit und Aufsässigkeit zu sein schien.

Ärgerlich entgegnete Kronenberg: »Dann eben ein anderer; sind ja wohl starke Hirsche genug da!«

›Dank dem Feigl Franz, den Sie hinausgeschmissen haben‹, dachte Biermichl, aber laut sagte er: »Wenn der Herr Konsul kommt, rufen S' mich an. Ich tu mein Möglichstes!« Er setzte seinen Hut auf und ging.

Kronenberg drückte seine Zigarette aus: »Schwer verdaulicher Menschenschlag. Vielleicht wäre ich mit einem kleineren, weniger renommierten Eifelrevier besser beraten gewesen.«

Aber diese Einsicht kam zu spät. Kronenberg hatte sich mit dem Glanz eines Hochgebirgsreviers auch dessen Lasten aufgeladen. Früher einmal hatte am Mittagsjoch der Erzbischof von Salzburg gejagt. Gekrönte Häupter aus ganz Europa waren seine Gäste gewesen. Die Förster hatten wie Fürsten regiert und nur die Tüchtigsten zum Jäger getaugt. Nur ein königlicher Haushalt vermochte die Kosten des Jagdbetriebs zu verkraften. Es war, als hätten diese Bergreviere etwas von jenem aristokratischen Stolz beibehalten und wehrten sich gegen die Entweihung durch einen modernen Glücksritter und Emporkömmling.

Die Hirsche selbst allerdings schrien heute wie früher, und so war der Herr Konsul pünktlich zur Stelle, und der brave Oberförster Biermichl zog alle Register seiner Kunst, um ihn auf den wohl stärksten Hirsch des Reviers, den sogenannten »Mondalmhirsch«, zu Schuss zu bringen.

Aber auf der einsamen Alm mit den gespenstischen Hüttenruinen, wo er mit seiner mächtigen Stimme jahrelang den weiten Talkessel erfüllt hatte, brunftete ein jüngerer, völlig unbekannter Eissprossenzehner.

»Der Mondhirsch ist net da, sonst wär dieser Leichtgewichtler schon im Himmel«, sagte Biermichl.

Der Konsul Hermesdorfer war ein alter, erfahrener Hochwildjäger und wusste, dass sich Berghirsche nicht mit einem Kuhstrick am Almgatterl anbinden lassen. Er sagte: »Gut, dann probieren wir's eben an einem anderen Platz!«

Sie probierten. Sie probierten auf der Hundsalm, im Scharrkessel, im Edersbachschlag, an allen bewährten Plätzen, an denen in den letzten Jahre gewaltige Stimmen und noch gewaltigere Geweihstangen regiert hatten. Vergeblich. Mit dem selbstherrlichen Feigl Franz schienen auch die Recken der Berge aus dem Revier verschwunden.

Während der Oberförster Biermichl den Grund hierfür zu ahnen glaubte, aber der Angelegenheit als unzuständig und auch sonst mit Gelassenheit gegenüberstand, musste sich der Herr Kronenberg von seinem hochwichtigen »Einser-Jagdgast« sagen lassen: »Wenn Sie, mein lieber Herr Kronenberg, Ihre geschäftlichen Expansionsmöglichkeiten in demselben Maße überschätzen wie Ihre Hirsche, dann weiß ich mir für mein Geld einen besseren Platz!«

Das war ein Tiefschlag, und er traf Kronenberg umso empfindlicher, als er sich mit neuen Projekten bereits so weit vorgewagt hatte, dass der Fortbestand des Gesamtbetriebs mit dem normalen Kreditrahmen nicht mehr durchzustehen war.

Entgegen seiner Natur und nur der immensen Bedeutung halber, die des Bankiers Wohlwollen für ihn hatte, verschluckte Kronenberg die bereits formulierte scharfe Entgegnung und stellte dem Herrn Konsul als Ersatz für den entgangenen Hirsch eine Einladung zur Gamsbrunft auf den »derzeit womöglich kapitalsten Bock des bayerischen Alpenraumes« in Aussicht.

Und der Herr Konsul schien tatsächlich anzubeißen. »Da war doch die Sache mit diesem Dr. Schönauer, Präsident irgendeines hohen Gerichtshofs, wenn ich mich recht erinnere. Die Anekdote ist ja inzwischen berühmt. Ich glaube, ich wäre nicht so edel!«

»Sie nehmen meine Einladung an?«, drängte Kronenberg.

Der Herr Konsul zog lächelnd an seiner Zigarre. »Ich glaube nicht, dass ich widerstehen kann. Meine Trophäensucht ist bekannt und hat sich seit dem ersten falsch geschossenen Rehbock nicht wesentlich gebessert. Aber die andere Sache ist mein Geld. Mein Vater war ein oberfränkischer Kleinbauer, und seine engen Schuhe trage ich sozusagen heute noch. Aber mein Finanzberater ist Rheinländer wie Sie und denkt in größeren Kategorien. Vielleicht lässt er sich überzeugen ...«

So fuhr der Herr Konsul mit leerem Kofferraum nach Hause, und der Fortbestand des »Hauses Kronenberg« schien gewissermaßen von einem einschichtigen oberbayerischen Gamsbock abzuhängen.

Und von einem entlassenen Jäger namens Franz Feigl.

Denn der »Präsident« stand bereits auf seiner Abschussliste.

Der »Präsident«

Was war das für ein Gamsbock, und wie kam er zu seinem Namen? Das Gamswild geht im Winter an keine Fütterung. Der Jäger kann deshalb das Wachstum der Krucken nicht durch Verabreichung geeigneter Futterstoffe beeinflussen, wie das beim Rothirsch der Fall ist. Lediglich die Büchse vermag ein wenig zu regulieren, indem sie die Kümmerer wegbläst, damit die Guten mehr Platz haben. Aber was heißt unter den Gamsböcken Kümmerer? Die gibt es gar nicht! Wer den Bergwinter durchhält, den Eiswind, der über den Grat peitscht, die zischende Staublawine, der ist kein Kümmerer! Des Gamswilds Auslese besorgt die Natur selbst. Und wenn sie gute Laune hat, dann lässt sie, unter hunderten von Böcken, auch einmal einen Überbock herwachsen mit Krucken, die im zweiten Jahr schon die Lauscher überschreiten und im vierten dem Jäger das Wasser in die Augen treiben.

Solche Böcke wachsen in den Revieren in einem halben Jahrhundert vielleicht einmal und übertreffen an Kostbarkeit den stärksten Hirsch. Auch in Feigls Jägerzeit wuchs nur einmal so ein Naturwunder heran, und als es so weit war, dass der Bock auf der Höhe seines Lebens stand und nicht mehr viel zuzusetzen hatte, wurde er von der Regierung einem hochverdienten Mann zum Abschuss freigegeben.

Der Herr erschien, und es war ein alter Herr, mit dem der Feigl Franz seine liebe Not hatte. Schon beim Aufstieg zur Mittagsjochhütte vergoss er Ströme von Schweiß, obwohl er nur sein eigenes Hemd zu tragen hatte, weil sich der Jäger das gesamte Gepäck auf den Buckel geladen hatte.

Als sie endlich oben waren, schnaufte der alte Herr: »Ein Nilpferd sollte nicht auf die Gamsjagd gehn. Nicht wahr, Franz?«

Franz, bekannt für seine oft unbarmherzige Ehrlichkeit, enthielt sich aber in diesem Fall der Zustimmung, denn der alte Herr war das höchste Tier, das jemals bei ihm gejagt hatte, nämlich ein – Präsident! Der Herr Präsident war kein Drängler, und so spielte sich die Brunft ungestört ein. Auf den Hängen lag eine dünne Decke Pulverschnee. Das Wetter klarte auf. Der Wind strich von Osten. Ein besseres Geschenk kann Petrus dem Gamsjäger nicht machen.

Wie es bei überstarkem Wild nicht selten vorkommt, war der Präsidentenbock leicht anzugehen, weil er glaubte, sich vor niemandem auf der Welt fürchten zu müssen, und er auch mit der Jägerei bisher keinerlei trübe Erfahrungen gemacht hatte.

Aber »leicht« – was heißt »leicht« für einen Bürohocker mit schwabbelndem Kugelbauch und schlaffen Wadenmuskeln! Sie stiegen also in einen mittelschweren Hang ein, um von der Seite her, bei halbem Bergwind, auf Schussweite an den Bock heranzukommen.

Franz hatte den Herrn Präsidenten mittels einer Rucksackschnur fest an sich gekettet und sparte nicht mit aufmunterndem Zuspruch. Aber es war nur ein langsames und nicht ganz geräuschloses Vorwärtskommen, und jeder andere Gamsbock hätte sich vor der heranrückenden Jägerschaft in weniger zugängliche Gebiete zurückgezogen.

Endlich sank der Herr Präsident hinter ein latschenbewachsenes Felsköpfl, und der Franz flüsterte: »Er ist schon noch da – richten Sie sich!«

Der Herr Präsident schob sich selbst und dann sein Gewehr über das Felsköpfl und war fasziniert von dem Bild, das sich ihm bot: Das Rudel lagerte in einer Sandreiße am Fuß des Karkogels. Ihm gegenüber, einen Steinwurf entfernt, saß der Bock, gelassen und hoheitsvoll wie sein eigenes Denkmal. Der Wind pfiff über den Grat herüber und breitete eine silberne Schneefahne über die lagernde Gams. Da kam der Bock plötzlich hoch und äugte herüber zum Felsköpfl. Ein Nebenbuhler? Er schüttelte sich. Er stampfte mit den Vorderläufen. Er stellte den Bart auf. Wie der leibhaftige Teufel sah er aus.

»Schießen S', in Gottes Namen, schießen S'!«, flüsterte Franz und zog den Herrn Präsidenten respektlos am Haxen.

Dieser aber ließ sich zurückrutschen, drehte sich um und sagte zum Franz: »Ich kann net! Schau den Bock an und schau mich an. Schau, wie ich schnauf und zittere. Und der da drunten, ein Bild von Saft und Kraft! Nein, ich kann net, es wär einfach unfair!«

So sehr der Franz den Herrn Präsidenten beschwor, dieses Geschenk Dianas nicht zurückzuweisen, er beharrte auf seinem Verzicht. Beim Abstieg schüttelte der

Franz fortgesetzt seinen Kopf und brummte vor sich hin: »Lässt der den Bock aus, den Klachelbock, den Klachelbock ...«

Erst als der Herr Präsident ihn einlud, den Gamsbock mit einer Flasche altem französischen Cognac »lebendzutrinken«, war der Franz versöhnt, und er vertraute dem sympathischen Mann, eh sie zu Bett gingen, mit etwas schwerer Zunge an: »Ich hab mir was ausgedacht. Wissen S', wie der Bock von jetzt an heißt? – Der ›Präsident‹!« Und dabei blieb es.

Die Verschonung durch den hochgestellten Mann aber wurde für den Gamsbock zu einer Art Lebensversicherung, sodass er, wenn auch betagt, noch seine Fährte zog, als Kronenberg das Revier übernahm.

Und nun, so munkelte man in Petersreuth, sollte er verschachert werden, gegen einen Bankkredit. Als der Franz davon Wind bekam, dachte er sogleich voll Wehmut an seinen verehrten Jagdgast, den Herrn Präsidenten, der einen neuen Jägerbrauch eingeführt hatte, als er ein Stück Wild »lebendtrank«.

Und er war sich des Verständnisses des alten Herrn sicher, als er bei Nacht und Nebel hinaufstieg ins Mittagsjoch, um den dreckigen Handel zu verhindern.

Eine Patrone für den Jäger Feigl

Der Abschuss des starken Gamsbocks durch den Herrn Konsul Hans G. Hermesdorfer erschien Kronenberg wichtig genug, um die Führung des Jagdgastes selbst zu übernehmen. Kronenberg hatte kaum dazugelernt in seiner Zeit als Jagdherr. Das Wild im eigentlichen Sinn interessierte ihn wenig, er verehrte nur seine Gewehre, deren Bestand in jedem Jahr durch ein neues Exemplar vermehrt wurde. Ein weltbekannter Büchsenmacher schäftete sie nach Maß und verhalf dadurch dem ohnehin ausgezeichneten Schützen zu einer annähernd todsicheren Kugel. Das schnelle Ansprechen und Abtaxieren des Wildes, die eigentliche Kunst der Bergjägerei, ging über Kronenbergs Vermögen hinaus; er war als Städter aufgewachsen und besaß keinerlei Instinkt für die Erscheinungen und Äußerungen der Natur.

Den Kapitalbock allerdings traute er sich zu, umso mehr, als dieser bereits durch den Oberförster Biermichl bestätigt war und, wie alle Jahre vorher, in den weiten Geröllfeldern am Fuß des Karkogels brunftete. Und so stiegen die beiden Männer hinauf zum Ausgangspunkt des Unternehmens, der Jochhütte.

Es war fast sommerlich warm und hatte noch nicht geschneit, das ließ eine müde, schläfrige Brunft befürchten. Unter diesen Umständen würde es kein ganz einfaches Jagen werden.

Es wurde gar keines.

Als nämlich die beiden Jäger am nächsten Morgen vor die Hütte traten, war der Bock bereits angeliefert. Allerdings nur sein Schädel, der auf einem abgesägten Aststutzen des lärchenen Brunnentrogs steckte, den der Feigl Franz vor Jahren mit Ausdauer und großem Geschick geschnitzt hatte.

Kronenberg schien wie vom Schlag getroffen. Sein glattes Gesicht wirkte zitronengelb. Es bedurfte keines Hinweises – was auf dem Zierast steckte, fast kunstvoll platziert … war die Trophäe, um derentwillen die Jäger heraufgestiegen waren!

Ohne die gewaltige Krucke näher zu würdigen, sagte der Herr Konsul Hermesdorfer: »Sie scheinen Feinde zu haben, Herr Kronenberg!«

Dieser starrte noch immer auf den Schädel der Gams. Der Knochen war grob abgesägt, der ganze Oberkiefer am Schädel belassen und die Haut nur notdürftig abgeschabt. Die Schläuche ragten gewaltig auf und schwangen weit auseinander. Dicke Pechwülste am unteren Sockel der Schläuche erhöhten noch die Wucht der urtümlichen Krucke. – Von alldem sah Kronenberg nichts. Er sah nur den grinsenden Schädel. Und über dem Schädel die gehakten Bockshörner, Teufelshörner …

Der Herr Konsul schien die Sache mit Gelassenheit hinzunehmen. Aber er gedachte nicht, sich einen »Ersatz-Präsidenten« aufschwatzen zu lassen, und hatte sich bereits zum Abstieg gerüstet. Er warf sich den Rucksack über und griff zum Bergstock.

»Ich kenne die Leute hier als friedlich. Aber vielleicht haben Sie irgendetwas falsch gemacht. Denken Sie mal nach. Ich geh inzwischen voraus …«

Kronenberg gab keine Antwort. Er stand da und starrte wie hypnotisiert auf den Schädel der Gams. Es war kein Zettel angeheftet, der einen Hinweis auf den Urheber dieser ungeheuerlichen Provokation zugelassen hätte. Aber man konnte es auch so deutlich genug lesen: »Ein Gruß vom Feigl Franz!«

In rasender Wut rannte Kronenberg in die Hütte, riss seine Büchse vom Haken und zielte auf den Schädel … Aber das war ja Unsinn und brachte nichts ein! Als Kronenberg ernüchtert dastand, das Gewehr noch im Anschlag, schien es ihm plötzlich, als tauchte weit oben im Latschenhang ein graugrüner Hut weg.

Und dann, er hörte es ganz deutlich, tönte ein Lachen auf, jenes pfeifende Lachen aus dem dicken, roten Hals, das sich dazumal beim Wastlwirt mit den orgelnden Bässen der Ziehharmonika zu einem fast urweltlichen Getöne vermischt hatte.

Kronenberg zwang sich zur Ruhe. Er zündete sich eine Zigarette an und machte Bestandsaufnahme. Kalt und ohne Illusion. Der sperrige Kerl mit dem offensichtlichen Andreas-Hofer-Komplex hatte geschickt operiert. Der irgendwie lächerliche Buschkrieg zeigte seine Wirkung. Das Revier war so gut wie pleite, was brauchbare Trophäen betraf, der Konsul beim Teufel und mit ihm der Superkredit. Das konnte ins Auge gehen!

Sein jagdliches Ansehen, nie sonderlich groß gewesen, hatte seinen Tiefpunkt erreicht. Die Leute vom Forst trugen ihre Schadenfreude offen zur Schau und warteten auf seinen Abzug. Die Einheimischen, einst darauf versessen, sich dienstbar zu machen, behielten ihre Hüte auf dem Kopf. Und allenthalben hoben sich schon die Stiefel, um dem Stürzenden den Rest zu geben!

Die Schuld traf ihn selbst. Er hatte Feigl unterschätzt und glaubte ihn in seiner Gewalt. Aber dieser Mann hatte auf völlig unorthodoxe Weise den Schwung des Erfolgskarussells aus dem Rhythmus gebracht. Kronenbergs Ziele aber waren nur in vehementem Vorwärtsstürmen zu erreichen. Die kleinste Störung konnte tödlich sein.

Die Störung war da.

Sie musste auf dem schnellsten Wege beseitigt werden!

Auf dem schnellsten Wege …

Kronenberg betrachtete sein Gewehr. Ein prächtiger Schönauer Gebirgsstutzen, extra kurz, geschäftet bis zum Laufende.

Eine wunderbar exakte und führige Waffe – gleich gut geeignet für einen nahen wie für einen weiten Schuss. Er repetierte und schob eine Patrone in den Lauf.

Eine Patrone für den Jäger Feigl.

Entscheidung in der Höll

Von der Mittagsjochhütte aus übersah man den ganzen westlichen Teil des Reviers von den Mandlköpfen bis hinauf zum steilen Gipfel des Karkopfs; jedermann, der in diesem Gelände pirschte, musste einmal gesehen werden. Feigl musste, wollte er unbeobachtet zu Tal gelangen, in den Mittagsjochsattel zurück. Von dort boten sich zwei Möglichkeiten, der Abstieg durch die übersteilen Hundskopfwände zur Hundsalm, oder der bequemere zur Mondalm. In beiden Fällen musste Feigl für eine kurze Strecke durch freies Gelände, und hielt man am unteren Waldrand Ausschau, musste er irgendwann einmal sichtbar werden, falls er es nicht vorzog, den mörderischen Abstieg durch das Bachbett des Hundsgrabens zu riskieren.

Aber so oder so, er würde in jedem Fall unbewaffnet sein, im Rucksack ein Stück Brot, eine Speckschwarte und den Alibi verschaffenden Wurzelfund. Man konnte ihn über den Haufen schießen oder herankommen lassen, aber Ersteres war unzweckmäßig im Hinblick auf eine zu erwartende Gerichtsverhandlung, Letzteres gefährlich. Feigl hatte schon einmal die Brauchbarkeit des Bergstocks als Nahkampfwaffe demonstriert.

Besser war, unverzüglich aufzubrechen und zu versuchen, Feigl noch vor dem Einwechseln in die Höll abzufangen. Dazu kam der neue Pirschsteig wie gerufen, der nach Feigls Weggang unterhalb der »heiligen« Einstände angelegt worden war, Jochhütte und Hundskopf verband und die Schattenseite für die Gamsjagd erschloss.

Auch Kronenberg war sich klar darüber, dass Feigl auf dem Berg einen festen Unterschlupf besaß. Ging man aber schnell genug zu Werke, war Feigl gestellt, ehe er die Waffe in Sicherheit gebracht und mit der Baumwurzel vertauscht hatte. Im Übrigen aber war es bei diesem unberechenbaren Burschen gut, sich auf eine längere Belagerung einzurichten.

Kronenberg stopfte seinen leichten Daunenschlafsack in den Rucksack. Dazu Proviant, Stablampe, Cognac, Zigaretten.

Er prüfte seine Pistole und verstaute sie in der Gesäßtasche. Das Zielfernrohr konnte bei einem plötzlichen und unerwarteten Zusammenstoß hinderlich sein. Abmontieren? Ach was, man hatte ja noch die Pistole. Kronenberg ließ die gewohnte und bequeme Zielhilfe auf der Büchse.

Eine folgenschwere Fehlentscheidung.

In zügigen Schritten, vorerst noch nicht übermäßig vorsichtig, pirschte er in Richtung Höll.

Feigl Franz, hin- und hergerissen zwischen Selbstvorwürfen und tiefer Befriedigung, weil er sich zu diesem ebenso provokativen wie leichtsinnigen Akt hatte hinreißen lassen, wechselte unterdessen auf einem geheimen Schleichpfad, der unterhalb des Grats durch scheinbar undurchdringliches Latschendickicht führte, auf seinen Schlupfwinkel zu, um den Tag dort zu verschlafen und im Schutz der Nacht abzusteigen. Franz hatte es weder übermäßig eilig, noch befürchtete er im Augenblick einen Zusammenstoß, dennoch erkundete er das Gelände sorgfältig.

Feigl, immer schon ein hervorragender Pirschjäger, hatte sich nun auch die Finten und Tricks des Gejagten angeeignet. Deckung im Rücken, langsames Bewegen, sichern und wieder sichern; Franz wusste nun, wie es die Füchse machten, um zu überleben.

Als er sich einem Latschenköpfl näherte, um wie gewöhnlich vor dem Einschlafen noch gründlich Umschau zu halten, spürte er eine sonderbare Unruhe.

Er verhielt den Schritt, nahm das Gewehr vom Rücken und hielt Ausschau nach einem provisorischen Versteck für die Waffe. Stets war es ihm wichtigster Grundsatz gewesen, sich der Büchse fast augenblicklich nach dem Schuss zu entledigen und sie erst später, oft sehr viel später, in das eigentliche Versteck zu bringen. Vielleicht war dies die wichtigste aller Wildererregeln, die einzige vielleicht, die ein langes und unentdecktes »Schwarzgehn« ermöglichte. – Schwarzgehn …!

»Ja, bin ich denn ein Lump? Sagt's – bin ich ein Lump?«

So hatte Franz oft und oft vor sich hingeseufzt in tiefem Zweifel an seinem lichtscheuen, fast unwirklichen Treiben. Erst wenn er sich das glatte, hämische Gesicht Kronenbergs vorstellte, mit seinen kalten Raubvogelaugen, fand er den Mut, seine Frage selbst zu beantworten: »Nein, ich bin kein Lump, ich bin noch der alte Jäger Feigl Franz, ich tu's für mein Wild, damit der Reißwolf endlich auswechselt aus dem Revier, oder einmal raufkommt auf den Berg, dann … dann …«

Bis jetzt war er ihm ausgewichen. Bis jetzt …

Halt … still … da war etwas!

Franz meinte, irgendwo unten, wo die Latschenfelder in lichten Bergwald übergingen, ein Geräusch gehört zu haben, das ähnlich klang, wie wenn man den Fuß auf eine Wurzel setzt und dabei ganz leicht abrutscht.

Franz lauschte angestrengt. Und wieder hörte er jenen Laut, den es nicht gab hier oben auf dem Berg, es sei denn – ein Mensch käme näher! Wer?

Kronenberg mit seinem Jagdgast auf dem Weg zum Hundskopf, um dort nach einem anderen Gamsbock Ausschau zu halten?

Oder ein junger Bergsteiger, der sich eine abenteuerliche Entdeckungsreise durch die wilde, verrufene Höll vorgenommen hatte?

Oder Kastei, der Forstwart, nicht in böser Absicht, bloß von Neugierde getrieben; man flüsterte so allerhand, hörte Schüsse hin und wieder ... Was würde Kastei tun, wenn er Feigl mit dem Gewehr in der Hand anträfe? Trotz seiner unverhohlenen Sympathie für den Freijäger und Saboteur? Er, der Beamte, gegenüber dem Rechtsbrecher?

Franz schob seinen alten Repetierer unter ein Dach dichter Latschenäste, kennzeichnete die Stelle mit einem hellen Dürrzweig und pirschte in aller Vorsicht auf das Felsköpfl zu.

Nun hatte er ein wenig Einblick in die Höll, die jetzt im Spätherbst, wo Buchen und Ahorne entlaubt waren, etwas besser einzusehen war als im Sommer. Er sah auch weit unten ein kleines Stück des neuen Pirschsteigs, den Kronen...

Wieder war das Geräusch da, das nicht auf den Berg gehörte, das Aufsetzen, Abrutschen, wieder Aufsetzen eines Fußes. Wer das hört in der Einsamkeit, wo nur das Wild seinen Atem ausstößt, erschrickt und greift zur Büchse ...

Büchse?

Franz blickte sich um. Er sah deutlich den hellen Ast, dort,wo die Waffe lag.

Umkehren?

Es war zu spät. Der Verfolger war in seinem Rücken. Eben hob er einen Latschenast auf und passierte die Stelle, an der die Büchse lag.

Es war Kronenberg.

Wenn der Jagdgast mit von der Partie war und unten am Steig heranpirschte, hatten sie ihn in der Zange.

Trauriges Ende, gefesselt der Bär und abgeführt im Triumph.

Was tun, Jäger Franz?

Hinaufrasen zur Schneid und Sprung und Sturz die Nordwand hinab? Oder mit einem Hechtsprung durch das freie Gelände hinab in den Latschenkessel und dann fortkriechen wie eine Schlange, auf das rettende Höhlenversteck zu?

Oder augenblicklich zusammensinken und sich verduften, hinab in die Latschen, in irgendein Loch, und warten auf die Nacht?

Was täte der Fuchs?

Keine Frage. Das Letztere. Und so verschwand auch Feigl augenblicklich von der Bildfläche.

Kronenberg war erst, wie geplant, dem neuen Pirschsteig gefolgt, dann hatte er die Intuition, dass es gut wäre, im Fall eines Zusammentreffens mindestens auf gleicher Höhe mit dem Gegner, besser vielleicht noch über ihm zu stehen. Kronenberg war zu wenig geduldig, um ein guter Anschleicher zu sein, aber er war ein strategisches Naturtalent.

Er war also vom Pirschsteig langsam zum Grat abgezweigt und ehe er ihn erreichte, von großem Glück begünstigt worden. In einem kleinen, nassen Flecken Neuschnee fand er eine frische Fußspur abgedrückt, sie zeigte in Richtung Hundskopf. Ohne Zweifel verlief hier ein heimlicher Pirschpfad, und Feigl hatte ihn benützt.

Kronenberg vermochte dem Pfad ohne Mühe zu folgen. Er tat es aber langsam und mit aller Vorsicht. Doch war Feigl nirgends zu sehen.

Schließlich kam Kronenberg an den Kessel, an dessen oberem Rand Feigls Beobachtungstürmchen stand. Er bemerkte eine kaum sichtbare Pfadspur, die schräg nach unten verlief. Er ging ihr langsam nach – und stand wieder auf dem Jagdsteig zum Hundskopf.

Von Feigl nirgends eine Spur!

Kronenberg pirschte den Steig entlang bis vor zum Hundskopfgipfel. Er versuchte auf alle einschlägigen Spurenzeichen zu achten. Gamswild fährtete er dabei regelmäßig, Rotwild nur vereinzelt, das um diese Zeit schon in die tieferen Lagen abgewandert war.

Franz' »Fährtenabdruck« aber suchte er vergeblich.

Kronenberg pirschte wieder in die Höll zurück. Er war zu der Überzeugung gekommen, dass Feigl noch oben in den Latschen steckte.

Vielleicht kam er nachts aus dem Bau!

Kronenberg suchte sich einen trockenen Platz und bereitete sein Nachtlager vor. Er trank einen Schluck aus seinem Cognacfläschchen und wagte eine Zigarette. Hunger hatte er keinen. Die Spannung lag ihm im Magen und vielleicht auch die Angst. Er schlüpfte in seinen Schlafsack. Den Stutzen neben sich, die starke Stablampe griffbereit, halb wach, halb dösend, verbrachte er die Nacht. Niemand, auch nicht der versierteste Anschleicher, wäre in der Dunkelheit geräuschlos an ihm vorbeigekommen.

Aber kein Laut am ganzen Berg. Nicht einmal Wild schien zu wechseln. Als endlich der Morgen graute, war Kronenberg zerschlagen und ohne Hoffnung, Feigl noch zu fassen. Es war überhaupt ein Witz gewesen, dies auch nur zu versuchen. Feigl kannte hier jeden Stein und jeden Baum. Er war fort, auf Wegen, von denen man nicht einmal träumte, schnarchte vielleicht schon drunten in seiner Kammer.

Kronenberg machte sich auf den Weg zur Jagdhütte mit dem Vorsatz, sein etwas angegriffenes Selbstbewusstsein durch einen starken Kaffee wieder ein wenig aufzupolieren.

Aber noch einmal begünstigte ihn das Glück. Als die Nacht vorbei war, glaubte Franz die Gefahr vorbei und den Herrn Kronenberg samt seinem Jagdgast beim Frühstück in der Mittagsjochhütte. Er wäre vermutlich noch während der Dunkelheit durch einen engen, oben völlig mit Latschen zugewachsenen, aber unten gut begehbaren Graben abgestiegen zur Mondalm, hätte ihm nicht der Repetierer am Herz gelegen, der in seinem provisorischen Versteck lag, kaum auffindbar zwar, aber ohne Schutzhülle und daher den Witterungseinflüssen ausgesetzt. Im Dunkeln würde er jedoch die Büchse nicht finden, und so hatte er, eingewickelt in seinen Umhang, die Nacht in den Latschen ausgeharrt.

Nun pirschte er übernächtigt und sträflich unaufmerksam bergwärts, um die Waffe sicherzustellen und an einem trockenen Ort zu hinterlegen.

Für eine, vielleicht zwei Sekunden, trat er dabei aus den Latschen heraus ins Freie – im gleichen Moment, als Kronenberg unten auf dem Pirschsteig stehen geblieben war, um den Kessel mit Hilfe seines Fernglases abzusuchen.

Kronenberg riss augenblicklich seinen Stutzen herunter und schrie: »Halt! Stehen bleiben!«

Franz warf sich blitzschnell zu Boden und suchte Deckung hinter einem Felsbrocken. Kronenberg schoss, vom Zielfernrohr behindert, zu hoch, und der Schuss platschte in den Hang.

Franz versuchte mit einem Riesensatz in die Latschen zu entkommen, da hatte Kronenberg repetiert und schoss nochmals, wieder zu hoch, wie ihm schien.

Verflucht!

Kronenberg repetierte erneut.

Aber ehe er das Gewehr an die Wange brachte, fiel Feigl plötzlich auf das Gesicht, breitete die Arme aus, schlug damit mehrmals auf und nieder wie ein großer, dunkler Schmetterling – und lag leblos da.

Jetzt erst sah Kronenberg, dass Feigl keine Waffe trug.

Kronenberg wusste, dass ihn in diesem Fall kein Anwalt dieser Welt vor dem Gefängnis retten konnte.

›Verschwinden lassen …‹, ging es ihm durch den Kopf. ›Sofort … sofort …‹

Er raste den Hang hinauf, beugte sich über den Toten …

Da drehte sich dieser blitzschnell auf den Rücken, riss Kronenberg zu sich nieder, drückte ihn mit ungeheueren Kräften an seine Brust; Kronenberg griff zur Gesäßtasche, zur Pistole, da war ihm, als fielen zwei riesige Bärentatzen bleischwer auf seine Schulter, er spürte im schwindenden Bewusstsein jede einzelne der nadelspitzen Krallen – aber es war der scharfe Jagdnicker, den Feigl seinem Todfeind zweimal, dreimal in den Rücken stieß.

Der Reißwolf war tot.

Der Bär hatte ihn geschlagen.

In einer verzweifelten Situation hatte ihn ein uralter Trick gerettet: Die letzte Finte des aussichtslos Unterlegenen, um dem Tod zu entgehn – den Atem verschlucken, die Augen starr, die Finger gespreizt, das Herankommen des Feindes, das Wiederladen der Waffe, den prüfenden Blick ertragen, ohne die Wimper zu rühren – und dann, sekundengenau, hochzuschnellen …

Kronenbergs erster Schuss war fehlgegangen. Der zweite hatte den wehenden Lodenumhang durchlöchert. Feigl selbst war völlig unverletzt.

Und was Kronenberg nur mit großer Mühe und wahrscheinlich erfolglos versucht hätte, nämlich die Leiche des Gegners verschwinden zu lassen, das war für Feigl kein großes Problem. Die Höll war voll von Löchern und Felsspalten, und eine davon war für ein Jahrtausendgrab wie geschaffen. Ein nur kleiner, enger Einschnitt war von außen zu sehen, verwachsen mit Latschen und Almrauschstauden, aber nach unten weitete sich der Riss, und warf man einen Stein hinab, dann hörte man sein Springen und Klirren über Sekunden hinweg, ehe es im dumpfen Rauschen eines unterirdischen Wasserlaufs unterging. Dort fand der Jagdpächter Kronenberg samt Stutzen und Rucksack seine letzte Ruhestätte, und damit auch sein Geist für alle Zeiten eingemauert bliebe, rückte Feigl einen Felsbrocken vor den Eingang und türmte darauf einen Haufen aus dürrem Latschenholz.

Dann pirschte er zurück zu seinem Unterschlupf, säuberte sich gründlich, wechselte die Kleider und verschnürte alles zu einem Bündel, das er zusammen mit dem Repetierer und der Munition einem zweiten, nicht minder sicheren »Jahrtausendgrab« anvertraute.

Kronenberg war aus der Welt verschwunden, aber auch

Feigl wusste zu dieser Stunde, dass er von seinem Berg Abschied nahm für immer.

Durch den Hundsgraben stieg er ab, wusch sich noch einmal Gesicht und Hände und gelangte unbemerkt in sein Häusl. Nichts deutete auf ein besonderes Ereignis hin. Die Schüsse am Mittagsjoch waren unbemerkt verhallt. Ungerührt erwartete Franz den Gang der Dinge.

Wer sich mit dem Teufel einlässt …

Der Herr Konsul hatte beim Abstieg von der Jochhütte einige Male pausiert, dabei eine Zigarre geraucht und sich ein wenig gewundert, warum Kronenberg nicht nachkam. Schließlich war er am Jagdhaus angelangt und fand niemanden vor, außer seinen eigenen Chauffeur und den Hauswart Kugler. Der zweite Jagdgast, ein Herr Dr. Krämer aus Mannheim, wohl als Reservefinanzier vorgesehen, war mit dem Oberförster Biermichl zur Palvenhütte aufgestiegen, einer uralten, äußerst interessanten Gamsgeiß zuliebe, wie man hörte.

Konsul Hermesdorfer, der seinen Schussneid nie verleugnete, wünschte dem Herrn Waidkameraden einen herzlichen Schneidergang, hockte sich in seinen Wagen und reiste ab. Im Inneren dankte er dabei dem Schicksal beziehungsweise jenem Wilderer, der ihm den sagenumwobenen »Präsidenten« vor der Nase weggeschossen und vermutlich dadurch sein Geld gerettet hatte.

So vergingen zwei Tage, bis auffiel, dass Kronenberg noch immer nicht vom Berg zurückgekehrt war. Erst als Biermichl mit seinem Jagdgast vom Rabenpalven zurückkam, ohne die Großmutter der Berge auch nur gesehen zu haben, wurde man unruhig und schickte den alten Kugler Lois hinauf zur Jochhütte zum Nachschauen. Er kam noch am selben Tag zurück und meldete, die Hütte sei verschlossen. Von Kronenberg keine Spur. Nun wurde die Landpolizei alarmiert, und zwei bergerfahrene, ortskundige Männer machten sich erneut auf den Weg zur Mittagsjochhütte. Sie öffneten sie mit einem zweiten Schlüssel und fanden sie leer. Außer einer offenbar frischen Gamskrucke fanden sie in der Hütte nichts, was ihnen weitergeholfen hätte.

Wenn Kronenberg nicht über ein Rezept verfügte, das ihm gestattete, sich in Luft aufzulösen, dann war er irgendwo am Berg zu suchen.

Aber wo?

Die beiden Männer standen da und schüttelten die Köpfe.

»Da such einmal!«, sagte der eine, und der andere entgegnete: »Wenn da herin einer verschwinden will oder verschwunden worden ist, findest ihn in tausend Jahr net.«

Dann stiegen sie ab und erstatteten Bericht.

In der Ortschaft Petersreuth war inzwischen ein Spezial-Beamter der Kripo-Außenstelle am Werk, nämlich jener Kriminalmeister Schöpf, der schon einmal in dieser Gegend, freilich in harmloser Angelegenheit, tätig geworden war.

Es dauerte nicht lange, da hatte der erfahrene Mann eine heiße Spur, und diese führte ohne Umwege direkt zum Häusl des ehemaligen Revierjägers Franz Feigl.

Franz wurde nach allen Regeln der Kunst vernommen und unterzeichnete schließlich mit auffallend ruhiger Hand ein sechs Seiten langes Protokoll.

Abschließend roch Schöpf noch an den Läufen von

Franz' Jagdgewehren und sagte: »Das war's vorerst. Ich denke, wir sehen uns wieder.«

Seine gewonnenen Erkenntnisse hätten ausgereicht, den Feigl auf der Stelle in Gewahrsam zu nehmen.

Aber weswegen?

»Verhaften wir ihn halt wegen Verdachts des Kannibalismus«, witzelte sein Begleiter, der Kriminalassistent Haberl.

»Du meinst, er hat den Herrn Kronenberg auf der Semmel gefressen?«

Haberl grinste: »Sezieren wir ihn halt, dann wissen wir's!«

Schöpf winkte ab: »In seinem Bauch findest außer einer Badwann voll Bier gar nix. Aber da droben, am Mittagsjoch, da geht vielleicht was her. Los, häng dich ans Telefon. Ich lass den Chef bitten, dass er Bereitschaftspolizei und Bundeswehr um Amtshilfe ersucht. Und der Kollege Mumhofer soll seine Beziehungen zum Bergrettungsdienst spielen lassen und schaun, dass er einen oder zwei Hubschrauber herbringt. Der Höfer soll seinen berühmten ›Tyras‹ herüberbringen, und ich setze mich mit der Forstbehörde in Verbindung, wegen Benutzung der Schutzhütten. Ich fress einen Besen, wenn der Kronenberg net da droben ist, erschossen oder erschlagen von seinem früheren Jäger. Grund genug hätt er gehabt, wie man hört. Muss ein Sauhund gewesen sein, der Herr Kronenberg, aber Mord ist Mord, und jetzt schick dich, Haberl, damit 's uns net einschneit, eh die Aktion ins Laufen kommt!«

Aber der Feigl Franz hatte zum Wettergott seit jeher gute Beziehungen, und nach drei Tagen musste die Suchaktion eingestellt werden, weil ein wilder Schneesturm, viel früher als sonst, über die Berge fegte und die höheren

Lagen in eine arktische Landschaft verwandelte. Die Suchkommandos mussten abziehen. Der Feigl Franz, der vom Fenster seiner Werkstatt aus das Schneetreiben mit Wohlgefallen bemerkt hatte, tat einen tiefen Zug aus dem Bierflaschl und sagte zu seinem Hund: »Jetzt ist Ruh – bis zum Frühjahr!«

Und tatsächlich kam nach der Schneeschmelze noch einmal eine große Suchaktion zu Stande. Doch auch diesmal ohne Ergebnis. Noch einmal erschienen die beiden Kriminalbeamten beim Revierjäger a. D. Franz Feigl und machten einen verzweifelten Überrumpelungsversuch: »Feigl, sind S' vernünftig, kommen S' mit, und zeigen S' uns den Leichnam!«

»Welchen?«, sagte Franz und spielte mit dem Verschluss seines Bierflaschls.

»Den vom Kaiser Barbarossa net!«, schrie Schöpf grob.

Dann sprangen die beiden Beamten in ihr Auto und fuhren davon.

Selten hatte der Kriminalmeister Schöpf einen Fall untersucht, der vom Motiv her so klar und einleuchtend und dabei so bar aller Indizien war. Der Feigl Franz hatte zur vermutlichen Tatzeit kein Alibi. Aber der Mann lebte seit seiner Entlassung völlig ohne menschlichen Kontakt. Einmal am Berg, einmal an der Schnitzbank, unbeachtet überall. Er konnte gar kein Alibi haben. Als Feigl einfach nicht aufs Kreuz zu legen war, hielt Schöpf mehr routinemäßig, denn aus Überzeugung, nach anderen Verdachtspersonen Ausschau. Dabei kam sogar der Herr Konsul in die Schusslinie und musste erleben, dass ihm der »Präsident«, das einzige Corpus des ganzen Falles, zur Abgabe einer Erklärung vor die Nase gehalten wurde.

Nachdem Konsul Hermesdorfer diese unterschrieben hatte, zeigte der Finger Justitias wieder in aller Deutlichkeit auf den Revierjäger Feigl. Dieser aber schnitzte, soff aus seinen Bierflaschen und schwieg.

»Der Berg hat's gesehen, aber der sagt nix, der hält zu den Einheimischen!«, knurrte Schöpf und legte die Akte Kronenberg in seine »Versitzgrube«. Und von dieser wanderte sie ins Archiv.

Eine neue Version, »Selbstmord wegen wirtschaftlicher und familiärer Schwierigkeiten«, gewann an Gewicht, und seit bekannt geworden war, dass Kronenbergs Imperium auf schwankendem Untergrund gestanden hatte und nun überraschend schnell in sich zusammenstürzte, war auch eine Flucht ins Ausland nicht mehr gänzlich auszuschließen. Nur mit Mühe rettete Frau Kronenberg ihre eigene Habe aus dem Trümmerhaufen und fand bei einem treuen Freund aus alten Tagen Unterschlupf. Böckerl hatte wieder einen Kameraden – wenn auch keinen »Franz-Jager«.

Das Mittagsjochrevier aber fiel wieder an den Staat zurück.

Jahre vergingen. Franz Feigl führte zwischen seinen Wurzeln, Alraunen und Perchtenmasken ein zurückgezogenes Dasein. Die Geister des Alkohols beflügelten seine Intuitionen und Gesichte, aber ruinierten seine Gesundheit. Sein Erspartes schwand dahin, die Erträge aus seiner Schnitzwerkstatt reichten nicht zum Notwendigsten.

Der Forstmeister Berwein hatte ihn nicht vergessen und nach langem Papierkrieg erreicht, dass Feigl, trotz »gewisser Bedenken«, wieder als Revierjäger beschäftigt werden sollte. Hocherfreut fuhr er nach Petersreuth, um dem Franz die Freudenbotschaft zu überbringen. Aber als er den Franz sah, erschrak er zutiefst. Der ehemals so kraftvolle Mann, dieses Original im besten Sinne des Wortes, war bloß noch ein Schatten seiner selbst. Nur seine Gewehre, die putzte der Franz noch immer gewissenhaft, und seinen alten Hund Hex pflegte er liebevoll.

»Willst es net noch einmal probieren, Franz?«, sagte Berwein und konnte sein Erschrecken nicht verbergen. Franz schüttelte den Kopf und griff zum Bierflaschl. Seine Hand flatterte: »Jemand wie mich als Jäger einzustellen, wäre eine Tierquälerei!«

»Franz, sag, was kann ich für dich tun?«, rief Berwein verzweifelt.

Dankbar sah ihn der Franz an. »Kaufen S' mir halt gelegentlich, vielleicht an Ostern oder Weihnachten, ein kleines Schnitzwerk ab. Vielleicht sagen S' es den Kollegen auch. Geweihschilder mach ich jetzt auch, und künstliche Hirnschalen, ganz naturecht. Ich bring mich schon durch. Und meinen Hund hab ich auch noch. Und wenn ich Sehnsucht hab nach dem Berg, schau ich zum Fenster raus!«

Während Franz wieder zu seinem Bierflaschl griff, schlich sich Berwein bedrückt davon.

Es verging der Sommer, es kam der Herbst. An den Hängen wurden die Lärchen schon ein wenig »farbig«. Am Mittagsjoch schrien die Hirsche. Nicht mehr die Starken zwar, von Franz' Futterstadel »Zur stillen Brotzeit«, jedoch deren hoffnungsvolle Nachkommenschaft. Die alten Regenten aber schmückten mit ihren wuchtigen Geweihen eine einsame Felshöhle hoch oben am Berg und waren dort viel besser aufgehoben als im feudalen Jagdhaus des Herrn Kronenberg, das übrigens der Staat aus der Konkursmasse ersteigert hatte, um es zu einem Erholungsheim für seine Forstbeamten umzubauen.

Die Hirschbrunft lockte auch den inzwischen zum Oberforstmeister aufgerückten Amtschef Berwein hinter seinem Schreibtisch hervor; aber gerade, als er mit dem ebenfalls »hinaufgefallenen« Oberforstwart Kastenbauer einen Pirschplan ins Karkogel-Gebiet besprach, flatterte ein Brief vom Feigl Franz auf seinen Tisch. Mit ungutem Gefühl öffnete ihn Berwein und las dem Kastei laut vor: »Lieber, guter Herr Forstmeister!

Es geht nicht mehr weiter. Meine alte Hex ist so bresthaft, dass ich sie wegtun muss. Um mich ist es auch nicht schad, und damit es in einem geht, mach ich ein Ende. Wenn Sie den Brief in Händen haben, ist der Feigl Franz nicht mehr am Leben. Ich habe zuerst gedacht, ich könnte mich drücken, aber wer sich mit dem Teufel einlässt, muss zahlen …

In mein Häusl soll der neue Jäger einziehen, das ist ein rechter Bursch, wie ich höre.

Bleiben S' mir verbunden, und denken S' manchmal an mich, Ihr immer getreuer Franz Feigl.«

»Schnell, den Wagen«, rief Berwein, als er zu Ende gelesen hatte, »ich ruf gleich den Doktor in Vorderau an, vielleicht …«

»Der Feigl Franz trifft gut«, sagte Kastei leise, als sie in den Wagen stiegen.

Berwein schaute dem Oberforstwart ins Gesicht.

»Das letzte Mal, als er geschossen hat, vielleicht schon …«

Kastenbauer gab Gas und murmelte: »Da hätt sogar ich gut getroffen!«

Als sie vor dem Jägerhäusl hielten, war der Doktor eben im Begriff, wieder wegzugehen.

»Da werd ich nimmer gebraucht«, sagte er, »das Weitere veranlassen Sie selbst, nehm ich an!«

Als sie eintraten, sahen sie den Feigl Franz in der Werkstatt auf dem Boden liegen, neben ihm der Hund, beide tot. Der Franz hatte trotz seiner Zitterhand gut getroffen.

Irgendein frommer Mensch aus der Nachbarschaft hatte eine Kerze angezündet. Sie beleuchtete mit ihrem Flackerlicht die Wände, an denen die wilden Masken der Berggeister hingen, umschlungen von Wurzelarmen mit Schlangenköpfen und Krötengesichtern.

Im Eck, offenbar an einem Ehrenplatz, thronte die Maske des Büffiteufl, des Schutzgeistes vom Mittagsjoch. Auf die Unterlippe des weiten Mauls hatte der Franz in einer bierseligen Stimmung einen halb abgebrannten Stumpen gelegt, was der unteren Gesichtspartie ein behäbiges, gemütliches Aussehen gab. Aber oberhalb der Mundöffnung, da war der Büffiteufl grimmig anzusehen mit den schwarzen, leeren Augenhöhlen und der zerfurchten Stirn, aus der drohend das krumme Einhorn ragte. Sah man den Büffiteufl länger an, dann mischten sich gemütliche Pfiffigkeit und grimmiger Zorn zu einem hintergründigen Ausdruck. Es schien, als wäre er lebendig und man könnte ihn anrufen – und je nach dem Charakter des Rufers würde er ein heiteres oder tragisches Geschick verkünden.

Das Schrotkorn

Johann Wöllinger war ein wuchtiger und manchmal bedrohlich aussehender Mann. Seine Gestalt füllte die Tür und seine Stimme das Haus. Im Gewehrschrank standen die Gewehre seiner Vorfahren, Hahnflinten und Kugelbüchsen, und über dem Türstock die Namen der früheren Generationen, zurückreichend bis ins sechzehnte Jahrhundert. Weit, weit erstreckte sich der Wald, umringte den Hof halbbogenförmig, schenkte ihm Schutz und erlegte ihm Einsamkeit auf. Der Hofname lautete ursprünglich »Holzmayr«, aber im Lauf der Zeit war daraus »Holzmoar« geworden.

An einem Sommerabend saß Johann Wöllinger auf der Hausbank und rauchte eine Zigarette. Er hatte das Jagdglas umhängen, und manchmal nahm er es vor die Augen und schaute hinüber zum Waldrand.

Jetzt spähte er wieder, und da erschrak er; denn auf der schmalen Feldstraße stürmte ein Pferd daher – ohne Reiter.

Das Pferd galoppierte in den Innenhof, umrundete ihn einige Male und stand dann zitternd still, die Nüstern weit gebläht, Schaumfetzen auf Hals und Brust.

Es war der ungarische Rapphengst Tokajer, auf dem Stefan, der Sohn Wöllingers, vor etwa einer Stunde den Hof verlassen hatte.

Wöllinger führte den Hengst, der sich jetzt ruhig greifen ließ, in den Stall, sattelte ab und warf ihm eine Decke über. Dann verständigte er seine Frau, sprang in das Auto und fuhr in höchster Eile hinunter in den Wald. Erst versuchte er, den Huftritten zu folgen, nachdem er diese jedoch verloren hatte, durchkreuzte er den Wald auf den zahlreichen Abfuhrwegen, ohne von Stefan irgendeine Spur zu entdecken. Es wurde dämmerig, und er schaltete die Scheinwerfer ein. An der Holzmoar-Wiese, weit im Waldinneren, hielt er an und stellte den Motor ab. »Stefan! Stefan!«, schrie er mehrmals nach allen Richtungen, aber von nirgends kam eine Antwort. Er rannte zur Jagdhütte hinüber in der Hoffnung, auf Meisl, den Jagdaufseher, zu treffen, aber die Hütte war verschlossen.

Da schrie er nochmals aus Leibeskräften: »Stefan!«

Wieder kam keine Antwort. Jetzt schnürte ihm die Angst die Kehle zu.

Noch in der Nacht mobilisierte er die Nachbarn, rief die Ortsfeuerwehr und die Landpolizei an, und nachdem der Wald mehrmals nach allen Richtungen durchkämmt worden war, wurde Stefan gegen Morgen von einem Spürhund der Polizei gefunden.

Er war ohne Bewusstsein und wurde auf dem schnellsten Wege ins Kreiskrankenhaus eingeliefert. In der folgenden Nacht starb er.

Johann Wöllinger hatte seinen einzigen Sohn, der Holzmoarhof seinen Erben verloren.

Die Eheleute Wöllinger reagierten nach anfänglicher Betäubung verschieden auf den fürchterlichen Schicksalsschlag: Die Mutter versank in monotone Trauer und tiefe Hoffnungslosigkeit, der Vater zermarterte sich das Hirn über den Grund des folgenschweren Unfalls und glaubte Erleichterung zu erlangen, wenn sich das Dunkel etwas erhellte und etwas Schuldiges, Verantwortliches gefunden würde.

Der Hengst Tokajer mit seinem gewaltigen Ramskopf war bärenstark, doch diszipliniert, Stefan ein blendender, akrobatischer Reiter. Nur einmal, als Tokajer zugeritten wurde, hatte Stefan den Sattel verlassen. Im Salto stand er wieder auf den Beinen, im nächsten Moment war er wieder oben, ganze fünf Sekunden dauerte das Messen der Kräfte, dann war die Freundschaft zwischen Stefan und dem Pferd besiegelt.

Was war geschehen, da draußen im Wald?

Wöllinger tastete sich langsam voran. Plötzlich kam ihm der Zufall zu Hilfe, und er hatte eine Spur.

Er bedachte nicht, dass, gleich wie seine Untersuchungen ausgingen und wohin und zu wem die Spur auch führte, dem Buben damit nicht geholfen war. Er vergaß zeitweilig den Buben sogar ganz, so sehr hatte ihn das Jagdfieber gepackt. Er betrieb seine Nachforschungen mit der Leidenschaft und Instinktsicherheit des Schweißhundes, dem der geringste Hinweis genügt, um auf der Fährte zu bleiben oder wieder in sie einzumünden.

Es vergingen Monate, es verging der Sommer, es kam der Herbst. Die Frau Wöllingers wurde krank, eine ledige Schwester sprang ein, der Bauer arbeitete stumpfsinnig und abwesend dahin und ließ dabei seine Augen nicht von der Spur.

Und plötzlich wurde sie heiß, brandheiß …

Er hielt sich jetzt still, spähte noch ein wenig umher, pirschte noch ein paar Zentimeter näher – und dann stand er sprungbereit vor dem Ziel, wie der Vorstehhund vor dem Hasen, der sich ängstlich ins Gras drückt.

Und dieser Hase war der Jagdaufseher Franz Meisl.

Der Oktober war vorbei, im Wald wurde es nebelig. Die Rehe huschten grau und nass durchs Gehölz.

Da wurde an der Tür der Moarwieser Jagdhütte angeklopft. »Komm rein, Hans«, sagte drinnen eine ruhige Stimme.

Und Wöllinger trat ein.

Der Jagdaufseher schob ihm einen Stuhl hin. »Kommst einen Wildschaden anmelden?«

Wöllinger hockte sich hin und zündete sich in steinerner Ruhe eine Zigarette an. Er schaute sich um. Alles war noch wie früher. Sogar das Foto hing noch an der Wand, auf dem er selbst mit einem Jagdfreund abgebildet war, neben einem Achterhirsch, der drei Tage vor Beginn der Schusszeit im Birkenhölzl gefallen war. Es war damals nicht so genau gegangen. ›Warum haben jetzt die das Bild hängen lassen?‹, dachte Wöllinger.

Meisl schien seinen Gedanken zu erraten: »Das waren halt noch Zeiten«, sagte er, »wie die Hirsche noch herüben waren. Es ist seitdem nie mehr einer geschossen worden. Also red, Hans, was treibt dich her?«

»Der Wildschaden jedenfalls net«, sagte Wöllinger langsam und streifte die Asche seiner Zigarette ab.

»Ah so, ich versteh schon, wer denkt an Wildschaden bei dem Unglück, das dir passiert ist«, sagte Meisl und griff zu seiner Pfeife.

Er war ein kleiner, hagerer Mann mit gelbbraunem, faltigem Waldgesicht, nah an den Siebzig, aber scharfäugig und flink. Aus diesem Gesicht schaute der Holzfuchs mit durchdringenden, gelblichen Schlitzaugen.

›Der stellt sich net so schnell‹, dachte Wöllinger, und streckte die Beine aus.

Meisl kaute unruhig auf seinem Pfeifenmundstück herum. »Also, was ist, Holzmoar?«

Wöllinger zündete sich eine neue Zigarette an. »Ein kleiner Besuch, nix weiter. Du kannst mir auch net weiterhelfen, du warst ja an dem Tag net draußen, an dem meinem Buben das Unglück passiert ist, und außerdem ist's ohne

Bedeutung, ob du draußen warst oder net, der Bub ist vom Ross gefallen und hat sich's Genick gebrochen – basta!«

Meisl kniff die Augen zusammen: »Wenn ein Bauer auf Besuch kommt, will er was, also ruck raus, Holzmoar, was ist los?«

Wöllinger lächelte: »Nix, Franzl, ich bin bloß ein wenig ins Holz raus, wie gesagt. Ich bin die Wege abgangen, die mein Bub immer geritten ist, wenn er für die Fuchsjagd trainiert hat. Hat er euch eigentlich nie was verscheucht mit seinem Reiten?«

Meisl nahm die Pfeife aus dem Mund: »Warum fragst du?«

»Ich mein bloß«, sagte Wöllinger, »es kann ja sein. Ich an deiner Stelle, ich hätt mich geärgert, wenn ich auf dem Hochstand gesessen wär und es wär einer vorbeigeritten. Ich sag's ehrlich, ich glaub, ich hätt mir's net bieten lassen!«

Meisl klopfte seine Pfeife aus. »Hättest was machen können? Hättest ein Recht gehabt, ihm was zu verbieten? Als Jager musst heutzutage hübsch zahm sein; das war zu der Zeit anders, als du da herinnen noch auf die Jagd gegangen bist!«

Wöllinger stimmte ihm zu: »Da hast net ganz Unrecht. Wir waren noch die Herrn draußen im Wald. Wenn mir damals so ein grasgrüner Hupfer auf seinem langhaxerten Pferd unterm Hochstand vorbeigerittn wär und ich hätt grad auf einen Rehbock passt, dann hätt ich ihm eine vor die Füß zunden – was meinst, wie der gelaufen wär, da wär ein Renngaul ein Dreck dagegen gewesen, so wär der gelaufen, und kommen wär er nimmer, das kannst glauben!«

Der Jagdaufseher Meisl zupfte an seinem Schnurrbart, und seine Nase zitterte unmerklich. Seine grauen

Stichelhaare stellten sich auf, und diese Abwehrreaktion übertrug sich auf den Hund, der bisher völlig uninteressiert unter dem alten Sofa gelegen hatte. Er hob den Kopf und knurrte leise. »Still bist«, sagte Meisl, »tu den Herrn Wöllinger net drausbringen, er ist grad dabei, eine Falle aufzustellen.«

»Wieso das?«, sagte Wöllinger erstaunt, »wem soll ich eine Falle aufstellen? Ich sag bloß ganz frank und frei, was ich getan hätt. Ich – net du! Heut sind andere Zeiten, wie gesagt. Aber ich, ich hätt runtergefunkt – dabei bleib ich!«

»Ich net«, sagte Meisl mit undurchdringlichem Gesicht und stopfte sich eine neue Pfeife.

Wöllingers buschige Augenbrauen zuckten: »So, du net? Aber es wär ja weiter gar nix passiert, bloß dass halt der Gaul die Renneritis gekriegt hätt, vor lauter Schrecken, und davon wär wie ein Gesengter! Und beweisen hätt dir auch niemand was können, du hast halt grad auf einen Bock gezielt und daneben getroffen, das soll ja manchmal vorkommen.«

»Bei mir net leicht«, sagte Meisl.

Wöllinger rückte näher an Meisl heran und fuhr eifrig fort: »Und wenn er seinen Reiter abgeworfen hätt, hätt ich mir auch net viel gedacht. Im professionellen Reitsport fallen sie zu Hunderten vom Ross, und nie hat man gehört, dass sich einer das Genick gebrochen hat!«

»Das sind halt junge, trainierte Leut«, sagte Meisl.

»Das wär mein Bub auch gewesen«, antwortete Wöllinger nachdenklich.

Dann sprang er plötzlich auf, dass der Stuhl umfiel, und rief: »Und du hast ihn auf dem Gewissen!«

Eine Weile war Totenstille in der Jagdhütte. Im Gästekammerl tickte laut der alte Wecker. Es hörte sich an wie das Ticken einer Höllenmaschine.

Meisl war gleichfalls aufgesprungen. Er ging langsam zwei Schritte zurück, so, dass er mit einem kurzen Griff sein Gewehr erreichen konnte.

Der Hund machte sich wieder bemerkbar und knurrte böse.

Wöllinger sagte mit gefährlicher Ruhe: »Eh du deine Flinte in der Hand hast, hab ich dich schon dreimal erschlagen, und da brauch ich net einmal einen Prügel!«

Ein Blick auf die gewaltigen Fäuste überzeugte Meisl, dass Wöllinger nicht übertrieb.

Er hockte sich auf das Sofa und murmelte: »Du bist ja verrückt, Hans, du bist ja verrückt ...«

»Das bin ich net«, sagte Wöllinger ruhig, »ich bin weder verrückt, noch bin ich rachgierig. Ich bin bloß stur und hartnäckig, das liegt in der Familie. Wenn ich was anfang, muss ich's zu End bringen, ob's einen Sinn hat oder net, und jetzt steh ich vor dir und sag dir's pfeilgrad ins Gesicht: Du hast meinen Buben auf dem Gewissen!«

Meisl hob den Kopf. »Gehst halt aufs Gericht«, sagte er leise.

»Ich brauch kein Gericht!«, rief Wöllinger barsch. »Ich will bloß, dass du mir bestätigst, was ich bereits weiß. Die Spur führt zu deiner Jagdhütte und keinen Zentimeter dran vorbei. Dass du geschossen hast, ist so sicher wie's Amen in der Kirch, aber warum du ihn liegen hast lassen und dich davon gemacht hast wie ein Fuchs, die Erklärung verlang ich, die bist du mir schuldig, und wenn ich sie dir aus dem Hirn rausschlag ...«

Meisl fuhr sich über die Stirn und sagte heiser: »Du bist auf der falschen Fährte, Wöllinger, mehr sag ich net ...«

»Gut, dann erlaubst, dass ich dich ein wenig in die Zang nehm. Wenn's wehtut, schreist, dann hör ich auf, ich bin kein Sadist. Also, dann fangen wir an: Warst jetzt du draußen am selben Tag oder net?«

Meisl rannte auf und ab und fuchtelte mit der Pfeife in der Luft herum: »Ich schreib's net auf, wenn ich auf die Jagd geh! Vielleicht war ich draußen, vielleicht auch net ...«

»Sagen wir, du warst draußen ...«, antwortete Wöllinger.

»Was heißt ›sagen wir‹«, fuhr Meisl auf, »das gibt's net, ›sagen wir‹!«

»Gut«, lächelte Wöllinger, »wenn dein Gedächtnis so schlecht ist, dann lassen wir Dokumente sprechen. Schlag dein Kontrollbüchl auf und lies nach. Da hinten liegt's, das blaue Heftl da ...«

Jetzt wurde Meisl grau im Gesicht, und seine Augen verschwanden fast hinter den Brauen.

»Du hast in meiner Hütte rumgeschnüffelt?«

»Ich war so frei«, sagte Wöllinger kalt, »und damit wär der Punkt erledigt; kommen wir zum nächsten. Hast jetzt an dem fraglichen Tag geschossn oder net?«

Der Jagdaufseher Meisl ballte die Fäuste, dass die Handknöchel weiß wurden. Der Hund kam aus der Kammer heraus, schob sich zwischen die Beine seines Herrn und fletschte stumm die Zähne. Wöllinger stand ruhig da.

»Was jetzt ihr zwei gegen mich habt? Warum regt ihr euch denn so auf? Was habt denn ihr von mir zu fürchten? Ich will weiter nix, als dass du dir's eingestehst. Keinen Buckler und keinen Kniefall. Bloß ein Geständnis: ›Ich hab's getan – und mich reut's!‹ Mehr will ich net. Dann setz ich meinen Hut auf und geh!«

Meisl stierte stumm auf den Boden. Der Hund schlich sich wieder in die Kammer zurück.

Wöllinger rüttelte Meisl an den Schultern. »Ist das so schwer, Franzl?«

Meisl schwieg.

Da schwollen Wöllinger die Stirnadern an, und er brüllte: »Dann treib ich dich ins Eck rein, Holzfuchs, also, hast geschossn – ja oder nein?«

»Kann sein …«, murmelte Meisl.

»Auf was?«

»Auf was soll ich schon geschossn haben um diese Zeit, auf eine alte Rehgeiß halt.«

»Und wo?«

Meisls Blick irrte zur Tür. Wöllinger sprang schnell hin und schob den Riegel vor. »Da kommst du mir nimmer raus, bevor wir net im Reinen sind. Und jetzt sagst du mir, wo du den Schuss abgegeben hast!«

»Ich mein, in der Steinwiese«, sagte Meisl zögernd.

Wöllinger duckte sich nieder wie ein Panter, der zum Sprung ansetzt. Sein Gesicht färbte sich blaurot, die Fäuste bebten.

»Könnt auch sein, in der Moarwiese«, berichtigte sich Meisl.

Wöllinger atmete auf. »Jetzt wär ich drauf und dran, meinen Verstand zu verlieren. Also gut, in der Moarwiese, und jetzt überlegst dir noch mal, auf was du geschossn hast.«

»Ich hab's schon gesagt, auf eine Rehgei…«

Meisl hielt erschrocken inne.

Wöllinger trat auf ihn zu. Die Haare hingen ihm ins Gesicht. Die Augen traten ihm aus dem Kopf. Die Stirnadern waren angeschwollen.

»Du glaubst gar net, wie leicht mir das jetzt fallen tät, dich umzubringen! Vielleicht tu ich's auch noch, vielleicht tu ich's …«

Meisl trat erschrocken einige Schritte zurück und fingerte nach seinem Messer, aber Wöllinger hatte sich wieder in der Gewalt: »Lass dein Brotzeitmesser drin und erklär mir, seit wann du auf Rehe mit Schrot schießt!«

Meisl rannte jetzt hin und her wie ein Wolf im Käfig. Plötzlich blieb er stehen. »Also gut, es war ein Schrotschuss. Ich hab ein Eichkatzl braucht für meinen Neffen …«

Es schien jetzt, als sei bei Wöllinger plötzlich alle Wut verflogen. Fast heiter hieb er sich auf die Schenkel.

»Du wärst mir grad der Richtige, mit 4er-Schrot auf ein Eichkatzl zu schießen, was leicht für einen Fuchs reicht, und, sobald du nah genug dran bist, auch noch eine mittlere Sau umreißt! Jetzt schau einmal her, Franz Meisl, jetzt zeig ich dir was Interessantes …«

Wöllinger nahm sein Taschentüchl aus der Hosentasche und breitete es auf dem Tisch aus.

»Das ist ein Schrotkorn, wie du siehst, und zwar ein 4er-Schrot, und da ist auch noch die Papphülse dazu, bittschön, schau dir's an …«

Meisl warf einen kurzen Blick darauf und murmelte: »Und, was bedeutet das schon …?«

»Viel genug«, grinste Wöllinger, »weil ich nämlich die Hülse zwei Tage nach dem Unfall von meinem Buben unter der Leiter an der Moarwiese gefunden hab. Nagelneu und ganz trocken, Herr Jagdaufseher Meisl! Und am Tag vor dem Unglück hat's geregnet, hübsch ausgiebig, da wär die Hülse aufgeweicht, wenn sie vorher schon dagelegen wär. Aber jetzt kommt erst das Interessante. Wo meinst, wo ich das Schrotkorn gefunden hab? Gell, da staunst, was ich alter Knacker noch für scharfe Augen hab! Also rat! Nein, das kannst net erraten! Das hab ich nämlich aus dem linken Hinterhuf von einem Ross rausgeschnitten. Und von welchem Ross meinst wohl? – Von dem Rapphengst Tokajer!«

Meisl war zusammengesunken. Ganz eingefallen hockte er da.

Wöllinger schritt dröhnend auf und ab. Sein Gesicht glänzte vor Genugtuung.

»Das Schrotkorn ist direkt unter dem Kronenrand gesessen, und wenn der Hengst net gelahmt hätt, weil des Bleikügerl auf die Lederhaut gedrückt hat, wär's langsam reingewachsen, und der Hufschmied hätt s' eines Tages weggeschnitten und gar nix wär aufkommen, gar nix ... He, Herr Meisl, leben S' noch?«

Meisl hatte den Kopf gesenkt. Er seufzte leise.

»Ich kann dir's net ersparen«, fuhr Wöllinger fort und hieb Meisl die schrundige Pratze auf die Schulter, »du musst noch ein bissl zuhören. Jetzt erzähl ich dir nämlich, wo die andern Körndl von der Hülse hingekommen sind. Die stecken in der Rinde von der Randeiche, abgemessene vierzig Schritt von der Ansitzleiter entfernt. Nach der Eiche geht's ins Holz rein. Die Einschusslöcher sind heut noch zu sehn, fast herunten an der Wurzel, und daneben siehst die Stelle, wo der Hengst mit einem Riesensatz rein ist ins Holz und dabei den ganzen Wasen aufgerissen hat. Und jetzt erzähl ich dir ganz genau, wie's zugegangen ist, am selben Tag: Du bist auf der Leiter an der Moarwiese gehockt, da kommt mein Bub am Waldrand entlanggeritten, von der Seeschneid her, du hast ihn vorbeigelassen, und wie er bei der Eiche gewesen ist und ins Holz einbiegen wollt – da hast du abgedrückt!«

Meisl zuckte zusammen, als habe ihn ein Schuss getroffen.

»Kann sein ...«, murmelte er.

Wöllinger schien hin- und hergerissen zwischen Triumph und Erregung.

»Mir ist, als wär ich selber dabei gewesen damals. Ich hör den Schrotschuss, ein dumpfer Schlag, von der Eiche spritzt die Rinde weg, der Rappe steigt auf wie ein Hirsch, der einen Blattschuss hat, danach macht er einen Riesensatz nach vorn und verschwindet im Holz. Er fetzt durch die Bäume, macht eine Kurve, springt über den Weg und hetzt heim – ohne Reiter. Du siehst es, du musst es gesehn haben, wie der Hengst ohne Reiter übern Weg gesprungen ist – und trotzdem steigst du von der Leiter runter, hockst dich seelenruhig auf dein Motorrad und fährst heim. Hab ich Recht, Meisl Franz?«

Meisl nickte unmerklich mit dem Kopf.

»Bloß eins weiß ich net«, sagte Wöllinger langsam, »und das werd ich wohl nie erfahren, nämlich – wo du hingehalten hast, aufs Eichkatzl, aufs Ross oder – auf den Reiter!«

Jetzt sah Meisl auf. Seine Augen waren blutunterlaufen.

Wöllinger blickte auf Meisl herab. Nachdenklich wiegte er seinen schweren Schädel hin und her.

»Sei's, wie's will – getroffen hast jedenfalls die Eiche, bis auf das eine Kügerl, das wahrscheinlich vom Stamm abgeprallt ist. Und jetzt tu ich das, was ich vorhin angedeutet hab, ich setz meinen Hut auf und überlass dich deinem Gewissen – falls du eins hast! Und hast eins – dann kannst jetzt büßen!«

Und damit wendete er sich zur Tür und schob den Riegel zurück. »Ich hab eins – aber büßen tu ich net!«, ertönte plötzlich Meisls heisere Stimme aus dem Hintergrund.

Wöllinger riss es herum. Meisl war aufgesprungen. Sein Gesicht war grau und eingefallen. Er zitterte am ganzen Körper. Trotzdem war aus ihm alle Angst gewichen.

»Jetzt komm nämlich ich dran, Herr Wöllinger!«

»Bittschön ...«, sagte Wöllinger gelassen, aber die Überraschung stand ihm im Gesicht.

Da sagte Meisl mit fester Stimme: »Ein Gericht, und davon verstehst du scheinbar was, billigt auch dem dreckigsten Lumpen ein Schlusswort zu. Vielleicht ist auch der Herr Wöllinger so gnädig und hockt sich noch mal hin!«

Wöllingers Augenbrauen zuckten auf, dann machte er kehrt, pflanzte sich auf einen Stuhl und streckte die Beine von sich.

»Gut, der Herr Angeklagte hat das Wort – ich bin ganz Ohr. Aber vielleicht schenkst mir ein Stamperl ein, falls ich selber dabei in die Mangel komm!«

»Möglich, dass du einen Schnaps brauchen kannst«, murmelte Meisl und schob Enzianflasche und Glas über den Tisch.

»Also, fang an, aber bleib in der Neuzeit, bittschön, auf mich wartet die Stallarbeit!«, grinste Wöllinger und bediente sich.

»Die macht deine Schwester, und du bist um die Zeit beim Wirt und ziehst über uns Jager her«, sagte Meisl mit ruhiger Stimme.

Wöllinger horchte auf. »Du packst 's aber hart ...«

»Und warum ziehst du über uns Jager her?«, fuhr Meisl fort, »weil du net verwinden kannst, dass wir dir die Pacht nimmer geben haben! Und warum hast du die Pacht nimmer kriegt? Weil du alles erschießt, was dir vor die Flinte kommt, und du dir mit dem Abschussplan den Hintern putzt!«

»He?«, sagte Wöllinger kurz.

Meisl fuhr mit der Pfeife durch die Luft.

»Und warum ziehst du im Wirtshaus ganz besonders über den Jagdaufseher Meisl her? Weil der Meisl der Erste war, der dem allmächtigen Herrn Wöllinger auf die Finger geschaut hat und sich net gescheut hat, beim Landratsamt von dieser Aasjägerei Meldung zu machen!«

»Das vom Landratsamt ist mir neu ...«, sagte Wöllinger und verzog sein Gesicht, »aber vielleicht schickst dich ein bissl, auf deinen scharfen Schnaps muss ich unbedingt eine Halbe Bier nachtrinken!«

»Ein wenig musst dein Sitzfleisch schon noch strapazieren«, fuhr Meisl fort, »bis ein Mensch wie ich seine Flinte hebt, das braucht seine Zeit ...«

Wöllinger klopfte ungeduldig mit dem Schnapsglasl auf den Tisch.

»Gut, dann fahrn S' fort, Herr Angeklagter, oder kommen S' sich schon wie ein Staatsanwalt vor?«

Aber Meisl ließ sich nun nicht mehr aus der Ruhe bringen.

Er stopfte sich eine neue Pfeife.

»Wie du dann noch deine Eigenjagd eingebüßt hast, durch den Verkauf vom Osterholz, war's ganz aus. Jetzt hast du der Jagerei regelrecht einen Krieg erklärt. Wegen jeder einzelnen Kartoffel, die dir die Wildsäu gefressen haben, hast den Landtag bemüht. Deine Holzwiesen hast aufgeforstet, die Dickungen hast eingezäunt, und wenn wir draußen gehockt sind am Waldrand, hat's net lang gedauert, dann ist der Herr Wöllinger junior dahergekommen auf seinem Moped und hat herumgestunken und seine Kurven gedreht, bis das letzte Reh ins Holz reingesprungen ist ...«

Wöllingers Gesicht war rot angelaufen. Das Schnapsglas verschwand in seiner gewaltigen Faust.

Meisl aber holte zum nächsten Schlag aus: »Dann hast du deinem Buben ein Ross gekauft. Warum, mag ich net untersuchen. Vielleicht, weil inzwischen der kleinste Kleinbauernbub auch Moped gefahren ist. Der Bauernstolz ist noch net ausgestorben und treibt seine absonderlichsten Blüten ...«

»Sie schweifen ab, Herr Meisl!«, unterbrach ihn Wöllinger mit schneidender Stimme.

Ruhig fuhr Meisl fort: »Sei's, wie's will – ›jetzt werden wir was erleben‹, hat mein Jagdherr gesagt, ›jetzt spürt er uns auch noch an den abgelegensten Plätzen auf‹ – und Recht hat er gehabt! Keine Viertelstund ist man wo angesessen, da hast ihn schon daherschnauben gehört, seinen Gaul, unterm Hochstand durch, kreuz und quer durchs Holz, über die Wechsel und Pässe – da hast keinen Schwanz mehr gesehen an dem Platz, drei Wochen lang!«

»Ist's wahr?«, sagte Wöllinger mit grimmiger Miene.

Meisl war aufgesprungen. Seine kleinen, hellen Augen funkelten. »Aber ein einzelner Reiter, der kommt halt doch net überall hin, da müsst er Tag und Nacht im Wald herumgaloppiern, und so haben wir ab und zu halt doch noch ein Stückl geschossen, mein Jagdherr und ich. Das muss dich so verdrossen haben, dass du auf eine neue Schikane kommen bist. Dein Bub hat jetzt seine Spezln mitgebracht, vom Reitverein, und jetzt ist es erst zugegangen! Wenn die dahergekommen sind, sind die Hasen auf die Bäum rauf und die Reh haben sich im Fuchsbau verkrochen – kurz und gut, bei uns herüben war's aus und gar mit der Jagerei, und unser Wild hat sich der Staatsforst untern Nagel gerissen!«

»Was du net sagst?«, grinste Wöllinger.

»Der Streich hat in erster Linie meinen Jagdherrn getroffen«, fuhr Meisl fort, »der Wildbreterlös war so viel wie null, und die Pacht habt ihr raufgetrieben, dank deiner massiven Einflussnahme auf den Jagdvorstand. Und jetzt bin ich drankommen, der arme Schlucker mit der kleinen Landwirtschaft, der auf sein bissl Nebenverdienst als Jagdaufseher angewiesn ist. Irgendwer muss ihm gesteckt haben, meinem Jagdherrn, und ich mein, derjenige hockt mir direkt vis-à-vis, dass ein Jagdaufseher heutzutage sowieso ein Luxus wär und dass das Einvernehmen garantiert besser würde – wenn der Meisl weg wär! ›Der Meisl bleibt, und wenn das Revier zum Teufel geht!‹, hat mein Jagdherr wiederholt geäußert, dafür sind Zeugen da, aber wie sie ihm von allen Seiten immer mehr zugesetzt haben, und wie er sich nimmer rausgesehen hat und mir dreimal hintereinander den Lohn schuldig bleiben hat müssen, da hab ich gewusst, dass meine Tage in dem Revier gezählt sind. Fünfundvierzig Jahre hab ich's betreut. Jeden Bau hab ich gekannt, jeden Bock, gefüttert hab ich 's Wild besser wie daheim meine Küh, krumm bin ich geworden vom Rucksacktragen und augenkrank und rheumatisch vom Spähen und Hocken – und jetzt krieg ich einen Arschtritt!«

»Bist alt genug, dass du in Pension gehst!«, sagte Wöllinger leichthin.

Meisl starrte ihn verständnislos an.

Wöllinger schlug mit der Faust auf den Tisch: »Ich war erst gute dreißig, als ich meine Büchs an die Wand gehängt hab – dank deiner Einflussnahme!«

Meisl beugte sich über den Tisch: »Du bist ein Bauer, und ich bin ein Nichts! Was bleibt von mir übrig, wenn ich aufhör? Ein leerer Rucksack am Garderobehaken!«

Johann Wöllinger hatte Meisls Ausführungen bisher in einer Art gnädiger Geduld über sich ergehen lassen. Zum ersten Mal hob er den Kopf. Der alte Meisl stopfte sich eine neue Pfeife. Er schnaufte schwer. Da griff Wöllinger plötzlich nach Meisls Arm und sagte: »Geh, trink halt auch ein Glasl!«

Meisl zögerte einen Moment, dann holte er sich ein Glas.

Wöllinger schenkte ein: »Du hast also gewusst, dass dir zum Jahresende gekündigt wird, als du an dem Tag auf der Leiter an der Moarwiese angesessen bist?«

»Jawohl«, murmelte Meisl, »das hab ich gewusst.«

»Dann ist mein Bub dahergekommen«, sagte Wöllinger, »und da ist dir, wie man sagt, die Sicherung durchgebrannt?«

»Nix da!«, fuhr Meisl auf. »So schnell gehen einem alten Jager die Nerven net durch, da hat erst der Teufl persönlich ins Spiel kommen müssen, bis jetzt waren's bloß seine Handlanger und Zutreiber ...«

Wöllinger hatte sich verändert. Es war, als wären seine Fäuste schlaffer geworden, seine Gestalt kleiner. Er rückte näher an Meisl heran; vielleicht bemühte er sich zum ersten Mal in seinem Leben, einen anderen zu begreifen.

»Was für ein Teufl ...?«

Meisl stieß eine dicke Wolke aus seiner Pfeife: »Einen feuerroten Pullover hat er getragen, auf der Oberlippe hat er ein kleines, blondes Barterl gehabt, einen schwarzen Hengst hat er geritten, und niedergetrampelt hat er alles, was ihm in den Weg gekommen ist – vorzugsweise die Mädl!«

Meisl holte tief Atem: »Dreimal langt net, dass ich ihm zugeschaut hab, wie er ein Mädl vom Reitverein rumkriegt hat. Immer dieselbe Masche: das Ross anbinden, eine Zigarette rauchen, ein Schluck ausm Cognacflaschl, ein Freundschaftskuss, nochmal einer, weil man auf einem Fuß net steht, die Bluse aufmachen, einen Knopf, einen zweiten Knopf, dann hat's meistens eine Schelln abgesetzt oder auch bloß einen Tatscher auf die Hand, aber der Filou hat sein Handwerk verstanden und hat net auslassen, bis sie weich worden sind, die Mädl; ich bin dann schleunigst von der Leiter runter und hab mich ins Holz reindrückt …«

»Da schaut man auch net zu, als alter Knacker«, versuchte Wöllinger zu scherzen, aber er konnte eine aufsteigende Unruhe nicht verbergen.

Meisl nahm die Pfeife aus dem Mund und legte sie neben sich auf den Tisch. Auf seiner braunen, tief zerfurchten Stirn standen kleine Schweißperlen. Seine Stimme keuchte vor Erregung.

»Die Mädl, das heißt, eine gewisse Sorte, zieren sich heutzutag nimmer lang, wenn einer gut ausschaut und die richtigen Griff und Kunststück beherrscht – und wenn niemand zuschaut! Das könnt er sich mit meiner Moni net erlauben, der Herr Don Juan, hab ich mir damals denkt. Die Moni ist unsere Adoptivtochter, falls du das net weißt …«

»Ich hab davon gehört«, räusperte sich Wöllinger und fuhr mit dem Finger in den Hemdkragen.

»Ist dir zu heiß?«, fragte Meisl und öffnete das Fenster.

Ein kühler Luftzug wehte herein, und mit dem Luftzug egelte ein braun geflecktes Ahornblatt in den Raum und raschelte über den Boden. Meisl machte die Tischlampe an.

»Gute zwei Monat hab ich noch«, murmelte er, »dann sperr ich die Hüttentür zu, und kommen tu ich nimmer …

Aber dass ich weitermach ... Bei der Moni warn wir, bei unserer Moni ... Zwei oder drei Wochen vor selbigem Tag wird's gewesen sein, da hat uns der Reitverein wieder einmal heimgesucht. Eine Gruppe ist durchs Hochholz gesprengt, die zweite auf dem Weg in Richtung Osterfeld geritten. Ich bin auf der Leiter an der Moarwiese gehockt und war schon froh, dass alles so schnell vorbei gewesn ist. Da haben sich die zwei letzten Reiter von der Gruppe, die nach Osterfeld gerittn ist, abgesetzt, sind über die Wiese getrabt, auf die Eich zu. Ein junger Mann mit einem roten Pullover ist vorangerittn. Auweh, hab ich mir denkt, jetzt muss wieder eine dran glauben. Sie haben ihre Rösser angebundn, und der schwarz Hengst hat einen riesigen Aufruhr gemacht, weil das zweite Ross eine Stute gewesn ist, ein zierlicher kleiner Fuchs. Da hab ich erst das Mädl gesehn, eine Hübsche, eine Junge, hab ich mir denkt. Wie s' dann ihre Kappe runtertan hat und sich die Haar ausgeschüttelt hat, hat's mich gerissn – es war unsere Moni!«

Wöllinger saß schweigend da. Die Erregung Meisls war auf ihn übergegangen. Er fingerte nach einer Zigarette. Aber er zündete sie nicht an.

Meisl griff sich an den Hals und schluckte. Dann sagte er rau: »Wir haben gewusst, meine Frau und ich, dass sie beim Reitverein Stunden nimmt. Warum auch net? Wenn sie's freut, warum auch net? Bei der Drogerie Hamberger geht sie in d' Lehr, 's dritte Jahr, und da werdn sie schon hübsch zahlt ... Jetzt wirst gleich was erlebn, Herr Casanova, hab ich mir denkt, die ist aus einem andern Holz wie deine Amüsierdamen, an der beißt dir deine Zähn aus – aber in Wirklichkeit hab ich zittert, dass der ganze Hochstand gewackelt hat ... Freilich hat er sich hart tan, und vom Reiterkuss ist nix dringestandn und vom

Blusenaufknöpfen schon gleich gar net. Aber später hat er s' überredt, mit ihm ein Glasl Cognac zu trinken, und dann sind s' zu den Rössern gangen und haben mit den Rössern angestoßn und haben sie aus der Hand einen Schnaps schlecken lassen. Das hat meiner Moni gefalln, so eine Narretei, und auf einmal hat er seinen Arm um sie gelegt und hat ihr blitzschnell ein Bussl geben ...«

Meisl drängte es jetzt, zum Ende zu kommen. Er sprach schneller und schneller: »Bei dem Bussl ist es auch bliebn, und ich hab mir denkt, entweder hat ihm das Mädl imponiert, und er lässt seine Finger davon, oder er ist raffiniert genug abzuwarten, bis sie von selber mitmacht. Aber dein Bub muss einen Vertrag mit der Schnallnhex gehabt haben, dass sie ihm die Weiber zutreibt, ob sie jetzt mögen oder net. Wie ich nach einer Stund, dunkel ist's schon gewesn im Holz, mein Motorrad aufn Weg rausschieb, seh ich zwei Rösser daherkommen. Ich duck mich hinter einen Holzstoß, und da kommt dein Bub daher auf seinem Hengst, und daneben, als Handpferd, die kleine Fuchsstute. Ich nehm das Fernglas, und da seh ich, dass vor ihm meine Moni im Sattel hockt, die Zügel vom Hengst in der Hand, den Kopf zurückgelehnt, und er, er lacht und hält sich ein – an ihrer Brust!«

Meisls Kopf sank auf den Tisch. Er flüsterte: »Ich hab nix gesagt daheim. Manchmal geschehen kleine Wunder, wenn du sie in Ruh aufblühn lässt. Mit einem Wöllinger will ich net verwandt sein, hab ich mir denkt, und er wahrscheinlich noch weniger mit mir. Aber das Alte hat ausgewirtschaftet, die Jungen pfeifen sich nix mehr um Stand und Geld. Ich hab meine Moni schon als Bäuerin gesehn auf dem Holzmoarhof, und den Stefan, vernünftig gewordn, als einen Jäger, wie er heut sein muss; und ich hätt meinen

Rat geben und meinen Segen und wär langsam, aber zufrieden runtergerutscht ins Grab … So hab ich mir denkt, wie ich wieder einmal auf der Moarwiesleiter angesessn bin … Und da ist mein Kartenhaus mit einem Schlag zusammengefalln! Dein Bub ist kommen und ein Mädl. Sie haben die Ross angebundn und haben sich hingehockt. Du willst net grad zuschaun, wie der neue Wöllinger gemacht wird, hab ich gedacht und wollt grad abhaun. – Da hab ich gespannt – dass 's die Moni gar net war …«

Meisls Stimme überschlug sich fast: »Eine Schnepfe war's, eine ganz gewöhnliche Krautscheuche mit gefärbten Haaren und drei Pfund Farb im Gesicht, und drübergerumpelt ist er wie ein Hirsch, da hat es keinen Schnaps gebraucht und kein Reiterbussl, und bevor er seinen Hengstsprung vorgeführt hat, der Herr ›Reitlehrer‹, da hat er noch hergeschaut zum Stand und hat mich erkannt, erkannt hat er mich, jawohl, und hergegrinst hat er, und dann ist er ihr zwischen d' Haxen reingefahrn mit einem ganz wilden, schauerlichen Stöhnen …«

Draußen war es dunkel geworden. Der Wind hatte aufgehört. Ein herber Duft kam zum Fenster herein. Der Nebel schlich um die Waldwiese, die Bäume und die kleine Hütte.

Vielleicht standen wieder ein paar Rehe draußen am Waldrand. Der Reitverein hatte sich andere Gefilde gesucht, es war wieder Ruhe im Revier.

Die beiden Männer hockten da und hörten die Uhr ticken.

Wöllinger spielte mit der Patronenhülse. Er brachte die Hülse in eine kreisende Bewegung, und nun hüpfte das Schrotkorn an der Innenwand hinüber und herüber. Plötzlich kippte Wöllinger die Papphülse um, so, wie man einen

Würfelbecher leert. Die kleine Bleikugel rollte über den Tisch und blieb, wie abgezirkelt, in der Mitte zwischen den beiden Männern liegen.

»Und beim nächsten Mal ist mein Bub allein unterm Stand vorbeigerittn, und da hast du deine Flinte gehobn …«, sagte Wöllinger leise.

Meisl schwieg.

Wöllinger nahm das Schrotkorn vom Tisch und rollte es zwischen Daumen und Zeigefinger hin und her.

»Ein so kleines Kügerl, aber schwer, schwer, ich mein, mir drückt's die Hand runter.«

Dann stand er auf und nahm seinen Hut.

»Auf wen hast jetzt gezielt, Meisl?«

Dieser sah ihn mit hellen, durchdringenden Augen an. Doch er schwieg.

»Ist auch nimmer wichtig«, murmelte Wöllinger und trat in die Nacht hinaus.

Die gestohlenen Hirsche

Der Held dieser und der nächsten beiden Geschichten ist ein bayerischer Berufsjäger. Es gibt deren noch einige Hundert in unseren Bergen. Mag vielleicht der eine oder andere menschliche Versager dabei sein oder gar ein Lump, wie sie sich ja überall einschleichen, das hält mich trotzdem nicht davon ab, sie allesamt zu loben, so oft und so laut ich's nur kann. Der, von dem jetzt die Rede ist, heißt ... Ach was, Name ist Schall und Rauch! Nehmen wir an, er hieße Wastl – Wastl Strell. Und schauen wir uns ihn gleich ohne alle Umstände an: mittelgroß, breit in den Schultern, runde Wadl, dunkelbraunes, lockiges Haar, so dick, so kraus, dass der Hut nie richtig festsitzt; ein schmales Gesicht, eher blass als braun, und gezeichnet von ständiger körperlicher Anstrengung. Und sonst: ein Schuss Hitzigkeit aus Südtirol von der Seite der Mutter her; der Schädel, das Kreuz, die Zähigkeit aus zahllosen bayerischen Bergbauernfamilien väterlicherseits, und von überall her breite, rauschende Ströme von Jägerblut, vielleicht sogar mit einem Spritzer »Wilderer-Schweiß« homöopathisch durchmischt.

Und jetzt zur Sache: Der Revierjäger Wastl Strell kannte sein Wild wie eine Sennerin ihre Kühe, annähernd, sagen wir einmal, um nicht gleich schon am Anfang zu dick aufzutragen. Strell war nämlich, und dies ist nicht übertrieben, mit seinem Revier verheiratet, in erster Ehe sozusagen, und erst in zweiter mit seiner blonden, gutmütigen Anni. Der Wastl liebäugelte, eifersüchtelte und streithanselte mit seinem Wild, weil sein Herz daran hing, und er hatte ein starkes, heißes, leidenschaftliches Herz. An erster Stelle kam beim Wastl immer der Hirsch. Er konnte einem ein Loch in den Bauch reden, wenn er auf seine Hirsche zu sprechen kam. Dann kam lange nichts, dann erst der Auerhahn, der Rackelhahn noch lieber, schließlich der Latschenbock, der rote, seltene, und ganz zuletzt … mä … mä … der Geißbock der Berge, die Gams.

Das war seltsam und wiederum auch nicht, denn der Wastl betreute ein ausgesprochenes Gamsrevier. Gams hinten, Gams vorn, so ging's jahraus, jahrein; jeder, der kam, kam wegen der Gams, fragte nach der Gams, schwärmte von der Gams; seine Hirsche aber interessierten niemanden. Zum Hirschjagen fuhren die Herren ein Häusl weiter in die Waldberge, in die Hirschberge im Nachbarrevier. Strells Revier war und blieb ein Gamsrevier, ein karges Latschen- und Felsbuckelgebiet mit ein wenig schütterem Wald in der Tallage, keiner einzigen gescheiten Dickung, verkarsteten, längst aufgegebenen Almen, ungeheuer steilen, unwirtlichen Abstürzen, undurchdringlichen Latschenfeldern; für die Gams ein Paradies, für das Rotwild höchstens – ein Notquartier.

»Halt!«, würde der Wastl jetzt einwerfen, heftig seine Pfeife stopfen, und dann ginge es los. Ich aber will mich kürzer fassen, um zu berichten, wofür der Wastl in leidenschaftlicher Ausschweifung drei Stunden brauchen würde. Der Strell nämlich hat auch Hirsche, er hat sogar Kahlwild, und er hat, seit noch nicht allzu langer Zeit, eine regelrechte Hirschbrunft in seinem Revier. »Gestohlen, jawohl gestohlen!«, so höre ich jetzt den langen Kasenbacher hitzig einfallen, den Jäger des Nachbarreviers. Und, Wastl verzeih, da ist etwas Wahres dran. Aber wie teuer hat sich der Hirschbesessene diesen Diebstahl kommen lassen! Es fing damit an, dass der Strell auf das Forstamt fuhr und mit seinem Chef hinter verschlossenen Türen zwei Stunden lang heftig verhandelte und debattierte. Als er das Büro verließ, war er in Schweiß gebadet, aber ganz hinten, in seinen Augenwinkeln, da saß ein siegessicheres Lächeln. Er hatte den Ungläubigen, Zögernden endlich herumgekriegt und die pauschale Einwilligung und Vollmacht erhalten, alles zu tun, um Rotwild anzusiedeln. Wobei aber vereinbart wurde, den spärlichen Forstamtsetat für einige Jahre zu Gunsten der Rotwildhege auszulegen. »In zwei, drei Jahr, Herr Forstmeister, schießen S' Ihren Hirsch bei mir!«, so hatte der Wastl aufgetrumpft, ehe er das ungewohnte, überheizte Büro verließ.

Dann dengelte er die Sense und machte sich ans Werk. Von den Ochsenböden herunter, früher eine beliebte Ochsenweide, jetzt halb von steifem, glashartem Binsengras zugewachsen, hatte der Strell in seinen Träumen immer den Hirschschrei gehört, wenn er im September aufstieg in die Ochsenhütte. Dort oben war es so still wie am Ende der Welt, »das ideale Platzerl für d' Hirschen, wenn eine Äsung da wär«.

Der Wastl krempelte die Ärmel auf, besann sich seiner bäuerlichen Abstammung und Muskelkraft und nahm die Ochsenböden in Kur. Es war eine Sauarbeit; das nie gemähte, drahtige Gras sträubte sich gegen die Schneide der Sense, glitt unten durch, aber der Wastl schlug zu und rasierte den Buckel schließlich ab, bis er vollständig kahl war. Dann kultivierte er ihn, riss mit vorsintflutlichen Geräten die Erde auf, schleppte Kunstdünger hinauf, Sack um Sack, schwitzend, keuchend wie ein Galeerensträfling, und trotzdem summte er unterm Gehen hin und wieder fröhlich vor sich hin, denn er war sich seiner Sache sicher.

In der Tat wuchs schon im nächsten Spätfrühling auf den Ochsenböden ein fremdartig mildes »Grasei« und kleine Polster von Rotklee stellten sich ein. Wastl düngte nach, verbesserte mit Sense und Sichel, was noch nicht so wollte, wie er es sich gedacht hatte, und wartete auf den großen Augenblick.

Es waren immer einmal Hirsche eingewechselt in sein Revier, meist nach der Brunft, aber gehalten hatte sich keiner. Kahlwild aber war nicht einmal als Wechselwild aufgetaucht. Es wäre ein Wunder, würde sich das ändern. Aber das Wunder geschah. Als der Wastl an einem Morgen im Juni auf den Ochsenböden die erste Hirschlosung fand und bald danach eine Fährte, da musste er sich niedersetzen, weil ihm fast schlecht wurde vor Freude. Das war der Anfang. Rückschläge blieben nicht aus. Im gleichen Jahr noch stellte sich ein kleines Rudel Mittelhirsche in den Latschenhängen am Ochsenkopf ein, äste sich von Wastls Kunstdüngergras die Pansen voll und verschwand im September spurlos. Im nächsten Jahr war alles Hoffen und Warten umsonst, der Forstmeister machte spöttische Bemerkungen, und der Strell fluchte droben in der Ochsenhütte so laut er konnte. Aber er gab nicht auf, warf sich noch einmal ins Geschirr, wetzte und mähte, fluchte und bettelte, und im nächsten Frühjahr wendete sich dann alles zum Guten. Ein kleines Rudel Kahlwild kam schon bald nach der Schneeschmelze über die Reviergrenze, nahm Einstand in der oberen Regau, äste tagsüber in den feuchten, verwachsenen Gräben und bei Nacht auf den Böden. Und im Juli erschienen zwei bessere Hirsche, noch im Bast, entdeckten Wastls schweißgedüngten Klee, senkten die Äser hinab, rupften und blieben bis zur Brunft. Die war still und noch wenig aufregend, aber sie ging vonstatten, ohne Störung, ohne Schuss, nur von den leuchtenden, glückseligen Augen des Jägers begleitet.

Das mit den Hirschen, versteht sich, war geheimste Kommandosache im Forstamt. Der Strell schwieg sowieso, aber auch sein Chef kniff die Lippen zusammen und bemühte sich erfolgreich um Verschwiegenheit. Im nächsten Jahr schoss er, zur Überraschung seiner Kollegen im Nachbarforstamt, seinen ersten Feisthirsch im eigenen Revier.

»Der Taxengrabenhirsch, der Gute!«, so schrie der lange Kasenbacher fast auf, als er, in schlimmer Vorahnung, das Geweih besichtigte. Aber es nützte nichts, der Wastl hatte ein Hirschrevier, ein kleines, unsicheres zwar, das mit scharfer Sense, viel Kunstdünger und noch mehr Schweiß immer wieder erarbeitet werden musste, aber er hatte es. Das Mutterwild blieb zwar immer wenig, aber das Feisthirschasyl oben an den ruhigen, abseitigen Böden wurde mit der Zeit immer beliebter, gerade weil das Kahlwild nur selten so hoch hinaufwechselte. Und nun, da es einmal so eingeführt war, blieb es dabei.

Nicht mehr so selbstverständlich wie bisher kamen des Kasenbachers Jagdgäste auf einen wirklich alten, hochjagdbaren Feisthirsch zu Schuss. »Die hat uns der Strell gestohlen!«, so pflegte er seinem Ärger und seiner heimlichen Bewunderung Ausdruck zu geben. Inzwischen wurde im Forstamt jenseits der Reviergrenze heftig nachgedacht, wie man die »gestohlenen Hirsche« wieder herüberbringen könnte in ihr angestammtes Revier, ohne mit Gesetz und Anstand in Konflikt zu kommen. Insbesondere war es Kasenbachers Chef, ein junger, eifriger und eifernder Forstmeister, der den Fall immer wieder untersuchte.

Schließlich erbat er sich die Schussbücher und Aufzeichnungen seines Amtsvorgängers und studierte sie gründlich. Aus jenen Papieren ging hervor, dass die guten

Feisthirsche von früher fast ohne Ausnahme an der östlichen Reviergrenze, im Hohen Riffelkar, gestreckt worden waren. Später verlegte der »Altherrenclub« seinen Sitz ein Stockwerk tiefer und weiter westlich in die Kloiberalmen. Warum? Der Forstmeister stellte Ermittlungen an, fragte herum, hörte sich viel Ungereimtes an von Sennern und Waldarbeitern, und wurde erst nachdenklich, als ihm der Lampi-Hias, der alte Viehhirt vom Riffelkar, jenes Sprüchlein aufsagte, das Bauernjägern und Wilderern nichts Neues bedeutet, aber von den Forstleuten, aus weiß was für Gründen, hartnäckig ignoriert wird: »D' Hirsch laufen den Kuhglocken nach!« Der junge Forstmeister aber setzte diesen Spruch als Leitsatz vor seine weiteren Gedankengänge – und kam zum Ziel. Als die Kloiberalmen seinerzeit aufgegeben wurden, war das Jungvieh aus dem Großen Riffelkar abgezogen worden und beweidete nun die gepflegten Kloiberwiesen. Mehrere trockene Sommer folgten, und schließlich verließen auch die Hirsche die immer karger werdende Hochregion und stellten sich gleichfalls, dem »Klang der Kuhglocken« folgend, in den kloiberischen Almgründen ein. Das Hochkar aber war seither fast ohne Rotwild. Unten jedoch drängelte sich das Wild, äste beengt zwischen Kühen und Jungvieh, der Strell hatte also leichtes Spiel gehabt.

Es war die Erkenntnis des jungen Forstmeisters, dass das Hochkar wieder »interessant« gemacht werden musste, denn es lag unmittelbar an der Reviergrenze, und es lockte, wenn es wieder beweidet wurde, hinüber ins karge, schroffe »Feindesland« eine riesige, schattigdunkle Arena, mit Latscheneinstand, Suhle und Sülze und einem bunten, zarten Teppich duftenden, würzigen Almgrases. Diesem Köder, so überlegte der Forstmeister, würden die

Strellschen Hirsche auf Dauer nicht widerstehen können. Es war ein hartes Stück Arbeit für den jungen Forstmann, den Jungviehhaltern das längst abgeschriebene Riffelkar wieder schmackhaft zu machen. Erst als hartnäckig und hinterlistig betriebene Forststrategie die bequemen kloiberschen Weidegründe immer mehr einengte, gaben die Almbauern schließlich nach. Auf dem Hochkar bimmelten wieder die Glocken der Kalbinnen. Der Revierjäger Wastl Strell hörte sie herüber bis zu seiner Ochsenhütte. Und es war ihm eine ungute, alarmierende Musik.

In diesem Frühsommer geschah, wie vorauszusehen, noch nichts. Aber im Jahr darauf zeigte die achtwöchige Beweidung durch fast sechzig Stück Jungvieh ihre Früchte. Das Gras spross kurz und zart, schon bald nach der Schneeschmelze überzog ein bunter, schillernder Blumenteppich die untere Region des Karbodens. Mit zunehmender Besorgnis umschlich der Jäger Wastl sein kleines Hirschgartl droben an den Ochsenböden. Er hatte es immer vermieden, in den gefährlichen Stunden seine Witterung hineinzutragen in die verschwiegenen, geheiligten Kammern, war höchstens ganz unten am Hochsitz in der alten Lärche angesessen und hatte sich weggeschlichen, eh der Wind umschlug. Selten hatte er sie gesehen, die »Herren Geheimräte«; dass sie da waren, das bestätigten ihm vielerlei Zeichen: Losung und Fährte, Fegebaum, Lager und Rupfstelle. Jetzt aber geschah's, dass er sich immer seltener hinabbeugte, immer seltener sein »ah, sind schon da« oder »gell, beim Wastl, da habt ihr's schön« vor sich hinmurmelte. Die Losung vertrocknete, die Fährten wurden alt, die Wechsel verloren sich, das Gras wuchs aus, und des Jägers Gesicht wurde mit jedem Tag um einen Schatten bleicher. Um dieselbe Zeit, es war gegen Mitte Juni, tranken sich der lange Kasenbacher und sein junger, hirschnarrischer Forstmeister auf der Riegerstube einen schweren Rausch an, denn sie hatten in der Früh um vier, vom Reiterköpfl aus, den Wendelberghirsch und noch zwei Gute, alle drei im prangenden Bast, einwechseln sehn ins untere Kar. Die Schlacht war gewonnen, die »gestohlenen Hirsche« heimgekehrt in ihr angestammtes Revier.

»Wer hat gestohlen, wer, möcht ich wissen?«, so würde der Wastl jetzt zornfunkelnd auffahren – wenn er es nötig hätte! Aber er hat es nicht nötig, die Geschicht ist noch net vorbei. Zwischen damals und heut ist Zeit vergangen, und inzwischen war wieder der Strell am Zug.

Fast hätt er's nicht überstanden, der Wastl; fast hätt er alles hingeschmissen und seinen Dienst quittiert. Sein Forstmeister, ja, der schoss seinen Hirsch auch so, ließ sich irgendwohin einladen oder wurde schließlich einmal versetzt in ein echtes, wirkliches Hirschrevier. Er aber, er war verwurzelt in seinem Berg, sein Herz, das war eingeklemmt in den Schluchten und Abstürzen seines kargen, wilden, unwirtlichen Reviers. Nur langsam kam er wieder auf die Beine, aber kein Lächeln umspielte mehr den zusammengekniffenen Mund. Er hatte Sehnsucht, eine unbezähmbare, mörderische Sehnsucht nach seinen Hirschen.

Mehr als sonst streifte er jetzt an der Reviergrenze entlang, stand stundenlang am Zirbenköpfl und schaute mit dem Fernglas hinüber ins östliche Laublatschengehänge des Riffelkopfs, wo seine treulosen, undankbaren Hirsche jetzt ihren Einstand hatten. Manchmal, im Morgengrauen, sah er fern und unerreichbar zwischen Latschen und Krüppelbuchen einen roten Wildkörper aufleuchten. Ein Blick durchs Fernglas ließ ihn sein ganzes Leiden nur noch schmerzlicher empfinden. Eines Tages machte der Wastl etwas, was er noch nie gemacht hatte, seit er in seinem Revier Dienst tat. Er sprang über den Grenzbach und stand – im fremden Revier. Er hatte Herzklopfen, er hatte Angst. Hastig pirschte er ein Stück bergan und dann schnell wieder zurück über den Graben. »Was heißt Grenze«, redete er sich auf dem Heimweg ein, »sind da Bäume und sind da Bäume.«

Und er tat es wieder, kam immer weiter hinauf in den Hang, immer näher heran an den Grat, an die Wechsel, an die Losung, an die Betten, an die Hirsche.

Schon lange hatte er kein Gewehr mehr dabei, hatte es zusammen mit Hund, Umhang und Rucksack abgelegt, an sicherer Stelle im eigenen Revier. Und seit einiger Zeit hatte der getreue Schweißhund auch noch ein Paar Bergschuhe zu bewachen, worüber er sich sehr wunderte. Wastl aber schlich auf weichen Socken immer weiter hinein ins fremde Revier bis hart unter den Karboden, wo die Hirsche abends zur Äsung einwechselten. Und gerade das, dieses Einwechseln, das wollte er ihnen auf diese Weise langsam aber sicher vergällen. »Ich mein es bestimmt gut, hab ja selber nix davon«, so brummelte er vor sich hin, trat dort auf einen kleinen Ast, streifte da mit dem Jackenärmel an einem Buschen entlang, hüstelte leise, schnäuzte sich vorsichtig und legte gar, wenn es sich gerade einrichten ließ, seine Losung mitten auf den Wechsel. Das trieb er einige Wochen so, furchtbar schlechten Gewissens zwar, aber mit dem Mut und dem Aberwitz des Besessenen.

Die Herren mit den Hängebäuchen, überempfindlich und kreuzwild über jede Störung im Einstand, standen danach wohl eine Weile betroffen und ratlos in den Latschen herum, stupften sich in den Hintern, hießen sich gehen und taten es auch, vorsichtig und sehr, sehr spät, und nicht mehr mit dem gewohnten Appetit. Noch hatte sich keiner der Unwilligen, Aufgestörten umgedreht in die andere Richtung, aber vielleicht, ja gewiss, mancher hinübergeäugt ins ruhige, verwunschene Hirschgartl drüberhalb der Grenze. Das immerhin hatte der schleichende, hüstelnde Wastl erreicht, noch bevor der letzte Bastfetzen abgeschlagen war und drüben in der Riegerstube die Büchsen auf den feisten, reifen Hirsch geladen wurden. Und trotzdem hätte es der Strell wohl nie ganz geschafft, wenn ihm nicht der lange Kasenbacher, unfreiwillig selbstverständlich, kräftig dabei geholfen hätte. Seit dem 1. August hauste er auf der Riegerstube mit dem Auftrag, einen guten, alten Ib-Hirsch für einen honorigen Jagdgast auszumachen und, wenn möglich – festzubinden. Aber schon mit dem Ausmachen hatte es seine Bewandtnis, vom Festbinden gar keine Rede. Der Kasenbacher saß und saß. Wo noch um Mitte Juni herum ein achtköpfiges Basthirschrudel bei hellem Sonnenschein hinauf ins Schneeloch gezogen war, wechselte jetzt ein miserabler Sechser hastig und fortgesetzt sichernd durch den lichten Almwald und verschwand, lange vor Büchsenlicht, in den Latschen. Am anderen Tag kam ein Spießer und dann gar nichts mehr. Das roch nach Lumpen. Und Kasenbacher wendete sein Augenmerk hinüber ins östliche Gehänge, denn wenn überhaupt, dann kamen sie von drüben, vom Strell.

Eines Abends, so um den 10. August – der Jagdgast hatte bereits ins Forstamt telefoniert, was denn los sei mit dem Hirsch ..., saß Kasenbacher gut verdeckt auf einem Latschenköpfl mit Einblick in den gesamten Osthang. Still und verlassen lag drüben die Ochsenkopfhütte, der Wastl saß also wieder einmal zu Hause und weinte seinen Hirschen nach. Da knackte unter ihm ein Ast, ein grüner, verschossener Hut kam zum Vorschein, tauchte wieder unter, und dann wurde ein leises Räuspern hörbar. Der Kasenbacher riss den Mannlicher an die Wange und schrie mit Donnerstimme in den Abgrund: »Gewehr weg, sonst krachts!« Den strumpfsockenen Wastl unten in den Latschen traf schier der Schlag. Gewehr konnte er keins wegschmeißen, denn er hatte, wie immer, als harmloser Zivilist die Grenze überschritten. So rollte er sich zusammen wie ein Igel und kugelte sich in einer Gasse den Berg hinunter, bis er, weit unten, in einer Mulde liegen blieb. Der Kasenbacher aber sprang mit einem Riesensatz von seinem Kogel herunter, mitten hinein in die Latschen, und hüpfte und ruderte, mit seinen langen Beinen einer riesigen Spinne gleich, zu jener Stelle hin, an der der grüne Hutfilz zuletzt aufgetaucht war.

»Lump, ergib dich!«, so schrie der aufgebrachte Jäger ein ums andere Mal, aber es war kein Lump mehr weit und breit zu sehen. Da packte den Kasenbacher eine dumpfe Ahnung, es dämmerte ihm etwas herauf, und er konnte sich nimmer halten, warf die Sicherung herum und schoss, repetierte durch und schoss wiederum, zwei-, dreimal, schoss sein ganzes Magazin hinüber zu dem Schlawiner, dem Bazi, und schickte eine Salve schauriger Flüche nach.

Wie ein Wurm kroch unterdessen der Wastl zu Tal und hatte nichts anderes im Sinn, als schnell über die Grenze zu entkommen und der fürchterlichsten, grausigsten Blamage zu entgehen, die je über eines Jägers Haupt kommen konnte. Als er heftig schnaufend, aber glücklich den Grenzbach überquerte, tobte droben der Kasenbacher noch immer in ungebrochener Wut. Der Wastl jedoch tauchte sein glutheißes Gesicht ins Wasser und ging im

Schutz der dichten Buchenstauden hinüber zur alten Fichte, wo ihm der Hund freudig entgegenwinselte. Er streichelte ihn und genehmigte sich erst einmal eine Beruhigungspfeife. Als er sich setzte und sein Schuhzeug anzog, streifte sein Blick den Graben hinauf. Da fiel ihm vor Schreck und Freude die Pfeife aus dem Mund: Drei, vier, sechs Geweihte, ein jeder fertig verfegt, überfielen dicht hintereinander den Grenzgraben und strebten in kopfloser Flucht den rettenden Ochsenböden zu. Der Wastl musste sich die Faust in den Mund pressen, sonst hätte er hinausgejuchzt: »D' Hirschen, d' Hirschen, Jesus und Maria, meine Hirschen!« Niemals in seinem Leben war der Wastl glücklicher als an diesem Tag, mochte der Kasenbacher droben toben und wettern, mochte er Verdacht schöpfen und ihn beschuldigen. Er hatte seine Hirsche wieder. Außerdem, wie immer bei jenen gefährlichen Geschäften, verfügte er über ein handfestes Alibi durch den treuherzigen Schwur seiner Anni: »Der Wastl, der ist daheim gesessen den ganzen Tag, der hat keinen rechten Auftrieb mehr, seit sie ihm d' Hirsch gstohlen haben!«

Es war nun nicht etwa so, dass seit jenem denkwürdigen Tag im äsungsreichen Riffelkar kein Hirsch mehr geschossen wurde. Es knallte schon noch, aber es knallte selten in der Feiste; erst in der Brunft wechselte ein Teil der Strellschen hinüber zum Kasenbacher. Aber da hatten der Wastl, beziehungsweise sein Jagdgast, die Lese schon gehalten. Den alten Wendelberghirsch aber, einstiges Prunkstück des Kasenbacherschen Reviers, lockte selbst die scharfe Brunftwitterung nicht mehr über die Grenze; er zog in die heimische Regau, räumte auf, beschlug die paar Stückl Brunftwild und verschwand wieder im dichten Latschenlabyrinth der Ochsenböden.

Das war die Geschichte von den gestohlenen Hirschen. Wer jemals mit dem Wastl jagerte, ob mit der Büchse oder nur mit dem Auge, ob auf Gams oder Hahn, Bock oder Hirsch, der erfuhr sie spätestens am zweiten Tag. Mir hat er sie bis jetzt zum fünften Mal erzählt oder, besser gesagt, hineingestopft, und weil sie, was unabwendbar ist bei unserer seelischen Tuchfühlung, auch noch ein sechstes Mal Platz haben muss, habe ich die erste Fassung hiermit herausgelassen. – Zu des Waidmanns, zu des Hirschjägers, zu des Hirschnarren Erbauung, wenn auch nicht gerade zur Nachahmung.

Der Frauenschuhwilderer

Beinahe zwei Jahrzehnte pirschte der Wastl nun schon durch sein Bergrevier. Er hatte manches Abenteuer bestanden, aber die ganz große Aufregung, die Begegnung mit dem rußbeschmierten Raubschützen, war ausgeblieben. Der letzte Wildererschuss war längst verhallt, und wenn es in den Bergen noch knallte, dann war's an Silvester, wenn die Burschen ihre Böller luden, um das neue Jahr »anzuschießen«. So ging er durch sein Revier wie eine stets gespannte Feder, die noch nie richtig ausgeschnellt ist, und da er leidenschaftlich war in allem, was Wild und Jagd betraf, litt er darunter. Nicht einmal Holz wurde mehr gestohlen; das schwierige Bringen aus den steilen Leiten und Gräben vergällte auch dem hartnäckigsten Nassauer diesen früher so beliebten Sport. Schwammerlsucher, die den Feisthirscheinstand verstänkerten und die man deshalb kräftig zusammenschimpfen konnte, gab es schon lange nicht mehr in seinem Revier. Zudem standen die Geweihten meist oben im Krummholz, wo die Steige allmählich zuwuchsen, seit auch die letzten Bergenthusiasten in glänzenden Leichtmetallgondeln zu ihren Brotzeitgipfeln schwebten. Es war Ruhe in seinem Revier, das keinen einzigen namhaften Kletter- oder Skiberg aufwies, keinen Lift besaß, ja nicht einmal eine Unterkunftshütte. Mochten ihn andere darum beneiden, ihm war es fast zu viel des Guten. Ein wenig Reibung, ein bissl Widerstand von irgendwoher wäre ihm lieber gewesen. Aber nichts dergleichen geschah. So wandte sich der äußerst kräftige Mann in extremer Kehrtwendung dem Kleinen, Harmlosen zu, studierte im Frühsommer, die Büchse ungeladen auf dem Rücken, Blumen und Käfer, Schmetterlinge und

Vögel, las und lernte und wurde, was selten ist unter Berufsjägern, ein Kenner und Liebhaber der kleinen Dinge neben dem Pirschpfad. Er bezog sie mit ein in sein Aufgabengebiet, nahm sie – und hier schon wieder ins Übereifrige, Hitzige verfallend – eigenmächtig und sehr bestimmt in Obhut und Schutz.

Und jetzt, in diesem erweiterten Aufgabenbereich, der nunmehr nichts weniger als den ganzen Berg umfasste mit allem, was auf seinem Rücken kroch, flog, blühte und duftete, nun traf er endlich auch auf Widerstände – und das Herz frohlockte ihm.

Wastl war keiner von den Jägern, denen es ein Bedürfnis ist, gesehen zu werden. Er schlich sich meist von hinten herum in sein Haus, das unten an der Verkehrsstraße steht, und wenn er auf den Berg stieg, dann wählte er nicht den bequemen Touristenweg, sondern ging seinen eigenen Wechsel. Einer dieser Wechsel führte am Röthlbach entlang durch den hinteren Gamsschreck. Schwer begehbar erscheint dieser Graben, der an manchen Stellen schon fast wie eine Klamm ausschaut. Tobend frisst sich der Röthlbach durch den Fels, stürzt auf moosglatten Schanzen frei durch die Luft, brodelt, kocht, rast in die steinernen Gefängnisse der Gumpen, wird weitergepresst und -geschoben, über Felsmauern und Baumbarrikaden hinweg, und landet schließlich abgekämpft und müde im breiten, flachen Bett der Saalach.

Steil stürzen von rechts die Wände des Zillkopfs herab, unbegehbar, ja ein Schreck selbst für die Gams; linker Hand versammeln sich die Geröllfelder der Weißen Rinn zu einem trichterförmigen Labyrinth, und hier ist alles versammelt, was der Berg im Lauf der Jahre und Jahrzehnte abgestoßen hat: Felsbrocken und Fallbäume, gelbes Lahnergras, grauer, zementharter Lawinenschnee, und im Spätwinter die verblichenen, zerschellten Skelette von Gams und Hirsch.

Zwischen den Steilrinnen aber liegen kleine, keilförmige Inseln aus zusammengeschobenem Humus, zerklüftetem, verfaultem Fallholz, aus deren Schoß eine kurzlebige, aber großartige Flora wuchert. Nirgends blüht der kurzstielige Enzian in so großen, himmelblauen Sternen wie hier, nirgends leuchtet das Gamsblümerl so frisch; ununterbrochen fällt aus den Wänden ein feiner Wasserschleier und stillt der zarten Gewächse Durst. Durch den Gamsschreck führt ein Triftsteig, der noch aus früheren Jahren stammt, als durch den Graben Holz getriftet wurde. Ein Stück geht er am Wasser entlang, einmal drüberhalb, dann herüberhalb des Bachufers; schließlich ringelt er sich vom Wasser weg in die Höhe, hinein in die grasige, steile Flanke der Weißen Rinn, und stößt erst auf der Höhe der Holzau wieder zum Gewässer. In jenem mit buschigen Buchen und knorrigen Krüppelkiefern bestandenen Steilhang blüht um die Maienzeit neben Akelei und Türkenbund ein gar seltsames »Blümel«. Es ist schwer auszumachen im hohen Gras, wenn die Sonne durchs hellgrüne Buchenlaub fällt und überall verwirrende Tupfen und Streifen malt. Lange Jahre wohl hat der Jäger, wenn er sich den steilen Triftsteig zielstrebig und mit wildem Gesichtsausdruck hochschraubte, daran vorbeigeschnauft; dann, als er langsamer ging und es stiller wurde in seinem Innern, war er draufgestoßen, hatte sich fast erschrocken hinabgebeugt und die Hand unter die Blüte gelegt. Da lag nun ein kleiner, goldgelber Schuh in seiner Handfläche, ein Tautropfen schimmerte in seinem Innern wie ein Edelstein; das Schuherl, das musste die Waldfee verloren haben. Viele solche verlorenen Schuherl entdeckte der Wastl auf seinem immer leiser, immer behutsamer werdenden Pirschgang, und er nahm sie allesamt einmal in die braune, rissige Hand, koste sie und legte sie zärtlich wieder zurück ins schützende Gras.

Er war ein gründlicher Mann, ein Mann, der wissen wollte, was los war. Er hatte seine Hirsche, soweit sie zur Fütterung kamen, mit Namen versehen, und die paar Gämsen, die noch da waren, genau gezählt und nummeriert. Bald kannte er auch jedes der feinen, zierlichen Gewächse im Schreck, zählte sie ab, registrierte sie und versicherte sie seiner Liebe und seines Schutzes. Und wenn er das tat, dann knirschte er mit den Zähnen und schaute wild und herausfordernd unter dem Hut heraus. Lange Zeit umsonst. Aber eines Tages fand er an einer Stelle, an der er eine besonders schöne Doppelblüte wusste, nur noch die abgeschnittenen Stängel vor. Da schoss ihm, befreiend fast, das Blut in den Kopf, seine Finger wurden ganz heiß, es war ihm, als müsse er den Repetierer vom Rücken reißen und durchladen. Endlich!

Tagtäglich war er nun bei seinen Schuherln, zählte sie ab mit grimmigem Gesicht und pries insgeheim die unerklärliche Leidenschaft jenes Unbekannten, der in den Steilgräben herumging, das Messer aus der Hose zückte und die zarten, hilflosen Geschöpfe raubte. Was hier geschehen war, war zwar das schlimmste der Verbrechen nicht, aber eine Übertretung des Naturschutzgesetzes, das den seltenen Frauenschuh gänzlich unter Schutz stellt, und Wastl, der Jäger, nahm die Fährte auf.

Sie war von ansehnlichem Format. Ein guter Abdruck von ihr befand sich am unteren Teil des Grabens, wo der Steig durch eine sumpfige Stelle führt.

Es war kein Touristenschuh, Waldarbeiter und Bergbauern benutzten ein solches Profil, um in den steilen, schlüpfrigen Grashängen Halt zu finden. Der Wastl machte sich eine Skizze des Abdrucks und hatte den Täter im Geist schon überführt, da fand er eine neue Spur, und die machte ihm großes Kopfzerbrechen: der Abdruck eines schlanken, eleganten Männerhalbschuhs, wie sie von jenen feinen Pinkeln getragen wurden, die in chromglitzernden Autos in Richtung Gastein oder Kitzbühel fluteten und zwischendurch nur ausstiegen, wenn sie mal »mussten«. Wastl hatte wenig Lust, den »Eleganten« in seine Ermittlungstätigkeit einzuplanen. Er wäre viel lieber dem »Grobschlächtigen« nachgegangen, denn hier war Aufsässigkeit und vielleicht sogar Widerstand zu erhoffen. Aber die viel versprechende grobe Fährte vertrocknete und verbröselte, indes der Spitzschuh sich in immer neuen Abdrücken bemerkbar machte.

Die anderen Schuherl aber, die von der Waldfee, die zierlichen gelben, schwanden immer mehr dahin.

Wastl streifte, so oft ihm der Dienst Zeit ließ, durch den Schreck, hockte einmal ganz vorn am Laubstadel, einmal ganz droben in den Krüppelbuchen, stieg von Süden her auf den Zillkopf und kontrollierte mit dem Fernglas jeden Meter des Triftsteigs, ohne dass von ihm selbst auch nur ein Haar zu sehen war. Aber auch von dem anderen war kein Haar zu sehen, weder vom Profilierten, noch vom Eleganten.

Der Mai ging in den Juni hinüber, die Frauenschuhzeit war vorbei. Das Jagdjahr begann, Bockbrunft, Feisthirsch, Hirschbrunft und die Hochzeit der schwarzen Teufel im stiebenden Neuschnee der Weißen Rinn. Das Feuer in den dunklen Zottelteufeln verglühte, Schnee fiel pausenlos vom Himmel, über Nacht wurde der grimmige Jäger weich und mitleidig gestimmt und watete hinauf zu seinem Futterstadel in der Holzau; Tag für Tag, Monat für Monat, bis der Heustadel leer war und der Große Hahn vom Rauen Kopf sich schüchtern und zaghaft einspielte. Darüber hatte der Wastl die zarten, goldgelben Schuherln vergessen und auch den, der nach ihnen trachtete.

Erst als der Spielhahn auf den Ochsenböden seinen letzten Schnauferer tat, zu einer Zeit, in der die Bockbüchse nur noch über dem Rücken hängt, weil's halt der Brauch ist, in der sanften, stillen Zeit also, fielen sie ihm wieder ein, und ähnlich mag's wohl auch dem Räuber vom Vorjahr gegangen sein – und der Frauenschuhkrieg brannte wieder auf.

Und er entbrannte noch heftiger, noch wütender, noch leidenschaftlicher als im Jahr zuvor.

Wie ein Schweißhund lief der Jäger die Wechsel ab, hockte und passte, brütete und schmiedete, und als das nichts nützte, Schuherl um Schuherl dahinschwand, ohne dass er's verhindern konnte, da schritt er zu einem letzten verzweifelten Trick, der eigentlich schon das Eingeständnis der Niederlage in sich trug.

Erst legte er einen kleinen Ast hin, lehnte ein dürres Reis daran, und als die gelbe, leuchtende Blüte immer noch durchschimmerte, ein Stück von einer abgefaulten Wurzel und von hinten her einen moosigen Stein. Und dieses Versteckspiel versuchte er mit allen Schuherln, die er kannte, ließ sich bei jedem irgendetwas anderes einfallen, bog bei dem einen gar vorsichtig den Stängel hinab und kämmte das hohe Gras darüber, tarnte das andere mit Farnblättern oder schnitt einen Ast an, sodass dieser sich niederbeugte und die hellen Blüten im Schatten verschwinden ließ.

Wie in einem Gefängnis lebten nun seine Schuherln, in eine Art Schutzhaft genommen. Gar nicht wohl war dem Wastl dabei, konnte er doch eins geknickt haben mit seinen schweren Pratzen, oder es konnte ein Stein ins Kugeln kommen und den zarten Stängel abdrücken, es konnte ihnen das Licht zu wenig werden und der Tau zu viel; was weiß denn so ein grobschlächtiger Jäger vom Leben der Feen und Elfen.

Aber der Räuber stöberte die Verstecke auf, zerstörte sie, eins nach dem anderen, und riss die zarten Geschöpfe aus ihren schützenden Kammern und Betten.

Da kam dem Wastl zum ersten Mal der Gedanke, dass es irgendeine abscheuliche Bestie sein müsse, oder gar ein Wahnsinniger, einer, dem es ein Bedürfnis war, das Unschuldige, Zarte zu zerstören.

Der Jäger Wastl war immer grenzenlos gewesen in allem, was er tat; die Leidenschaft hatte ihn immer einen Steinwurf weiter getrieben, als Vernunft und Gesetz es zuließen. Auch jetzt, niedergebückt, das Messer in der Hand, merkte er seine Unvernunft nicht; er konnte nicht aus seiner Haut heraus. Und so kroch er bergauf und bergab, hinüber und herüber, und schnitt seinen Schuherln, den letzten, die noch verblieben waren, die schlanken Hälse durch mit blitzschnellem Schnitt. Erst danach, als es bereits getan war, kam er wieder zu sich, und es packte ihn Verzweiflung und Angst, und er floh hinaus aus dem dunklen Engtal und war froh, als er unten auf der Straße war und Autos und Motorräder ihm ernüchternd entgegenheulten.

Und es war ihm nicht mehr wohl die ganze Woche lang, und in der Nacht zum Sonntag, da hielt er es nicht mehr länger aus, schlich sich aus der Schlafkammer, legte sein Gewand an, warf den Stutzen über und schlug jenen Weg ein, der ihn hinauf zu den steilen Hängen führte, wo die abgeschnittenen Stiele der kostbarsten aller Alpengewächse anklagend im Talwind erzitterten. Vorwurfsvoll hatte ihm der Hund nachgeschaut, als er fortging. Er verstand die Welt nicht mehr. Was war das für eine seltsame Jagd gewesen in den letzten Wochen. Keine Fährte, die ihn gereizt hätte, keine Witterung, nicht das Haar von einem Wild, und dennoch hatte ihn das »Herrle« immer wieder angedonnert und angefleht: »Such, Bub ... such ... such ...!«

Während daheim der getreue Schweißhund seufzend die Augen schloss, pirschte das »Herrle« hinein in den Schreck. Es war noch fast dunkel, als er am Laubstadel vorbeiging. Er hatte keinen Plan, keine Absicht, es drängte und schob ihn irgendetwas hinauf in den Frauenschuhhang, wie einen Verbrecher aus Leidenschaft, der zum Ort der Tat zurückhetzt, um all das Schreckliche, Fürchterliche noch einmal zu durchleben und zu durchzittern. Langsam wurde es grau.

Als der Wastl die letzte Steinreiße hinter sich hatte und in den bewachsenen Steilhang einbog, erschrak er heftig. Von oben her, aus dem durchsichtigen Wald, kam in schnellen, sicheren Sprüngen ein Mensch herunter. Der Wastl fand keine Zeit mehr zum Ausspähen; mit einem Riesensatz hechtete er hinter eine Wurzel, der Albdruck der letzten Tage wich von ihm, er hätte aufbrüllen mögen vor Wut. Da kam der andere schon daher, zügig und lautlos wie ein Stück Wild. Wastl hatte bereits angelegt, aber im letzten, im allerletzten Moment besann er sich der wirklichen Verhältnisse und Größenordnungen, ließ den Stutzen ins Gras gleiten und streifte lautlos den Rucksack ab.

Bevor er ihn ansprang, blitzschnell, aus der Hocke heraus, sah er noch die Blüte eines einschichtigen Frauenschuhs über dem Hutrand des anderen aufragen; sonst sah er nichts, keinen Umriss, kein Gesicht, hörte nur, als alles vorbei war, von unten herauf Steine rieseln und dann einen dumpfen Plumpser, wie wenn ein Trumm Fels ins Wasser fällt. Da setzte er sich auf dem Steig nieder, und die Knie zitterten ihm. Als es hell geworden war, sammelte er seine Sachen zusammen, stieg hinunter zum Bach und war darauf gefasst, irgendwo einen Hut schwimmen zu sehen mit einem abgeknickten Frauenschuh darauf.

Aber er sah nichts. Der Kerl musste geradewegs in eine der großen, mannstiefen Gumpen gefallen sein, hatte sich wohl ausgeschüttelt wie ein Hund, den Hut aus dem Wasser gefischt, und war durchs Bachbett verschwunden. Zweimal ging der Wastl am Bachrand auf und ab, es gab keinen Zweifel: Der gute Geist der Berge hatte sein treues, aber maßloses Geschöpf wieder einmal vor dem Schlimmsten bewahrt, hatte den Absturz des anderen abgebremst, indem er ihm mit einem Wurzelfinger unter den Hosenträger fuhr und ein Badwanndl unterstellte, in das er weich und ohne Verletzung hineinplumpste. Und mit dem Plumpser hatte er wohl nicht nur den seltsamen Wilderer, sondern auch den seltsamen Jäger ernüchtert und – zumindest für eine gewisse Zeit – wieder normalem Verhalten zugeführt. Als der Wastl erleichterten Herzens in der Höhe des Laubstadels wieder den Weg betrat, sah er im Sand des Bachbetts den Auswechsel des Besiegten. Es war der Spitzschuh.

Da hockte er sich hin und genehmigte sich eine Pfeife – und zum ersten Mal seit Tagen … ein Lächeln.

Und am Nachmittag genehmigte er sich beim Zillwirt

einen doppelten Enzian. Da saß er nun und grübelte nach, und als er ganz gegen seine Art den dritten doppelten Enzian hinabgegossen hatte, da erschien ihm die ganze »Schuherlgeschichte« wie ein einziger überdimensionaler Witz, und er schlug sich auf die Schenkel und lachte auf, dass die Bierglasl auf dem Schanktisch wackelten und der Wirt erschrocken den Kopf von der Küche in die Wirtsstube steckte. »Ah, der Wastl!« Und schon kam er bei der Tür herein, um den seltenen Gast zu begrüßen.

Wastls Gehirn war seltsam beflügelt vom ungewohnten Alkoholgenuss. Schwer dagegen hingen ihm die Beine unter den Tisch. Er war von sanfter, gelöster Stimmung; ein Mann, der bereit ist, sitzen zu bleiben, und wenn die Decke über ihm zusammenbricht. So erfuhr er, das Schnapsglasl gelassen zum Mund führend, heute mehr als bei all seinen hektischen, hitzigen Streifengängen in die Frauenschuhklamm.

»Weißt schon 's Neueste?«, begann der Wirt die Unterhaltung.

Der Wastl kniff die Augen zusammen. Er fühlte einen Augenblick etwas Heißes in sich aufsteigen, beherrschte sich aber und antwortete so gelassen es ging: »Nein.«

Mit ernstem Gesicht sprach der Wirt: »Unser Russ hat sich derrennt!«

Wastl kippte erleichtert seinen Schnaps. »Noch einen, bittschön.«

Der Wirt brachte diesen und fuhr fort: »Mit seiner Maschine ist er heut Nacht in den Röthlbach reingefahrn. Weißt schon, an der schlimmen Stelle im Schreck drunten.«

Der Wastl horchte auf. Das Glas zitterte leicht in seiner Hand. »In den Röthlbach, sagst? Und?«

»Der Maschine fehlt nix.«

Wastl umkrampfte das Schnapsglas. Er fühlte, dass er bleich wurde. »Und dem Petrow?«

Der Wirt holte sich selbst einen Schnaps und setzte sich wieder. »Dass du dich da so brennend interessierst, Wastl? Bist gar net wiederzuerkennen heut.«

»Sag's, was ist mit dem Petrow?«, fuhr ihn barsch der Jäger an.

Da lachte der Zillwirt und klopfte dem Wastl auf die Schulter. »Was soll schon sein? Nix ist. Ein Russ ist er. Unsereinen hätt der Teufl geholt, und ihm hat's net einmal den Hut davongerissen.«

Da brummte der Wastl auf wie ein Bär und kippte den Doppelten erleichtert hinunter. Er räkelte sich auf der Bank.

Ganz wohl war ihm, er brauchte keinen Schritt zu tun und keinen Schnaufer; heut kam's Wild von selber auf ihn zu, machte Männchen und stellte sich vor: »Gestatten, Petrow!«

So eine Pirsch hat der Wastl noch nie getan, und er beschloss, zumindest einen Teil seiner jagdlichen Probleme künftig im Wirtshaus abzuwickeln. »Wo ist er denn jetzt, der Petrow?«

»In seiner Kammer droben. Da schläft er seinen Rausch aus, den er sich angesoffen hat nach der Affäre.«

Zögernd und schrittweise ging der Wastl nun wieder zum Angriff über. »Ich mein, der säuft gern. Wie er das bloß schafft?«

Der Zillwirt grinste: »Das Jetzige geht schon auf Vorschuss.«

Wastl zog seinen Geldbeutel aus der Hosentasche und legte mild lächelnd einen Zwanziger auf den Tisch. »Den

Rausch, den zahl ich.« Dann wurde er dienstlich. »Und jetzt zeigst mir dem Petrow seine Kammer!«

Der Zillwirt schaute verständnislos. »Bittschön, wenn du meinst.«

Und sie gingen hinauf. Schwer schleifte der Wastl seine sehnigen, berggewohnten Haxen die Treppe hinauf, dann quietschte die Tür, und sie standen in der Kammer. Auf dem hohen Bauernbett lag Petrow in voller Montur und besinnungslosem Rausch.

Der Wastl trat ans Ende des Betts und betrachtete den gefällten Recken mit Wohlgefallen und Dankbarkeit. Selbst der feine Anzug hatte kaum Schaden erlitten, ein wenig nass und zerknittert war er halt, und auch den zierlichen, lackglänzenden Spitzschuhen sah man die abenteuerlichen Irrwege ihres Besitzers kaum an. Der Wastl rieb sich die Hände und schaute sich um. Über dem Nachtkastl hing ein Marienbild, kein Kunstwerk, ein billiger Farbdruck unter Glas, und auf dem Tisch, da stand eine dicke, kugelige Vase aus rohem Ton, und in der Vase – dem Jäger schoss das Blut ins Gesicht –, da steckte ein riesiger Strauß halb welker … Frauenschuhe!

»Saukerl!«, stieß der Wastl zwischen den zusammengebissenen Zähnen hervor und fühlte die Armmuskeln unter der Jacke zucken.

»Im Grund ist er ein guter Kerl«, sagte der Wirt und deutete auf die Votivtafel, »und fromm ist er, wie man es bei einem Mannsbild net leicht sieht.«

»Und für die Alpenflora hat er auch ein Herz, der gute, fromme Petrow«, stimmte Wastl bissig in den Lobgesang des Zillwirts ein. Dann gingen sie hinaus.

Während der Wastl durch den Türspalt noch einmal zurückschaute in die Kammer, da glaubte er – »Zum Teufl mit dem damischen Schnaps!« – den Blick Marias auf sich gerichtet, und er, der sonst nichts verstand und nichts verstehen wollte als seinen eigenen Dickschädel, meinte: »Jetzt glaub ich, bin ich besoffen!« – aus ihren gutmütigen, braunen Augen abzulesen: »Trag 's ihm net nach, Jäger. Er ist halt ein Russ und versteht nix von unseren Gesetzen.«

Er war halt ein Russe, jener Petrow vom Saalachtal. Er war Waldarbeiter und Hauswart, schuftete schwer, konnte alles, machte alles, versoff seinen Lohn und kauderwelschte sich durch die Jahre. Wenn er seine Sehnsucht und sein Heimweh nicht mehr aushielt, warf er sich in eine seltsam geckenhafte Montur, zwängte seine Füße in feines Schuhwerk, stopfte sich Geldscheine in die Hosentasche und schwang sich aufs Motorrad. In den Bars der nahen Stadt soff er sich dann voll, grölte russische Lieder, ließ sich abküssen und auswaiden von rothaarigen Hyänen und brauste wieder heim in sein Exil. Und er hatte nie etwas anderes mitgebracht als seine rauchigen, stinkigen Klamotten und seinen dumpfen, tierischen Rausch. Da schämte er sich eines Tages, und als er gegen vier Uhr früh über die Röthlbachbrücke fuhr, stellte er sein Motorrad hinter den Haselnussstauden ab, tauchte seinen Brummschädel ins Wasser und torkelte den Triftweg hinein in den Schreck und hinauf in die Rinn. Langsam schwitzte er seinen Rausch heraus, und der Kater, der ihm fauchend und zähnefletschend im Genick saß, hüpfte hinunter ins taunasse Gras, wurde klein und kleiner und verschwand, als Petrow sich bückte, um ihn am Schwanz zu zupfen, just in einem der goldgelben Schuherl, die bei beginnendem Tageslicht überall aus dem Hang leuchteten. Ja, diese Schuherl verschluckten seinen Rausch und seinen Kater, verschluckten mit der Zeit seine ganze zerrüttete Lebensgeschichte. Es war kein Dieb, kein Räuber, der seine leicht zittrige Hand ins Gras hinabtauchte, um mit heimzunehmen, was ihn so seltsam berührt und, fast möchte man sagen, gereinigt hatte. Er brach diese zarten Blumen, um sie dem Marienbildnis droben in seiner Kammer darzubringen, das für ihn immer noch am ehesten »Mütterchen Russland« verkörperte.

Nun, er wurde kein Heiliger mehr, dazu war es zu spät. Nach sechs Tagen stummer, verbissener Schufterei war er samstags so weit, dass es ihm ein Bedürfnis war, mit einem wilden Anlauf hineinzuspringen in die Abgründe der nächstbesten Kneipe; aber es war ihm auch ein Bedürfnis geworden, sich davon wieder zu reinigen. Und so stahl er den kostbaren, seltenen Frauenschuh und glaubte, sich mit seiner Gabe freizukaufen von dem ihm vorwurfsvoll erscheinenden Blick des Marienbildnisses. Dabei hatte er nicht die leiseste Ahnung, dass er Verbotenes tat und der Häscher schon auf der Lauer lag. Lange Zeit ging's gut, wohl gerade deshalb, weil er völlig unbesorgt war und sich vor niemandem fürchten zu müssen glaubte, und wohl auch, weil es die Natur der Sache mit sich brachte, dass er längst vor jener Zeit droben war, die ein Blumenmarder gemeinhin für seine Raubzüge benutzt. So blieb er einen Frühsommer lang unentdeckt. Was dann im nächsten Jahr geschah, das wissen wir. Der unentwegte Gang zum Brunnen ließ auch des Petrows Krug schließlich in Scherben gehen.

Da lag er nun quer über dem Bett und träumte mit wildem Augenrollen und kurzen, angstvollen Atemzügen jene schreckhafte Begegnung mit dem Berggeist nach, die sich am Morgen im Steilhang oberhalb des Röthlbachs zugetragen hatte. Und unter ihm, in der Wirtsstube, saß eben dieser Berggeist zwischen leeren Schnapsgläsern und sann schweren Kopfes, aber federleichten Gehirns über das Leben nach. Längst sprach er kein Wort mehr, hatte die braune, kräftige Hand locker am Glas und glättete sein aufgewühltes Innenleben mit kleinen, glücklichen Schlucken.

Der Spitzschuh aber ist nie mehr im Gamsschreck aufgetaucht. Überhaupt hat es keinen Spitzschuh mehr gegeben. Der Petrow hat sich echte, griffige Bergschuhe gekauft und eine hirschlederne Hose dazu. Er hat es plötzlich satt gehabt, ein Fremder zu sein, und hat fleißig Bayerisch gelernt. Und mit dem Lernen und mit dem Verstehen und Verstandenwerden schwand auch sein großes Heimweh allmählich dahin, und eines Tages hatte er sich so gemausert, dass es einem soliden, einfachen Mädl wert schien, sein unbeholfenes Werben zu erwidern. Einen Frauenschuh aber hat er ihr niemals gebracht. Ihr, bescheiden, wie sie war, war ein Sträußerl Schlüsselblumen genauso lieb wie ein Bund der seltenen, verführerischen Bergorchidee aus den gefährlichen Hängen und Schluchten im hinteren Schreck. So blieben sie fortan unangetastet, blühten und dufteten unberührt ihr kurzes Leben zu Ende, vom Bergwind sanft gestreichelt, vom Tau genährt und benetzt.

Das war die Geschichte vom Frauenschuhwilderer.

Der Wastl selbst, aus welchen Gründen auch immer, enthielt sie mir vor. Aber der Petrow, gesetzt und gefestigt mittlerweile, plauderte eines Tages beim Bier, und der Zillwirt kombinierte hinüber zum Jagerhäusl. Aber es blieb trotzdem nur ein Fragment, voller Zufälligkeiten und Unwahrscheinlichkeiten. Ich hab versucht, es zusammenzureimen und zusammenzufügen auf meinen vielen einsamen Gängen in jenem abseitigen, einsamen Gebirge.

Und während ich die Geschichte hier niederschreibe, sitzt der Wastl wohl längst wieder nüchtern und hitzig zu Hause, entölt den Büchslauf und streichelt den Hund. Vierzig ist er geworden. Ein Mann im besten Alter. Er wirft den Rucksack über und geht auf den Berg, neuen Abenteuern entgegen.

Wie der Brandl Hans aufs Wildern kam

Der Brandl Hans ist heute 82. Früher war er 35 und ein Wilderer. Sagt er, nimmt seine lange Pfeife aus dem zahnlosen Mund, legt an, kneift das linke Auge zu und drückt mit dem Finger auf den Abzugshahn: »Patsch – der liegt!«

»Wer?«, frag ich.

»Der Has halt, oder der Rehbock, oder der Hirsch«, sagt der Hans mit leichter Entrüstung und setzt das »Gewehr« ab.

»Ist schon gut«, sag ich, »ich glaub dir ja!«

Denn nichts hat der Brandl Hans so dick, wie wenn man ihm das Wildern nicht glaubt. Wo doch der Jagdaufseher Zehetmayr vor Zeugen einmal gesagt hatte: »Da brandlt's!«

Nämlich, als im Revier wieder einmal ganz unverschämt gewildert wurde.

»Glaubst des vielleicht net? – Da brandlt's – hat er gesagt, und Recht hat er gehabt, des war nämlich ich, der Brandl Hans, der ihm die Hasen massenweis weggewildert hat, und net der Berger Toni von der Filzen, wenn er's auch heut behauptet, der Lügenbeutel, der dreckige!«

»Net dass d' meinst«, fährt der Brandl Hans fort, »des Wildern wär bei uns auf dem Hof gewesen wie ein Holzrecht oder ein Streurecht. Nein, gelernt haben sie mir's, die Deppen, die Jager selber haben mich dazu bracht. Hab ich dir des schon erzählt? Net? Na, hör zu …«

Und so erzählt mir der Brandl Hans die Geschichte, wie der Brandl Hans aufs Wildern kam, nämlich so: Der Jagdaufseher Zehetmayr hat von seinem Jagdherrn, dem Tierarzt Dr. Haberer, einen Hasen geschenkt bekommen, weil der Frau Tierarzt die Hasen schon zum Hals heraushängen. Aber der Frau Jagdaufseher Zehetmayr hängen die Hasen gleichfalls schon zum Hals heraus, und so bietet der Zehetmayr Kaspar dem Brandl Hans den Hasen zu einem Vorzugspreis zum Kauf an. Der Hans greift zu, zahlt den Preis, nimmt den Hasen an den Hinterläufen und begibt sich auf den Heimweg.

Wie er bei leichter Dämmerung das Schatthölzl durchquert, kommt ihm ein Auto entgegen, und der Brandl Hans sieht mit seinem scharfen Auge sofort, dass in dem Auto der Tierarzt Dr. Haberer sitzt.

›Wenn der den Hasen sieht‹, denkt sich der Hans, ›meint er vielleicht, ich hab ihn gewildert. Sag ich aber, dass ich ihn vom Zehetmayr Kaspar hab, dann ist der Kaspar blamiert, weil man einen geschenkten Hasen selber frisst und net verschachert!‹

Also geht er dem Scheinwerfer aus dem Weg und tritt hinter den nächsten Baum.

Da hält der Wagen auch schon an.

Dem Hans schlägt plötzlich das Herz, wumm … wumm … wumm … ›Wenn er mich doch gesehn hat?‹

Das Autofenster geht herunter. Ein Fernglas blitzt auf. Der Hans drückt sich fest an den Baum und lässt den Hasen langsam zu Boden gleiten.

Aber der Dr. Haberer hat irgendwas gespannt. Er rangiert sein Auto in Richtung auf den Hans und schaltet den großen Scheinwerfer ein. Grelles Licht übergießt den Brandl Hans, der vergeblich versucht, seine kräftige Figur hinter dem mageren Baumstamm zu verstecken.

»Sie da hinten – kommen S' raus!«, hallt das Kommando des Tierarztes und Veterinärrats a. D. Dr. Thomas Haberer durch den stillen Winterwald.

Was soll er tun, der Hans?

Sich abführen lassen wie der Bayerische Hiasl selig?

›Denn glauben tut er mir ja doch net, da kann ich sagen, was ich will.‹

»Warum hast dich dann versteckt, wenn der Has rechtmäßig ist?«, tät der Dr. Haberer sagen. Und Recht hätt er auch. Also bleibt nix anderes übrig als wie 's Fersengeld!

Und somit duckt sich der Brandl Hans nieder und macht einen Sprung von drei Metern nach links und dann nach rechts, wie ein Has, Zickzack … zickzack …, und schon ist er aus dem Scheinwerferkegel heraußen, und die Nacht nimmt ihn in ihre schützenden Arme.

Aber, zum Teufel, er hat in der Eile den Hasen vergessen!

›Der ist bezahlt, den lass ich net liegen!‹

Ein Riesensatz zurück zum Baum, den Hasen aufgenommen und niedergeduckt …

Da donnert ihm der Dr. Haberer entgegen: »Stehen bleiben, oder ich schieße!«

»Erschieß dich selber, Hornochs, damischer!«, zischt der Hans jetzt voller Wut und schmeißt die Beine nach vorne wie ein Traber. Keine zwanzig Meter zurückgelegt, kracht auch schon der Warnschuss und fetzt, drei Meter über seinem Kopf, ein Stück Rinde aus dem Baum. Dann aber ist der Brandl Hans außer Reichweite und der Dr. Haberer mit seinem Auto auf einen verschneiten Baumstock aufgefahren.

Arrumm … Arrumm …, tut der Motor, aber der Hans denkt sich, Gschwollschädel, sollst festsitzen bis Ostern, und geht seelenruhig nach Hause.

In der Nacht aber suchen ihn ungute Gedanken und am nächsten Vormittag der Dr. Haberer heim, denn es war bei dem schönen Spurschnee keine große Kunst, des Hans ausgeprägte Tritte bis hin zum Brandlhöferl nachzugehn. Und hinter dem Dr. Haberer steht der Jagdaufseher Zehetmayr, der Hasenverschacherer, und grinst ganz hinterhältig.

»Haussuchung!«, sagt der Dr. Haberer kurz und geht schon bei der Tür herein, der Zehetmayr Kaspar, dieser Schuft, ihm dicht auf den Fersen.

»Wenn S' den Hasen meinen, von gestern, da ist er«, sagt der Brandl Hans und wirft ihnen das Tier vor die Füße.

Bass erstaunt ist der Dr. Haberer über so viel Geständnisfreudigkeit, und er sagt zu seinem Jagdaufseher: »Was ist, sollen wir's dabei bewenden lassen?«

Der nickt gnädig: »Lassen wir's!«

Der Tierarzt Dr. Haberer hebt also den Hasen auf, schwenkt ihn dreimal durch die Luft, schaut ihn von rechts und dann von links an und sagt, während sein Genick sich jäh versteift und der Kopf dunkelrot anläuft: »Kaspar, da schau her, der hat ja einen Schrotschuss!«

Der heuchlerische Zehetmayr Kaspar zupft dem Hasen am Fell herum und bestätigt mit leichtem Augendeckelzittern: »Das ist wahr, der hat einen Schrotschuss!«

Da stemmt der Dr. Haberer seine Hände in die Hüften und brüllt: »Das ist doch die Höhe! Schießt mir der Lump mit der Flinte einen Hasen weg! Wenn er ihn wenigstens geschlingt hätt, wie's der Brauch ist ...«

Er macht eine jähe Drehung zum Zehetmayr Kaspar hin, der erschrocken zusammenfährt. »Und du? Wo hast denn du deine Augen? Lässt sich der Kerl am helllichten Tag einen Hasen mit Schrot wildern ...«

»Das stimmt net«, sagt der Kaspar kleinlaut.

»Stimmt net!«, brüllt der Viehdoktor aufgebracht. »›Stimmt net‹, tät er sagen! Vielleicht hab ich den Hasen am End selber erschossen, was?«

»Das hast auch«, sagt der Brandl Hans ruhig und schickt sich an, den ganzen Vorgang wahrheitsgemäß und in aller Breite vorzutragen, indes der Jagdaufseher Zehetmayr mit hängenden Knien dasteht und die Schilderung durch heftiges Kopfnicken beglaubigt.

Der Herr Dr. Haberer hört sich das Geschwafel eine Weile an, dann unterbricht er den Redefluss mit einer barschen Handbewegung: »Schluss mit den Ammenmärchen! Denkt ihr zwei, ich glaub noch ans Christkindl? Ich sag euch was, ihr steckt unter einer Decke! Jagdaufseher Zehetmayr, Sie sind fristlos entlassen …«

›Himmlsakra‹, denkt sich der Zehetmayr Kaspar, ›jetzt geht's nicht mehr um den Hasen, jetzt geht's um mein eigenes Fell, ich muss umdrehn!‹ Und er macht eine schnelle Drehung zum verblüfften Brandl Hans hin und plärrt denselben an: »Jetzt langt's uns! Das tät dir passen, uns Ammenmärchen zu erzähln! Meinst du vielleicht, dass wir noch ans Christkindl glaubn, ha? Weißt was? – Verhaftet bist!«

»Ist schon gut, Kaspar«, beruhigt ihn sein Jagdherr, »aber 's nächste Mal pass besser auf, und du, alter Lump, rückst jetzt die Flinte raus, mit der du den Hasen gewildert hast, dann will ich mir überlegen, ob ich noch einmal ein Aug zudrück, mit Rücksicht auf deine Familie. Also marsch, hol deine Flinte …«

Was bleibt dem Brandl Hans unter diesen Umständen anderes übrig, als die alte Hahnflinte vom Großvater aus der Gwandtruhe hervorzukramen und ohnmächtig zuzuschauen, wie sie ihm der wieder eingesetzte Jagdaufseher Zehetmayr in äußerster Grobheit aus der Hand reißt?

»Da schau her, der ehrbare Herr Johann Brandl aus Fürmoos – ein Wilddieb!«, sagt der Dr. Haberer, bevor sie gehen, und man sieht ihm an, dass kein Argument dieser Welt gewichtig genug ist, ihn von dieser Meinung zu Lebzeiten abzubringen.

»Und deswegen«, sagt der Brandl Hans mit diabolischem Grinsen zu mir, »hab ich bei der nächsten Gelegenheit direkt vor der Haustür einen Hasen aus einer Schneewächte ›befreit‹, hinter d' Löffel gehaut und gefressn! Niemand hat was gespannt! Und so bin ich langsam aufs Wildern kommen!«

A Hupferer, a Schnauferer – gewissermaßen

Als das Treiben zu Ende war, standen sich vier Schützen und acht Treiber in der Mitte des Kessels gegenüber und starrten mit betretenen Gesichtern hinab auf den hart gefrorenen Ackerboden. Dort lag die Beute ihres redlichen Bemühens – ein Feldhase. Hegeringleiter und Spenglermeister Alois Hirneis fand als Erster ein tröstliches Wort: »Meine Herren«, sagte er, »bei dem derzeitigen Hasenbestand können wir mit dem Ergebnis zufrieden sein. Immerhin haben wir die Hälfte erschossen.«

»Und außerdem«, unterstützte ihn sein langjähriger Jagdspezl, der Spirituosenvertreter Gustl Habersack, »ist die Beute nicht ausschlaggebend. Das Schönste bei der Jagd ist das Drum und Dran, sagt der Dingsda, der Löns, oder wie er heißt.«

Und er nahm einen tiefen Zug aus seinem Cognacflascherl.

»Wenn noch was dran wär«, brummte der Ökonom und Wilderer a. D. Xaver Wichtl von Lohhäusl in seinen roten Schnauzbart, hob den Hasen auf und ließ ihn pietätlos auf den Boden plumpsen.

»Fünf Pfund ohne Blaseninhalt«, konstatierte der Apotheker Franz Schmalzl von Krapfing mit grimmiger Miene, »und dafür rennen ein Dutzend ausgewachsene Männer den ganzen Vormittag durch die Landschaft. Wisst ihr was? Mir langt's. Ich geh zum Wirt.« Und er ging.

Tiefsinnig stand der Hauptlehrer und Gelegenheitslyriker Vinzenz Zuckschwerdt, der der Jagd nur als Lokalreporter beigewohnt hatte, vor dem toten Tier und sprach:

»Was ist schon ’s Leben, so ein Hasenleben? Ein Hupferer, ein Schnauferer – gewissermaßen!«

Dann ging auch er. Die anderen hinterdrein. Ganz hinten, auf dem schmalen Rücken des Treiberjungen, schaukelte der arme tote Feldhase. Noch einmal leuchtete seine helle Blume auf, wie das schwindsüchtige Rücklicht eines alten Mopeds, dann verschluckte dicker, grauer Herbstnebel die traurige Prozession.

Der alte Rammler Beni, der vom Rand des Moarholzes aus den Ablauf des Treibens beobachtet und mit ebenso sachgemäßen, wie bissigen Bemerkungen kommentiert hatte, war sich dessen bewusst, dass mit dem immer kleiner werdenden Rücklicht da draußen im Feld seine alte Freundin Walli für immer von ihm gegangen war.

Er war allein in Wald und Flur – eine fürchterliche Vorstellung!

Da fasste er einen gravierenden, in Hasenkreisen wohl einmaligen Entschluss, nämlich dem Landleben zu entsagen und für den Rest des Lebens in die Stadt zu ziehen. Wenn schon nicht unter Hasen, so wollte er wenigstens unter Leuten sein. Und ohne noch länger zu überlegen, hopste er dem Geruch der Schornsteine entgegen.

Eine richtige, ausgewachsene Stadt war es nun auch wieder nicht, dieses Krapfing. Teils höherer Diäten halber, teils aus edleren Motiven, hatte man es dereinst vom altehrwürdigen Marktflecken zur modernen Kleinstadt aufpoliert. Und obwohl man das Beste dagegen tat, war und blieb die dominierende Farbe der Stadt noch immer ein sanftes Schnittlauchgrün. Vor dem Bürgermeisterhaus weideten sogar die Kühe und ließen respektlos ihre Fladen fallen. Der Tierarzt Dr. Möbius hielt eine ganze Herde kleiner Ponys. Und irgendwo in einem kleinen Anwesen musste sogar noch ein Geißbock versteckt sein, weil man's deutlich roch. Und Vögel, Vögel überall. Und nirgends ein böser Jäger. Wahrlich ein Paradies. Hast gemeint, Has!

In einem der großen Gärten im Ortsteil Krapfing Südwest nahm Beni vorerst Quartier …

Er war aber ausgerechnet in den Garten der Vorsteherin des örtlichen Tierschutzvereins geraten, die, ohne Belastung der Vereinskasse, aus ehrlich humanitären Gründen heimatlosem Katzen- und Hundevolk Unterkunft zu gewähren pflegte. Hier wartete der Kater »Maxi, der Schreckliche« seit fast einem Jahrzehnt auf den Augenblick, dass ein ausgewachsener Feldhase seinen Lebensweg kreuze.

»Herzlich willkommen in Krapfing«, sprach er, nur mühsam das Zittern seiner Barthaare verbergend. Beni sah ihm kurz ins narbige Ganovengesicht und schlug einen schulmäßigen Haken, dass es grad so staubte.

›Sakra‹, dachte er, ›ich mein, ich drück mich wieder rum ins Moarhölzl, eh s' mich …‹

In diesem Augenblick quietschte eine Autobremse. Ein hochroter Schädel fuhr aus dem Fenster und schrie: »Kannst net aufpassen, dummes Hasenvieh!«

Da war sich Beni der Feldhase im Klaren, dass sein Aufenthalt in Krapfing nur von begrenzter Dauer war.

Den Rest des Tages verbrachte er zitternd und verängstigt in der Haselnusshecke am Rand des Fußballplatzes draußen an der Peripherie der Stadt. Von hier aus hatte der berühmte FC Krapfing in einem spontanen Siegeslauf die Spitze der Landesliga erklommen, was aber Beni, der keine Zeitung las, nicht bekannt war. So hoppelte er des Nachts, als ihn ein hundsmassiger Hunger plagte, ohne jede Ehrfurcht über den kurz geschorenen Rasen, mummelte, legte hie und da ein Böhnchen nieder, benässte den

Torpfosten und begab sich sodann beruhigten Gemüts zurück in seine Sasse in den Haselnussstauden.

»So ein gutes Graserl«, brummte er, »krieg ich daheim net.«

Und er beschloss, den vorangegangenen Erfahrungen zum Trotz, noch ein wenig in Krapfing zu bleiben.

Drei Tage lang war's so still draußen beim FC Krapfing 08 wie am Werktag in der Kirche.

Beni lebte wie im Himmel.

Am Sonntag aber hatte der berühmte FC Krapfing 08 den nicht minder berühmten SC Rinding 09 zu einem Freundschaftstreffen eingeladen. Beni, des Lesens von Plakaten unkundig, absolvierte gerade einen kleinen mittäglichen Schnellimbiss hinter der Freitribüne, als die ersten Zuschauer eintrafen. Hurtig entfloh er in sein Versteck.

Was nun folgte, erfüllte ihn erst mit Erstaunen, später mit kaltem Entsetzen: Eine Treibjagd, wie er sie mit solcher Verbissenheit, Grausamkeit und Heimtücke in seinem langen Hasenleben noch nie erlebt hatte, spielte sich vor ihm ab. Zwanzig Treiber mit Gladiatorenkörpern und Waden wie Baumstämme hetzten, stießen, traten ein kleines, rundes, offenbar völlig hilfloses Tier kreuz und quer über den Platz und versuchten es einem Jäger zuzutreiben, der den Einwechsel besetzt hielt und diesen zudem noch mit einem engmaschigen Netz abgesichert hatte. Dies wiederum versuchte der Jäger, und das war das Widersinnige dabei, zu verhindern, indem er sich dem Tier entgegenstürzte, es zwischen seinen Beinen vergrub und sich sogar mit dem Hintern draufhockte. Zappelte das arme Opfer nach langem Hin und Her dennoch im Fangnetz, sprang die eine Hälfte der Treiber schreiend in die Luft, die andere Hälfte hockte am Boden und – weinte.

Der Jäger, in dessen Netz das Tierchen zappelte, biss sich – Beni verstand die Welt nicht mehr – vor Wut in den Arm, dass er regelrecht schweißte.

Ein schriller Pfiff des Jagdleiters, dann nahm die gnadenlose Hatz ihren Fortgang.

Zuletzt versuchte die arme Kreatur seitlich auszubrechen. Da standen aber ganze Mauern von Treibern und bugsierten und traten das hilflose Geschöpf mit widerlichem Gejohle wieder in die Arena zurück. Da verlor Beni, der Rammler vom Moarholz, die Nerven, hechtete mit einem Riesensatz aus seiner Sasse heraus und stob quer über den Rasen durch die meist krummen Beine der Treiber hindurch, den rettenden Feldern zu.

Seltsamerweise ließ ihn die wilde, fanatische Jagdgesellschaft völlig ungeschoren. Und nicht nur das, die Jagd wurde augenblicklich abgebrochen. Männlein und Weiblein, vor Sekunden noch blutrünstig den Tod des Opfers fordernd, schauten still und verzückt auf das kleine braune Tier, das, ganz anders als das tote Leder, mit leichten, federnden Zickzacksprüngen über den Rasen fegte.

»Ein Has, ein Has!«, jubelte ein Bub von der Tribüne, und ein alter Rentner, der aus purer Passion mit einem spitzen Stecken gerade die tausendste Zigarettenkippe aufspießte, schrie über den Platz: »Bleib da, Haserl, da geschieht dir nix, und draußen wirst erschossen!«

Diesen wohlgemeinten Worten Glauben zu schenken, ist angesichts des Geschehenen einem normalen mitteleuropäischen Feldhasen nicht gegeben. Im Gegenteil, die Zwielichtigkeit, die Doppelbödigkeit des Wesens Mensch muss auf das einfache Gemüt eines Lepus europaeus verwirrend wirken.

Und so schaute auch Beni, der Has vom Moarholz,

nicht mehr zurück und hopste stracks zurück in die Wälder und Felder, um sich dort noch ein oder zwei Jährchen durchzumogeln und dann, wenn's an der Zeit ist, von ehrlichen Jägern erschießen zu lassen.

»Denn«, sinnierte dereinst der Hauptlehrer Vinzenz Zuckschwerdt, »was ist schon so ein Leben, so ein Hasenleben? Ein Hupferer, ein Schnauferer – gewissermaßen!«

Der »Hintrum«

Die Geschichte vom »Hintrum« – hochdeutsch müsste man sagen: »Hintenherum« – könnte auch heißen »König der Schlingensteller«. Aber das wäre Unsinn, weil an der Schlingenstellerei ganz und gar nichts Königliches ist. Besser wäre: »›König‹ – der Schlingensteller«, denn der Kerl, von dem hier die Rede ist, hieß tatsächlich mit Nachnamen König. Kurzum, vom König Ferdl wird berichtet, welcher dereinst zwischen den Walddörfern Hintermais und Dusterbach sein Unwesen trieb, als Meister eines abscheulichen Handwerks, nämlich des Wilderns, insbesondere dessen noch abscheulicheren Seitenzweiges – der Schlingenstellerei.

Abscheulich hin, abscheulich her; den Ferdl ernährte die Strangulierkunst nicht schlecht, er ersparte dem Staat eine schöne Summe Arbeitslosenunterstützung, machte sich bei der Regulierung des schädlichen Wildbestandes verdient und hielt sich in der gesunden Waldluft munter und gesund, was wiederum der Krankenkasse zu Gute kam.

Aber auch moralisch hatte der Ferdl sein lichtscheues Tun durchaus überzeugend untermauert, nämlich: »Erstens, hat der Has d' Schlinge selber zuzogn, net ich!

Zweitens, könnt eine Seuche ausbrechen, wenn man die toten Hasen net geschwind aufsammeln tät! Drittens, ist 's Fleisch von einem geschlingten Hasen durchaus bekömmlicher, weil du dir an den Schrotkugeln leicht einen Zahn ausbeißt!

Viertens, wenn du ein Magengeschwür hast, wird dir 's Hasenfleisch vom Doktor verschrieben! Fünftens, hab ich keine Magengeschwür, drum muss ich's Hasenfleisch verkaufen!«

Gerüstet mit diesen moralischen Prinzipien und bewaffnet mit etlichen Zwickzangen, einem Lötkolben und mehreren Kilo Draht aller Kaliber und Sorten, betrieb der König Ferdl sein unehrsames Handwerk mit ebenso kühler Leidenschaft wie außergewöhnlichem Erfolg.

Er war zum Schlingenlegen sozusagen geboren. Er war nämlich ein indirekter Mensch. Er vermied es stets, unmittelbar zu wirken. Er legte nur die Leitungen, stellte die Weichen. Andere mochten hineinrumpeln. Zum Beispiel der Has.

Landauf, landab war der König Ferdl unter dem Spitznamen der »Hintrum« bekannt.

Ein solcher »Hintrum« hat alle Aussichten, seine Haut durch die Fährnisse dieses schnöden Daseins zu retten. Und in der Tat, Ferdl wilderte nun schon mehr als zwei Jahrzehnte in den dichten Wäldern seiner Heimat und war noch nie erwischt worden. Das heißt, zur Aburteilung fehlte immer ein Glied in der Beweiskette.

Einmal die Schlinge.

Einmal der Has.

Einmal er selbst.

Meistens er selbst.

Bis der Förster Schwägerl nach Dusterbach versetzt wurde. Das war auch so ein indirekter Mensch. Sozusagen ein »Hintrum«. Man merkte das am besten beim Holzschätzen. Lacht dir der Kerl in aller Freundlichkeit ins Gesicht, wenn du ihm den Ster Brennholz vorweist, der gut einen viertelten Meter übers Maß hinausragt, und sagt: »Ist schon recht, Herr Sowieso ...« und schickt dir dann eine Abrechnung über – anderthalb Ster!

So ist der Förster Schwägerl. Und dieser Mensch kam nach Dusterbach. Ein Jäger war er ganz und gar nicht. Weil jeder Jäger ein »Vornrum« – also ein »Vorneherum« – ist. Batsch ... bumm ... troffen – so ist der Jäger!

Der Förster Schwägerl aber trug nie eine Büchse. Immer bloß einen furchtbar knorpeligen Haselnussstecken, und um den Hals einen riesigen, altmodischen Fotoapparat. Damit fotografierte er Blumen, Rehkitze, Eidechsen und sogar Schwammerl! Statt sie seiner Frau mitzubringen. So ein indirekter Mensch war er. Manchmal kroch er in düstere Dickungen hinein und verbrachte die Nacht darin, in eine Wolldecke gewickelt, den Knorpelstecken neben sich, um, wie er listig zwinkernd sagte, den »Zauber der Waldnacht« zu erleben.

Dabei kam ihm der König Ferdl einmal auf zwanzig Schritte nahe – aber ohne Hasen!

»Schön ist es heraußen im Holz; bei der Nacht noch viel schöner wie am Tag«, schwärmte der Ferdl, und der Herr Förster stimmte ein: »Wundervoll, wirklich wundervoll ...«

So lernten sie sich kennen.

Wenn zwei richtige, abgefeimte »Hintrum« miteinander Katz und Maus spielen, Naturgenuss heucheln und dabei in tiefer Nacht auf Socken durch stockfinstere Dickichte schleichen, Schlingen legen, Schlingen durchzwicken, Hauptwechsel auskunden, Hauptwechsel verstänkern, kurzum: einen richtigen Buschkrieg führen, dann ist mit einem allzu schnellen Ende der Auseinandersetzung nicht zu rechnen.

Von »vornrum« schon gar nicht.

Und eh der eine »Hintrum« dem anderen »Hintrum« soweit »hint' rum« kommt, dass er ihm bequem den Hals abdrückt, das braucht seine Weile.

Also: Den Hasen hat er dem Ferdl schon zweimal abgenommen, und einmal sogar ein Rehböckl, als er ihm gerade mit Tränen des Mitleids die Schlinge löste: »Leider zu spät, Herr Förster, leider zu spät! Jesses, tut mir des Viecherl leid!«

Aber in flagranti, da hat er ihn noch nie ertappt. Und das ist's, was den Schlingenleger zu Fall bringt: das Fängischstellen, das vorsätzliche Tätigwerden; da versagen alle Ausreden! Und trotzdem hat der Förster Hintrum den Wilderer Hintrum eines Tages aufs Kreuz gelegt.

Ganz hint'rum!

Eines Abends schleicht der Ferdl ins Lohhäuser Dickicht, um in aller Seelenruhe seine Schlingen zu erneuern. Seelenruhig deshalb, weil er den Herrn Förster Schwägerl soeben mit dem Motorrad nach Zirndorf hat fahren sehn, hinten drauf seine Frau im Sonntagsstaat, mit lustig wehendem Hutbandl. ›Wünsch ein gutes Amüsement‹, denkt der Ferdl selbstlos und nimmt allsogleich den ersten Wechsel an. Nix! Den zweiten: nix! Den dritten: nix! Kein Wunder auch, hatte er doch in letzter Zeit gerade hier eine unverschämte Ernte eingebracht.

Aber vor dem letzten, dem sichersten Hasenpass, da kitzelt ihn doch die Spannung im Bauch. Aber wieder nix! Und noch dazu der Draht verlegt und halb zugezogen. »Hundsdreck!«, zischt der Ferdl und biegt das gefährliche »Krawattl« auf Hasenhalsbreite auf.

Im selben Moment, wie er den Draht berührt, tut's einen ganz feinen Klickser oben im Gezweig; ein greller weißer Blitz – Mündungsfeuer? Der Ferdl spürt einen Schlag, irgendwo. Auf der Brust? Auf der Stirn? Er glaubt sich jedenfalls von einem Schuss getroffen und rechnet jeden Moment mit seinem Ableben. Als dieses auf sich warten lässt, ergreift er mit Riesensätzen die Flucht.

Am nächsten Tag kommen ihm Bedenken.

›Wie war jetzt des, wie ich geheirat gehabt hab?‹ Da waren sie auf einem Sofa gehockt, er und die Lies, dann ist der Fotograf gekommen, dann hat's Klick gemacht, ein weißes Licht hat aufgeleuchtet, und dann hat er drei Brustbildl zahlen müssen. ›Sakrament, der Schwägerl wird mich doch net auch …?‹ Eh er den Gedanken ganz zu Ende brachte, marschierte der Polizeimeister Schwinghammer bei der Tür herein, verschränkte ihm die Hände auf dem Rücken und sprach mit Donnerstimme: »Auf geht's, Ferdl, der Zeiserlwagen wart schon!«

Zuerst wollte er ableugnen wie gewöhnlich. Dann sah er mit einem schnellen Blinzler in die Akte, die der Richter vor sich liegen hatte, gleich auf der ersten Seite sein Konterfei. Gestochen scharf er selbst, gestochen scharf die Schlinge, die er gerade fängisch stellte.

Da senkte er in Demut sein Haupt und gab sich geschlagen.

Der Förster Schwägerl aber hat wieder in aller Unschuld Blumen fotografiert und Rehkitze und Eidechsen und sogar Schwammerl. Bis der König Ferdl entlassen wurde.

Aber der Ferdl hatte mit einem »Brustbild« genug und verlegte seine Tätigkeit hinüber ins fürstliche Revier, nach Indermoos und Lettenham. Hat aber kein Glück mehr gehabt mit der Wilderei. War gebrochen in der Moral. Und hat schweren Herzens dann doch noch um Arbeitslosenunterstützung nachgesucht.

Der schwarze Girgei

Schwer und klobig liegt die Sennhütte im einsamen Almgrund. Im Hintergrund steht dunkel und schweigend der Wald. Langsam zieht die Morgendämmerung herauf. »Zik … zik … zik …«, erwacht ein Vogel. Da geht mit leisem Knarren die Hüttentür auf und heraus schiebt sich der Kopf eines jungen Mannes. Ein kurzes Sichern, dann erscheint das übrige Mannsbild, ein sauberes Bürscherl. Aber was hat der Kerl vor? Warum die schwarze Maske vor dem Gesicht? Sakra, 's wird doch net ein Wilddieb sein? Er ist's. Das Auge, hei, wie es hinüberfunkelt in den Wald, die Büchs, wie sie in der Faust liegt, da knallt's heut noch, da verschwindet noch ein Böckerl im Rucksack. Jetzt geht das Fenster auf, und heraus lehnt sich im schneeweißen Nachthemd die blutjunge Sennerin Zenzi.

Ein Hauch, ein Schluchzer, ein unterdrückter Schrei: „Girgei, bleib da, mir zulieb!«

Aber der Wildschütz reckt sich auf wie ein junger Baum und spricht mit vor Leidenschaft zitternder Stimme: »Ich kann net anders. Ich muss gehn!« Und wirft sich mit unnachahmlichem Schwung den Umhang über die Schulter, rückt den Rucksack zurecht, und so, das Gewehr schräg über dem Rücken, die Hand locker am Lauf, entschwindet er in der Dämmerung mit federndem Berglerschritt. Und damit fällt der Vorhang.

Denn wir befinden uns im Zuschauerraum eines Bauerntheaters und haben soeben die Schlussszene des dritten Aktes eines viel gespielten Volksstückes miterlebt. Es heißt »Der schwarze Girgei« und handelt vom Leben und Sterben eines berühmten Wilderers. Die Taschentücher kommen erst im vierten Akt zum Einsatz, den aber ersparen wir uns. Uns genügt die Schlussszene von Akt 3 als Einführung in ein anderes Volksstück, das den Vorzug hat, wahr zu sein, oder das zumindest wahr sein könnte.

Er hieß Friedrich Durfaller und war Buchhalter in einer Speditionsfirma. Er war schlank, mittelgroß, schwarzhaarig, blauäugig, alles in allem: ein attraktives Bürscherl. Als »Kurschatten« hatte er seine ersten Erfolge. Er konnte jodeln und schuhplatteln, Gstanzln singen und Gitarre spielen, und so landete er beim Bauerntheater und stieg in Jahresfrist die Leiter des lokalen Ruhmes vom schlichten Hüterbuben bis zum jugendlichen Helden empor. Er war eitel, hochsensibel und hatte ein perfektes Gedächtnis. Er wurde unentbehrlich auf den Brettern des kleinen Theaters, und er ließ es sich anmerken. Indes, der Sold war klein, Mister John B. Zacherl, der Starentdecker, war noch nicht erschienen, und auch den Illustriertenkönigen wog er noch zu gering. So ging er wochentags in seine Spedition und spitzte brav seinen Bleistift, die Rolle zu »D' Almlieb« gut getarnt in der Schublade. Den bisher größten Erfolg aber feierte er in »Der schwarze Girgei«. Zwanzigmal schon stand das Stück auf dem Programm, und noch immer war kein Ende abzusehen. Immer unnachahmlicher schwang er den Umhang, immer typischer schlug er sich die Büchse ins Kreuz, immer federnder wurde sein Bergletschritt und immer trotziger ertönte seine Stimme: »Ich kann net anders. Ich muss gehn!«

So ein Wildschütz, so ein Freijager war noch nie auf der Bühne gestanden! Das war nicht mehr einstudiert, das war echt, das kam aus dem Wesen. So was bringt der beste Regisseur in einen Schauspieler nicht hinein, das muss drinstecken, tief drin, vom Vater her, vom Großvater und noch weiter zurück. Da sah's aber schlecht aus: der Vater ein Friseur, der Großvater ein Huthändler. Von Wildererblut keine Spur. Und er, der Herr »Hofschauspieler«? Wird er nicht jedes Mal blass, wenn ihm der Hilfsregisseur Zipflmair vor dem vierten Akt eine Gummiblase mit Saublut unter das Hemd schiebt? Und wenn's dann herausspritzt nach dem hinterlistigen Platzpatronenschuss des rabiaten Försters Niedereder, werden ihm nicht jedes Mal die Knie weich? Ganz echt weich? Schwamm drüber!

Aber die Geschichte will weitergehen, und deshalb können wir nicht verschweigen, was sich nach dem Ende der 30. Aufführung von »Der schwarze Girgei« draußen vor dem Theaterausgang zutrug.

Es hatte, mit steigendem Ruhm, schon früher einmal die eine und andere Verehrerin dort auf ihn gewartet, meist junge, harmlose Mädchen, die mit einem Autogramm zufrieden waren. Er hatte sich in der Regel die interessantesten Fälle herausgepickt und mit seiner grazilen Unterschrift eine Einladung ins Weinlokal »Zum durstigen Sepp« verbunden.

Engere Beziehungen hatte er tunlichst im Keim erstickt, denn er fühlte sich den Musengeschwistern Thalia und Melpomene verpflichtet, sehr feierlich sogar und in Form eines Gelübdes dergestalt, dass er erst nach seiner Ernennung zum Staatsschauspieler oder nach dem ersten Erfolgsfilm dem Ehestand näher zu treten gedachte. In diesem ehrbaren Vorsatz wurde er nun schlagartig wankend.

Sie war blutjung, bildhübsch und herzensgut. Zu diesen schönen Eigenschaften gesellte sich noch ein beachtliches Konto bei der Bank von Amsterdam. Beatrix hieß sie.

Als der schöne Friedl sie unter den Zuschauern zum

ersten Mal erblickte, spielte er gerade den »schwarzen Girgei« zum dreißigsten Mal. Und er spielte ihn hinreißend wie noch nie.

Alles lief nun ab wie ein schöner Traum. Sie stand vor ihm: lieblich, bescheiden, und er schrieb mit jovialem Lächeln seinen Namen in ihr brav nach Minze duftendes Notizbüchlein. »Friedrich Durfaller« schrieb er, und sie formte den ihr fremdartigen Namen nach, in charmant unbeholfenem Deutsch. Dann schob sich ihr Ellenbogen wie von selbst in seinen Arm, er ließ übermütig seine Büromenschmuskeln aufzucken, und heißa juchhe ging's ab in den »Durstigen Sepp«.

So hübsch und attraktiv das Hollandmeisje außen herum war, so war es auch inwendig. Da sah der Friedl still in sein Rotweinglas und begann ein Märchenstück zu improvisieren, er der Prinz, sie 's Prinzesserl, und die Hollandgulden machten dazu diskret die Hochzeitsmusik. Erst als sich ihr Mund zu seinem Ohr stahl, erwachte er jäh aus seinen Träumen: »Schießt du mir eine Gams? Eine ganz kleine Gams? Bitte … Girgei!«

Das war die Geburtsstunde des echten »schwarzen Girgei«. Aber so einfach war diese Geburt nicht in einer Zeit, in der die Wilderer nur noch in schmalzigen Volksstücken agieren und Schüsse abgeben, die bestenfalls eine Pappgams umfallen lassen.

An der Katzermühle, im alten Zuhäusl, wohnte ein alter, berüchtigter Wilderer, kein Idealwilderer, sondern ein echter Wilddieb, der die Bezeichnung Lump einst zu Recht getragen hat. Zu diesem begab sich der künftige »Gamstöter« und öffnete ihm einen Schlitz seines Herzens. Aus diesem leuchtete dem alten Gauner das Bild eines jungen Burschen entgegen, den die Jagdleidenschaft, die verbotene, heimliche, versteht sich, fast erdrosselte. Friedl war ein Schauspieler. Und er spielte überzeugend.

Kerschei, so hieß der Rentner von der giftgrünen Farbe, blinzelte mit seinem einen Auge und schüttelte das greise Raubschützenhaupt. Er selber hatte dereinst ausschließlich des Fleisches halber gewildert, des Geweihs, des Geldes, nie wegen der »Heimlichkeit«. Heute hatte er eine anständige Rente und kaufte sich sein Suppenfleisch beim Metzger. Und statt den alten, berühmten, zusammenlegbaren Stutzen, der wohl versorgt oben in der Kammer lag, herauszurücken, hielt er dem angehenden Jungwilderer eine Predigt, die einem Oberförster alle Ehre gemacht hätte: »Einen Bock möchst schießn? Ja, hast du noch alle beieinander? Was hast denn schon davon, wenn er tot ist? Wo's eh bald keine Gams nimmer gibt. Mich reuen s'! Ich sag's ehrlich. Mich reuen s'!«

Dabei zwinkerte und zwankerte der alte Schlawiner fortgesetzt mit seinem einen, aus mörderischen Bergstockgefechten geretteten Auge, und der gute Friedl stand da und schaute wie ein Ochs. In Wirklichkeit verfolgte der alte Gauner mit seiner Predigt ein ganz eigensüchtiges Motiv: Er wollte seinen, wenn auch zweifelhaften, Ruhm als letzter echter Wildschütz des Rupertiwinkels durch einen jungen Nachahmer nicht geschmälert wissen. Wurde doch in den Bauernwirtshäusern immer noch getuschelt: »Ein solcher wie der Kerschei kommt nimmer. Der hat ein ganzes Revier allein ausgeräumt. Und angeschossn haben s' ihn nie.«

Dazu rote Ohren ringsum, Ellenbogengedrücke, verständnisvolle Blinzler, das war doch schön und erhebend, und deshalb, wenn's nach ihm ging, kam niemand mehr ohne Jagdschein hinauf zu den Gamslahnern. »Mich reuen s'! Ehrlich! Hi … hi … hi … !«

So also drohte die Wandlung des Bühnengirgei zum echten Girgei durch die Missgunst eines alten Neidhammels bereits im Anfangsstadium zu ersticken.

Da erinnerte sich Friedl an die Kugelbüchse, die er sich allabendlich vor den Augen seines hingerissenen Publikums ins Kreuz schwang, und er schlug sich an den Kopf, dass er nicht gleich an das Nächstliegende gedacht hatte.

Die besagte Kugelbüchse war eine Leihgabe des pensionierten Oberförsters Hohenwandl und stammte aus dessen privater Waffensammlung. Das gute Stück entsprach nicht mehr ganz dem Stand der heutigen Waffentechnik, war aber durchaus noch gebrauchsfähig. Leider hatte es der Oberförster in seiner in vierzig Dienstjahren anerzogenen Vorsicht unterlassen, die passende Munition mitzuliefern. Und nicht genug, er hatte dem Hilfsregisseur Zipfelmair auch noch zur Auflage gemacht, das gefährliche Requisit nach jeder Vorstellung eigenhändig in einem besonders abgesicherten Requisitenschrank einzuschließen, was dieser zuerst gewissenhaft, später, nach der dreißigsten Girgeiaufführung, nur noch in lascher Gewohnheit befolgte. Hier lag der Schlüssel zum Erfolg.

Das heißt, der Schlüssel, erst in Zipflmairs Hosentasche, lag nunmehr oben auf dem Schrank in einer leeren Schminkschachtel.

Also, die Büchs stand zur Verfügung. Und ebenso die Berufskleidung: Umhang, Lederhose, Haferlschuh, Hut mit Feder, Gesichtsmaske.

Bloß eines fehlte – 's Kugerl!

Aber, so dachte der Friedl, ist es denn überhaupt so wichtig? Angenommen, er tät wirklich treffen, was tun mit dem Vieh? Ausweiden? Pfui Teufl! Nein, die Büchs genügte! Die Büchs, das freche Hütl, das geschwärzte

Gesicht, und in aller Herrgottsfrüh irgendwo hinten im Gotzmoos durch die Latschen geschlichen, zwei-, dreimal hintereinander, dann war ganz gewiss einmal der alte, diensteifrige Jäger Kreissl zur Stelle, würde hinter einem Stein hervorspringen und ihn im Genick packen. Zuvor würde der Friedl mit einer geschickten, aber nicht zu schnellen Bewegung die »Munition« wegwerfen.

»Hab ich dich erwischt!«, würde der Kreissl frohlocken und ihm den schwarzen Strumpf vom Gesicht reißen. Und dann würde er erschrocken zurückfahren und murmeln: »Da schau her – den Girgei gibt's wirklich!« Und dann würde er sich mit verbissenem Gesicht, aber ohne leichtsinnige Gegenwehr, vom Jäger abführen lassen. Und dann würde der Weizen zu blühen anfangen: Gerichtsverhandlung. Große Sensation. Schlagzeilen: »Schauspieler als Wilderer entlarvt«, oder: »Warum der schwarze Girgei so echt spielte«, oder: »Schwarzer Girgei geht wirklich schwarz«.

Und dann kämen die Angebote ins Gefängnis, Plattenfirmen, Filmmanager, Illustriertenbosse, und sackweise die Verehrerpost.

Der Friedl wusste um die narkotische Wirkung der Sensation, oftmals hatte er von solch explosionsartiger Publicity geträumt.

Noch am selben Abend, nach der 35. Aufführung von »Der schwarze Girgei«, angelte der Friedl den Wildererstutzen aus dem Requisitenschrank, wickelte ihn in seinen Umhang, klemmte sich Federhut und Haferlschuhe unter den Arm und verließ das Gebäude durchs hintere Fenster. Er zitterte wie ein Hund.

Im Morgengrauen spazierte er im Gotzmoos auf einem bequemen Gehweg bergwärts. Und das wiederholte er am nächsten Tag, am übernächsten, die ganze Woche lang.

Nichts! Der gute Jäger Kreissl war mit Blindheit geschlagen. Aber am Sonntag, da ging die Rechnung endlich auf. Der gute Jäger Kreissl nämlich war nicht blind. Er sah sogar ganz ausgezeichnet. Und er sah mehr, als für den Friedl gut war.

Bereits am Dienstag früh hatte er die Nummer des Kleinwagens notiert, der an der Nattersbachbrücke hinter einem Geräteschuppen abgestellt war. Das tat er immer, wenn Kraftfahrzeuge zur unpassenden Zeit im Revier parkten. Nach kurzer Abfährtung stieg er in den Gegenhang ein, und kaum war er oben am Natterkogel – sah er den Kerl. Da erschrak er zuerst ein wenig, wegen des Stutzens, der dem Burschen über den Rücken hing. Trotzdem nahm er ohne jede Hast sein Fernrohr aus dem Futteral, zog es in Seelenruhe auseinander und stellte scharf. Es vergrößerte dreißigfach, und die Entfernung war gering. Er sah jede Einzelheit. Er sah den Stutzen, den Federhut, die Gesichtsmaske. Trotzdem musste er lächeln. Denn er sah noch mehr.

Als Erstes sah er, dass der Bursch pfeilgrad in den schlechten Wind stieg, denn von oben her rückte schon die Sonne herein in den Hang. Als Zweites sah er, dass der Kerl ganz miserabel auf den Beinen war und bei jedem zweiten Schritt stehen blieb und sein linkes Bein hochzog wie ein Flamingo. Als der Kreissl dieses Bein näher untersuchte, wusste er den Grund: Der Bursch hatte nagelneue, blank gewichste Haferlschuhe an. Als Drittes sah er schließlich, dass der seltsame Wilderer die Büchse auf der verkehrten Seite trug und unter seiner Maske ganz saumäßig schwitzte. Weiter bemerkte er, dass der Kerl am Grat oben mindestens zehn Minuten ohne jede Deckung herumstand, die Beine schlenkerte, den Umhang durch die

Luft wirbelte und überhaupt alles tat, um möglichst aufzufallen. Schließlich machte die Gestalt kehrt und rumpelte völlig unjägerisch den Berg hinunter. Da machte sich der alte Kreissl einen ersten Reim. Als er sich dann beim Landratsamt nach dem Besitzer des Pkw, Nummer soundso, erkundigte und den Namen Friedrich Durfaller hörte, ging ein Grinsen über sein gutmütiges, kupferbraunes Berglergesicht.

»Da schau her«, lachte er vor sich hin, »der ›schwarze Girgei‹ trainiert 's Wildern. Aber so viel ich gesehn hab, lernt's der nie. Eher werd ich ein Filmstar, als dass der einen Gamsbock erwischt.« Aber immerhin, ein Stutzerl im Revier, da heißt's wach sein.

Am nächsten Morgen hinten im Gotzmoos dasselbe Theater. Bloß noch übertriebener, noch dicker aufgetragen. Da fiel es dem alten Kreissl wie Schuppen von den Augen: Dem Kerl ging es gar nicht um eine Gams, dem ging's – ums Erwischtwerden!

»Jetzt schau dir den raffinierten Burschen an«, murmelte der alte Jäger und schüttelte immer wieder das eisgraue Haupt. »Auf was die Künstler heutzutag net alles kommen, damit sie in der Zeitung stehen. So ein Narrenstückl aufführn! Ich tät mich schämen. Aber denen ist nix heilig.«

Diesmal hatte er sich noch näher an den Friedl herangepirscht. Das war keine Kunst, denn der Herr »Hofschauspieler« schenkte seiner Umgebung überhaupt keine Aufmerksamkeit. So nah hockte der Kreissl »am Feind«, dass er sogar einen Teil des großen Monologs aus einer neuen Wilderertragödie hörte, die der Friedl gerade einstudierte, falls der unverwüstliche »Schwarze Girgei« sich eines Tages doch noch totlaufen sollte: »Mein Großvater war ein

Wildschütz, mein Vater war ein Wildschütz, und ich bin auch …«

»Rindvieh!«, wollte der Kreissl schon dazwischendonnern, aber im letzten Moment schlug er sich mit dem Handrücken auf den Mund und dachte: »Wart, Bursch, so leicht mach ich dir's Erwischtwerden net!« Die ganze Woche lang ließ er den Friedl mit seinen neuen Haferlschuhen den Gehweg zum Gotzköpfl hinaufhinken, ließ ihn unter seinem schwarzen Strumpf schwitzen und blasen, der große Monolog zu »Der Wilderer von St. Bartholomä« war längst auswendig gelernt. Da tat ihm das arme Würstl schließlich leid, und er donnerte hinter einem Felsen hervor: »Halt! Gewehr weg!«

Wie der Blitz ließ der Friedl den Stutzen fallen, und trotz momentanem Schrecken verklärte ein befreites Lächeln sein Gesicht.

»Umdrehn!«, brüllte der Jäger, »Hand übern Kopf!«

Nur allzu eifrig kam der Friedl dieser Aufforderung nach. ›Haut schon hin‹, dachte er, ›jetzt kommt die Körpervisitation.‹ Und in der Tat griff ihm der Jäger mit derben Pratzen unter den Achseln und in den Hosentaschen herum, was dem Friedl nicht unbeträchtlich zu schaffen machte, weil er sehr kitzelig war.

»Hast eine Pistole?«, fragte der Kreissl mit finsterer Miene.

»Nein«, sagte der Friedl verstockt und starrte zu Boden.

»Maske runter!«, gebot der Jäger, und eifrig entfernte der Friedl den schwarzen Gesichtsschutz. Der Kreissl sah ihm kurz ins leicht gerötete Milchgesicht und zeigte keinerlei Überraschung. Das irritierte den Friedl ein wenig. »Kennst mich net?«, fragte er den Jäger.

»Schon … schon …«, nickte der Kreissl abwesend und widmete seine Aufmerksamkeit dem Stutzen. Verdächtig lange hebelte er am Schloss herum. Dem Friedl wurde unbehaglich.

»Hast aus dem Ding da schon geschossn?«, wollte der Jäger wissen.

Der Friedl fuhr fast beleidigt auf: »Meinst vielleicht net?«

»Ich mein ja bloß«, sagte der Kreissl seelenruhig, »weil's für den alten Gamsschrecker schon lang keine Patrone nimmer gibt.«

»Vom Selbermachen hast noch nie gehört?«, ereiferte sich der Friedl.

»Wohl schon«, beruhigte ihn der Jäger, »wohl schon. Also, dann packen wir's! Du gehst voraus. Wennst wegläufst – schieß ich!«

In höchster Eilfertigkeit schritt der Friedl voraus. Sein Herz frohlockte. ›Gut ist's gangen‹, dachte er, ›passt scho!‹ Der alte Jäger hinter ihm lachte leise vor sich hin. Eine Weile gingen sie dahin, voraus der Friedl, hinter ihm der Jäger. Da sagte der Kreissl unvermittelt: »Was tätst jetzt du, wenn du ich wärst, und es wär dir was nötig?«

Der Friedl blieb stehen und glotzte verständnislos. Der Kreissl trat unruhig von einem Fuß auf den andern. Er griff sich illustrierend an den Bauch und verzog sein Gesicht.

»Herrschaftseitn, ich kann's nimmer halten! Dass du mir fei net davonläufst!«

Und er hechtete mit einem Riesensatz hinter einen Felsen. Dem guten Friedl passte das gar nicht in den Kram. Eigentlich hätte er jetzt handeln müssen, den hilflosen Jäger über den Haufen rennen, die Büchs an die Wange reißen und grinsen: »So, jetzt bin ich am Zug!« Oder zumindest mit hämischem Gelächter in die Latschen springen. Aber der gute Friedl stand wie ein Monument und wartete brav, bis der alte Kreissl wieder zum Vorschein kam.

»Warum bist jetzt net weggelaufn?«, fragte der Jäger und sah den Friedl mit fast traurigen Augen an.

»Gehen wir wieder?«, lenkte der Friedl ab.

Der Jäger aber senkte seinen Blick nachdenklich in des Friedls Gesicht.

»So jung und schon ins Gefängnis rein! Bub, du erbarmst mich!«

Der Friedl warf trotzig den Kopf hoch: »Ach was, erspar dir dein Mitleid. Gehn wir jetzt oder gehn wir net?«

»Wart noch ein bissl«, sagte fast zärtlich der Jäger. »Weißt was? Ich bin ein alter Mann. Mir wird jetzt schlecht. Ich muss mich ein wenig niedersetzn. Und dabei haust ab. Hast verstandn?«

Und tatsächlich ließ sich der Kreissl zu Boden sinken und schloss die Augen.

Dem Friedl brach der Schweiß aus. Er sah seine Felle davonschwimmen und schrie den Jäger mit schier überschlagender Stimme an: »Ich bin ein Wilderer! Ich will meine Strafe! Abführn musst mich! Ins Gefängnis möcht ich ...!«

»Tät dir passn!«, grinste der Kreissl und sprang federleicht und pumperlgesund auf die Beine. »Ich kenn mich aus! Du möchst in d' Zeitung rein, du Lump, du überdrehter. Euch ist jedes Mittel recht zum Wind machen und Rad schlagen. Aber ohne den alten Kreissl, das merkst dir! Und jetzt gehst heim! Da hast deinen Vorderlader, schwarzer Girgei, trauriger!« So sprach der alte Jäger Kreissl und sah nun durchaus bedrohlich und Furcht erregend aus, sodass der Friedl kleinlaut wurde und zu betteln anfing: »Sagst nix, gell?«

Der Jäger antwortete finster: »Das weiß ich noch net, ob ich so einen Unfug ungestraft durchgehn lass. Zumindest werd ich den Vorfall dem Redakteur Stangl erzähln, damit er was schreibt zur Abschreckung. Das gibt's bei uns net. Entweder ihr tuts ehrlich wildern, oder ihr bleibts daheim!«

»Wenn du das tust, bin ich hin!«, schrie der Friedl in höchster Seelennot und umklammerte den Jäger. Die Tränen schossen ihm aus den Augen.

Der alte Kreissl war ein herzensguter Mensch. Schnell kam ihm das Mitleid.

»Aber eine Watschn hau ich dir runter, du Saubub!«

»Bittschön«, flüsterte der schöne Friedl und hielt dem Jäger seine wohlgeformte Backe hin.

Wumms ... saß sie drin, Handschuhnummer 12, bretterhart.

Dann schritten sie gemeinsam talwärts, und Friedl, der jetzt froh war, so glimpflich davongekommen zu sein, versprach dem Kreissl noch ein Dutzend Freikarten zum »Schwarzen Girgei« als Schweigegeld. »Kann ich brauchn, für meine Sommergäst«, grinste der Jäger und streckte dem Friedl seine Pranke hin.

»Gell, bei uns herobn weht ein anderer Wind als zwischen deinen Pappendeckelbergen!«

»Ein bissl schon«, lächelte der Friedl leicht gequält und rieb sich seine geschwollene Backe. Dann gingen sie in Frieden auseinander. Am Abend dieses ereignisreichen Tages lernte der schöne Friedl die Schattenseiten des Komödiantenberufes kennen. Obwohl er mit seinen Nerven völlig herunten war und zudem seine rechte Gesichtshälfte wüst angeschwollen war (»Zahnweh hab ich, dass' mir den Schädel zerreißt«), bestand der grausame Hilfsregisseur auf Friedls Auftritt. »Heute Jubiläumsvorstellung. Vierzigmal ›Schwarzer Girgei‹. Eintritt die Hälfte!« stand auf der Programmtafel draußen vor dem Theater.

Unter den Zuschauern saß auch der alte Jäger Kreissl samt einem halben Dutzend Sommergästen. Pünktlich hatte der Friedl die versprochenen Freikarten geschickt. »Lache, Bajazzo!«, grinste der Hilfsregisseur, Autor, Maskenbildner, Bühnenbeleuchter und Hausarzt Hanns Magnus Zipflmair und warf mit geschicktem Schwung dem auf der einen Gesichtshälfte blassen, auf der anderen roten und im Übrigen schwarzen Girgei eine Beruhigungstablette in den offenen Mund.

Dann ging es los.

Bis zum dritten Akt hielt die Wirkung der Tablette an, und der Friedl legte einen leidlichen Girgei hin, wenn auch keinen Jubiläums-Girgei. Dann, bei der berühmten Abschiedsszene, gingen ihm die strapazierten Nerven durch, und ausgerechnet als sich der Sennerin Zenzi weicher, nach Kernseife duftender Arm um seinen Hals legte und sie schluchzend in den Satz ausbrach: »Girgei, bleib da, mir zulieb!«, überfiel ihn ein Weinkrampf, und statt sich mit stolzer Kopfbewegung aufzurecken, lehnte er sein demoliertes Haupt an Zenzis wogenden Busen und wimmerte: »Iiich ... iii kann net anders. Iiich ...iiich muss gehn!« Dabei kollerten ihm die Tränen über die rußgeschwärzten Backen.

Den Hilfsregisseur, Autor, Hausarzt und weiß der Teufel was, Hanns M. Zipflmair, traf fast der Schlag. Sekundenlang hockte er erstarrt in seinem Flüsterkasten und wartete auf den Weltuntergang.

Aber statt dass höhnisches Gelächter Bühne, Stück, Schauspieler und allen Ruhm und Glanz dieser altehrwürdigen Kulturstätte für alle Zeiten hinweggefegt hätte, hörte der erstaunte Mann, noch ehe er herausrumpelte aus seinem Kastl, um den Vorhang zuzureißen, ganz hinten im Zuschauerraum ein leises Wimmern und schließlich einen ganz lauten, ungenierten Schluchzer, und noch einen und einen dritten, und dazwischen einen Schnäuzer ins Taschentuch, zwei Schnäuzer, drei Schnäuzer, erst schüchtern, dann trompetenhaft, und dann überfiel die Rührung wie eine Epidemie den ganzen Theatersaal, und selbst der alte, bärenstarke Naturmensch Kreissl fingerte nach seinem roten Schnupftabakstüchel und stimmte mit kräftiger Posaune in den Chor der Gerührten ein.

Als Hanns Magnus Zipflmair dies alles vernahm, fuhr er blitzschnell aus seinem Lispelkasten heraus, warf dem verstört dastehenden Friedl mit gekonntem Schwung eine zweite Beruhigungstablette in den Mund und fuhr ihn an: »Weiterspielen, Glücksmensch … weiterspielen …!« Und tatsächlich brachte der Friedl in einer Art Trancezustand den letzten Akt über die Bühne.

Zipflmair aber, der alte Theatermann, rieb sich den Schweiß von der Stirn und murmelte: »Ihr Rindviecher … ihr Rindviecher …«

Aber trotz dieses »eruptiven Ausbruchs einer phänomenalen Naturbegabung«, wie die Lokalpresse am Tag darauf schrieb, hat der schöne Friedl, alias »Schwarzer Girgei«, weder die holländische Apanagenprinzessin geheiratet, noch entdeckte ihn die Weltpresse, ja nicht einmal der Staatsschauspieler war ihm vergönnt. Nach der zwanzigsten Aufführung des »Wilderers von St. Bartholomä« schloss die altehrwürdige Volksbühne überraschend ihre

Pforten. Hilfsregisseur, Autor, Beleuchter, Hausarzt und weiß der Teufel was, Hanns M. Zipflmair, hatte die Festung der Volkskunst schnöde verlassen und war zur Zeitung übergelaufen. Ein Ersatz für diesen unentbehrlichen Mann war nicht da.

Mit dem Verlöschen der Theaterlampen verglomm auch des Friedls Stern.

Erst haderte er, dann spitzte er wieder brav im Speditionsbüro seinen Bleistift.

Jahre später machte er, mehr aus Jux, die Jägerprüfung. Obwohl er am Schießstand hundsgemein daneben ballerte, bestand er den grünen Test mit Glanz. Sein phänomenales Gedächtnis beschämte die Prüfer, sein Eifer rührte sie, und seine offensichtliche Harmlosigkeit brachte ihm ihre Sympathien.

Bei einer kleinen Bauernjagd erkaufte er sich durch sein heiteres Wesen, sein Gitarrespielen und seinen unerschöpflichen Vorrat an lustigen Gstanzln das Mitgehen, und tatsächlich schoss er einmal einen Hasen mausetot. Zum Kugelschuss mochte er sich nicht überwinden, denn er war extrem kurzsichtig und verabscheute es in alter Eitelkeit noch immer, eine Brille zu tragen.

Das kärgliche Jagdglück grämte ihn nicht. Wenn er, die nagelneue, abgesparte Büchsflinte auf dem Buckel, den Lodenumhang quer über die Schulter geworfen, hinausschlenderte ins Revier und die Leute ihm nachschauten, dann spürte er ein wonnigliches Gefühl in sich. Kein Girgeigefühl, wie seinerzeit auf den Brettern oben; ein ehrlicheres, besseres.

Schließlich, mit fortschreitenden Jahren, machte ihm auch das Alleinsein draußen Freude. Und mit diesem Draußensein, Umherschauen, Ruhigwerden züngelte langsam ein kleines Kerzenflämmchen Jägerlust in seinem Herz empor, eine Lust von der stillen, innerlichen Art, und das ersetzte ihm schließlich den verloren gegangenen Theaterruhm, den Filmvertrag und all den billigen Plunder einer lauten und schnell vergänglichen Welt.

Auf der Jagdausstellung

Schon am Eingang zur großen Jagdausstellung stieß Sepp Oberberger auf zwei Gestalten, die sein braves Revierjägerherz in jähe Wallung brachten. »Des ist des erste Mal, dass die einen Eintritt zahln, wenn sie sich die Hirsch anschaun«, sagte er zu seiner Ehefrau und zupfte sie am Ärmel ihres Lodenmantels. Die zwei Prachtlackeln, legitime Nachfahren des Kügei-Simon, genannt Kügei-Simmei, vom Untersberg, standen vor der Kasse und fingerten nach ihren Geldbeuteln. Aus den kurzen, abgewetzten Hirschlederhosen standen auffordernd weit die Stilette heraus, und auf den spitzen, graugrünen Hüten wackelten unverschämte Gamsbärte. Nicht etwa nach hinten abgebogen, wie der Jäger den Gebrauchsbart trägt; trutzig, senkrecht, sich fast nach vorn neigend waren die Bärte aufgepflanzt und schwankten und zitterten bei jeder Bewegung.

»Wer so seinen Gamsbart trägt, hat ihn gstohln«, brummte grimmig der Jäger, und seine bessere Hälfte nickte bekräftigend.

»Aber gut sind s' doch zum Anschaun, die zwei«, flüsterte sie vor sich hin und gedachte ihrer Sennerinnenjahre, wo so ein gehaxerter Freibillettjäger zugewechselt war, ohne freilich – sie drückte sich zärtlich an ihren Sepp – je »zum Schuss« gekommen zu sein. Die beiden Gamsbartartisten verschwanden im Menschengewühl, und auch der Jäger zahlte seinen Obolus und betrat ein wenig aufgeregt und rotgesichtig die Stätte der tausend Geweihe, Gehörne und Gwichtln.

»Jesses, ist des ein Trumm Viech!«, rief die Jagerin angesichts des ausgestopften Elches, der den gewaltigen Vorderlauf gerade zu raumgreifendem Passgang anhob oder aber heraufzuckte, um irgendeinem bläffenden, geifernden, abduckenden Wolfsrüden das Elchsmal ins gelblich schüttere Fell zu brennen. Dabei war's noch ein Elchjüngling, aber bis hinauf zum Widerrist reichte kaum Traudls Hand.

»Net anlangen«, schimpfte der Jäger und zog seine Ehefrau hinüber zum letzten bayerischen Braunbären. Der Urgroßvater nicht mehr, aber der Ururgroßvater hat ihn vielleicht einmal gesehen, ein einziges Mal, zwischen Sonntagshorn und Rauschberg, ein kleiner, hellbrauner Punkt drüben am Gegenhang, und hat von ihm erzählt und geträumt, bis der braunzottige Riese eines Abends, aus Enzianschnaps, Übernächtigkeit und Hüttenrauch geboren, leibhaftig den Pirschsteig vom Alten Trett hereinschnaufte und seine Tatze brummend und polternd an die Hüttenbalken hieb.

Versunken steht Jäger Oberberger, der heutige, vor dem gewaltigen Bären, starrt in das breite Tiergesicht, sieht es auf sich zukommen, oben am Brunnsteigl, wo's kein Aneinandervorbeikommen gibt, hebt die Büchs …

»Wenn die noch bei uns herumlauferten, dann hättst keinen Ärger nimmer mit die Sommerfrischler«, sagte in diesem Moment die Traudl und enthob ihn so aller Konsequenzen. Erleichtert grinste der Sepp: »Ein Dutzend von den Luchsen dort drüben täten's auch, und noch lieber wär mir ein Stinktier, a Skunk, wie man sagt, das den Almrausch im Zellerwandl noch schnell ein bisserl anbieselt, dann wüsst ich gwiss, dass ich die nächste Woch meinen Feisthirsch krieg, und so weiß ich's net.«

Gut, dass die feine, nach Lavendel duftende Dame, die zum Lodenkostüm einen feschen Steyrerhut trug, in dessen Geschnür ein Zweigerl verblühten Almrausches steckte, des Jägers derb-bayerische Vokale nicht verstand. Ihr hatte es der gewaltige Vogel angetan, der auf einem abgesägten Föhrenast hockte und mit gläsernem Sibyllenblick in die Menschen glotzte. Der letzte Uhu des bayerischen Alpenraums. Er, der König der Nacht, der Scheueste der Scheuen, und dreißig, zwanzig Zentimeter vor ihm das blasse Gipsgesicht der Lavendeldame, von Schauern durchzuckt, von hypnotischen Strömen erfasst, immer kecker, immer dreister sich nähernd – sakra, das wurde dem Bayernuhu zu viel, er zuckte nervös mit dem linken Augenlied, machte die rechte Fangkralle auf und ließ die Rückenfedern elektrisch knistern.

Ein spitzer Schrei ertönte aus dem dezent geschminkten Mund, und die Frau, die glaubte, Bayerns letzten Urvogel herausfordern zu können, sank ohnmächtig in des Revierjägers Oberberger kräftige Arme. Eine Prise Haushaltkölnisch, auf das Taschentuch der Jägerin getropft, brachte sie schnell wieder auf die Gazellenbeine, und sie floh ohne Dank in Richtung Ausgang. Der Uhu aber schloss seine rechte Kralle und schien zu schmunzeln. »Bei dem Vogerl bleib ich stehen«, grinste der Sepp, »vielleicht kommt noch einmal eine Jüngere vorbei, dann …« Ein Ellbogenstoß in die Hüfte ließ ihn verstummen, und Jager und Jagerin schubsten und drängelten sich weiter.

Endlich hat es sie in den Saal der Hochgebirgsschau hineingeschwemmt. Da fühlt er sich zu Hause, der Sepp, und fast gierig stürzt er sich auf die Gamskrucken an den Wänden. Aber, was ist das? Des gibt's doch net! Das ist ein Witz! Ausgerechnet eine uralte, flachsige, weiß-grindige Schwarzwaldgeiß hat den bayerischen Latschen- und Felsenbummerln den ersten Preis weggeschnappt. »Des ist keine Gamsgeiß net«, konstatierte verächtlich der Jäger,

»des ist dem Teufl seine Großmutter!«, und er verließ in tiefer Enttäuschung den Saal.

Die nächste Station war die Halle der Büchsen und Ferngläser, der Zielfernrohre, der Stahlrohrhochstände, Taschenöfen und Pirschwegräumer. Hier waren die meisten Leute versammelt, und sie waren alle wie berauscht. Verständnislos sah der Jäger in die Runde. Rucksack, Fernrohr, Waidmesser, Gewehr; ererbtes, abgewetztes Zeug, dazu eine Handvoll Patronen, mehr hatte er nie gebraucht bei der Jagd.

»Wenn sich einer des alles um den Bauch hängt, was die da zum Verkaufen haben, dann sieht er sein Leben lang keinen Baum nimmer, und die Hasen bieseln ihm in die Stiefel rein«, kommentierte der Sepp nach kurzer Überlegung das Mammutangebot der Jagdindustrie. Da riss es ihn plötzlich herum: Mitten durchs Gedränge schwebte, duftete ein nussbraunes, gertenschlankes Jägermadl, ein keckes Hütl auf dem blonden Haar, die Fasanenfeder spitz in die Höhe stehend. Etwa gar Diana, die Göttin der Jäger selbst? Blitzartig sahen die grünen Herren an den Verkaufsständen auf, augenblicklich ließen sie Büchsen und Ferngläser sinken, und ihrer zwei, drei, vier bessere Mittelhirsche nahmen unverzüglich die zart duftende Fährte an. Auch der brave, leicht ergraute, doch noch durchaus genießerische Revierjäger Sepp Oberberger zerrte am Ärmel seiner Hausdiana, aber ehe auch ihn der Sog der grünen Göttin erfasste, dröhnte ein alter, erfahrener Jagdausstellungshase in den Saal: »Lassts die laufen, Bubn, das ist bloß ein Mannequin vom Lodenfrey!«

»Was hat er gsagt? Mandlquin? Des Viech kenn ich net«, schmunzelte der Jäger und fing Traudls strafenden Rippenstoß gerade noch rechtzeitig ab.

Dann landeten sie in der Falknerschau, und das war das Eindrucksvollste des ganzen Tages: der Raubvogel auf der Falknerfaust, der Sturzflug auf den imaginären Hasen, die helle, starre, kalte Pupille des alten Habichtweibchens, aus dem Wildnis loderte, Jagdlust, Tötungswut ohne Reue. Das große Habichtweibchen, bewegungslos auf der Lederfaust hockend, die breite Brust wogend, das Auge Feuer sprühend, und dann Flug und Sturz in die Beute – das war die Jagd der Alten!

»Gegen des Habichtsweibl sind wir heutigen Jäger allesamt die reinsten Haussperlinge«, brummte der Sepp in sich hinein, und damit war's ausgestanden.

Von der Wiesn lockte das Oktoberfest herauf, ein riesiger Kessel, der alles gar kocht und durcheinander wirbelt, des Philosophen Weltschau, des Forschers Zukunftsgier und -angst, des Jägers inneren Zwiespalt, des braven Bäckers Brezen und des noch braveren Metzgers Weißwürste. Am Tisch im Jägerzelt saßen Förster, Bauernjäger und Geldige kreuz und quer durcheinander. Der Maßkrug kreiste. Der Schaum troff auf die Finger. Die Stumpen und Virginias glühten. Die Jagerin bekam ein rotes Köpfl, der Sepp spielte den Nüchtern-Überlegenen. Aber plötzlich, und immer ging es so schnell bei ihm, hieb er mit der Faust auf den Tisch, dass manche verstummten, und er stimmte sein Leibgstanzl an, das er seiner Traudl durchs Fenster in die Sennerinnenkammer gegrölt hatte, dereinst vor gut 20 Jahren, droben auf der Schreckalm:

»Süße, saure Buttermilliwabn,
werst as doch erlabn,
dass ich dich buss,
schmeckst wie a Nuss.«

Dann sprang er auf, der Sepp, hüpfte wie ein Geißbock

zur nächsten Schießbude, schoss im Schnellfeuer fünf, sechs Papierblumen herunter, steckte sie seiner »Buttermilliwabn« an den rundlichen Busen und schluckte fürderhin still und zufrieden an seinem Bier.

»Was hat dir denn am besten gfalln von der Jagdausstellung?«, fragte sie ihn und rieb ihre glühende Backe an seinem Eintagesbart.

Er überlegte, grinste unverschämt. Da kam nix Gescheites. Und tatsächlich: »Am besten? Des Viecherl!«

»Was für ein Viecherl?«

»Des Viecherl halt, des so schön gerochn hat.«

»Das Skunk?«

»Ach was, Skunk! Des Mandlquin halt!«

Und alle am Tisch bekräftigten einstimmig und mit großem Hallo: Das Schönste, das war das Mandlquin!

Zurück zur Natur

Ein kleines Gebirgsdorf im Berchtesgadener Land – nennen wir es Schneizlbach.

Und in dem Ort ein kleines Dorfwirtshaus – nennen wir es »Zum Girgl«.

Und in dem kleinen Dorfwirtshaus ein gemütliches Eck, ringsum an den schwarz geräucherten Holzwänden mit Rehgwichtln und Gamskrucken bepflastert, und über dem schweren Tisch ein handgeschnitztes Schild mit der Aufschrift »Jägerstammtisch« Darunter, unter den »Jägerstammtisch«, hatte ein unehrfürchtiger Witzbold den Zusatz »der Gwamperten« gekritzelt. Und in der Tat, von den fünf Jagerspezln, die an jedem ersten Freitag im Monat zum fröhlichen Umtrunk zusammenkamen, brachte nicht einer auch nur annähernd das lebensverlängernde Idealgewicht auf die Waage. Keiner von ihnen übte einen »schwitzenden« Beruf aus, ein jeder verachtete Salate und Fruchtsäfte und liebte umso inniger die Erzeugnisse des bayerischen Metzgerhandwerks, welche da sind: Weißwürste, Presssack in Essig und Öl, Kalbshaxn und derlei Annehmlichkeiten mehr.

Auch auf der Jagd trat der Gewichtsverlust, der die Bundhose leichter zuknöpfen, die Bergstiefel bequemer schnüren ließ, nicht ein. Moderne Forststraßen hatten das Bergrevier erschlossen, und dort, wo nur noch ein schmaler Schlepperweg in die Hirsch- und Gamsgefilde führte, packte es der Gelände-Suzuki noch leicht; alle Jagdhütten, es waren ihrer drei, waren bequem und ohne körperlichen Einsatz zu erreichen. Leider – so befanden eines Tages die fünf vom »Jägerstammtisch der Gwamperten«, als ihnen nach reichlichem Presssackgenuss und ausgiebigem Weißbierkonsum die Hosenbunde besonders lästig in den Magen drückten. Und heute war noch dazu die Ehefrau des Jagdkameraden Dr. Gernot Täuber dabei, der als Privatdozent und Sportorthopäde am Kreiskrankenhaus tätig war. Das »Täuberl«, wie er sie zärtlich nannte, hatte der gute »Notl« aus Hannover sozusagen importiert, eine ranke, sportlich-drahtige Person, einst niedersächsische Meisterin im Fünfkampf der Leichtathleten. Bei einem besonders riskanten Sprung anlässlich eines Wettkampfs Bayern–Niedersachsen hatte sie sich den Haxn lädiert, und der Sportdoktor aus Reichenhall massierte ihn wieder gesund, worauf die Niedersachsenmaid ihn aus Dankbarkeit schnurstracks heiratete.

Das blonde Dirndl aus dem Norden hatte ganz eigene Vorstellungen, auch über die Jagd.

Nach ihrer Meinung stimmte da etwas nicht. Und heute sprach sie es ganz offen aus: »Der Berghirsch, dieses ungemein konditionierte Tier, Gräben rauf, Gräben runter – und ihr hockt bequem auf dem Hochstand, nuckelt an euerem Flachmann und knallt ihn ab. Da ist doch was nicht in Ordnung, spürt ihr das denn nicht?«

Die so Angesprochenen spürten es schon und nickten sogar eifrig mit den Köpfen. Aber wie ändern? Den Hirsch auf den Hochstand setzen, ausgerüstet mit Kugelbüchs und Zielfernrohr, und sich selber, friedlich äsend, als Ziel anbieten?

Solchen Nonsens fegte das resolute Täuberl augenblicklich vom Tisch: »Wie wär's, meine Herren, wenn ihr den Jeep ein paar Monate in der Garage lasst und euere Rucksäcke wieder mobilisiert?« (»Mobilisieren« war ihr Lieblingswort.) »Ihr werdet ja eh schon langsam zum Gespött der Bergsteiger und Trimmer.«

Worauf sie genussvoll an ihrem Apfelsaft zuzelte und mit ihren blauen Niedersachsenaugen spöttische Blicke in die Runde warf. Die so »Angeschossenen« räusperten sich etwas betreten, doch es kam kein Widerspruch. Da fuhr das respektlose Weib fort: »Nicht mal euer Berufsjäger entspricht mehr dem Typ, den ich mir als Bergmenschen vorstelle; im Gesicht ist er ja noch hager und ledern, aber unter der Gürtellinie schwabbelt ein ganz schöner Bierbauch. Lasst den Kerl doch wieder sich schinden und den Hirsch auf dem Gratten herunterschleppen vom Hinterhorn. Aber ihr, eine extra Seilbahn müsst ihr ihm installieren für den toten König der Berge – na ja, Geld habt ihr ja.«

Noch immer keine Gegenrede; was die Sportsmaid aus Niedersachsen da von sich gab, war ja leider nur zu wahr.

Und nochmal hieb sie sozusagen mit ihrem Widukindschwert auf den Tisch: »Den nächsten Hirsch verblas ich euch nur, wenn ihr ihn ehrlich verdient habt, im Schweiße eueres Angesichts, nach ehrlicher Pirsch – zurück zur Natur, meine Herren!«

Das Täuberl war nämlich, obwohl Nichtjägerin, eine große Jagdhornbläserin vor dem Herrn. An der Wand vom »Zum Girgl« hing ein solches Instrument.

Sie stand auf, ergriff es, stemmte ihre sehnige braune Hand in die Hüfte und blies das »Hirsch tot« ohne Fehl und Tadel. Dann sprach sie die bisher folgenschwersten Worte, die am »Jägerstammtisch der Gwamperten« je gefallen waren: »Also, überlegt es euch – das »Hirsch tot« nur noch bei gleichen Chancen!«

Nun meldete sich Jagdkamerad Anton Frühauf, Brennereibesitzer und genannt der »Enzian-Toni«, zu Wort: »Ja, wenn des so ist, dann muss man ja zuerst trainieren.«

Und der Herr Apotheker, Michael Scheffbar, genannt der »Gift-Michl«, fügte, die leicht zitternde Virginia im Mund drehend, hinzu: »Ich seh's selber ein, die Jägerei insgesamt verliert langsam an Reputation; für einen Fresssack und Weichling ist der Berghirsch wirklich zu schad. Girgl, ab heut sauf ich bloß noch Schorle.«

Der Girgl bediente äußerst flink seine Gäste, und schon brachte er eine Schorle für den Herrn Apotheker. Worauf sich Jagdkamerad Pepperl Murks, Gemeindeinspektor hier und genannt »Gmoa-Murks«, wie folgt bemerkbar machte: »Mir ebenfalls so einen kastrierten Perlaner, und hiermit drück ich meine letzte Zigarette aus. Schluss ist und gar ist's – jetzt wird bloß noch Bergluft inhaliert. Also, wann fangen wir an mit dem Fitnesstraining?«

Nie und nimmer getraute sich hierauf der Herr Oberforstrat Alexander Denk, genannt »Grüner Alex«, seinen geliebten Abschlusstrunk, nämlich einen dunklen Weißbierbock, die Krone der bayerischen Braukünste, zu bestellen. Auch er entschied sich für ein langweiliges Wasser-Fruchtsaft-Gesöff.

»Also Fitnesstraining, gut, packen wir's gleich an. Ich lass mein Auto beim Girgl stehn und latsch zu Fuß nach Reichenhall. Und wenn mich unterwegs keiner über den Haufen fährt, komm ich auch hin und hab zwei Pfund Fett abgetrimmt. Einverstanden, du Niedersachsendirndl, du fanatisches?«

Nun hatte jeder seinen Senf zur Renaissance einer »Jagdausübung auf sportlich-fairer Grundlage« beigetragen, bloß nicht der Privatdozent und Fußballerknochen-Reparierer Dr. Gernot Täuber. Auch er hatte sich, im Gegensatz zu den meisten seiner Patienten, ein beachtliches Wamperl angemästet und sich damit ständiger Kritik seiner Bettgenossin ausgesetzt. Und er äußerte sich wie folgt: »Alles ein Schmarrn, die Selterswasser-Therapie, Girgl, mir bringst ein normales Bier, und morgen Früh gehn wir allesamt ins Gelände mit Trainingsanzug und Turnschuhen, strampeln zwanzig Kilometer herunter und legen uns dann selber zur Strecke mit einem grundsoliden Herzinfarkt. Dann kannst du uns das letzte ›Halali‹ blasen, und unser Revier reißt sich irgendein rheinländischer Industrie-Krösus unter den Nagel, die warten doch schon drauf.«

Da so etwas nicht erwünscht war, es aber so wie bisher nicht weitergehen konnte – so ohne echte Auseinandersetzung mit dem Berg, mit dem Hirsch –, wurde schließlich die Idee vom »Modernen Fünfkampf« von Schneizlbach geboren.

Der moderne Fünfkampf stammt wohl ursprünglich aus dem militärischen Bereich, mit der Absicht, junge Offiziere in gnadenloser Auslese abzuhärten, sie zu jeder Lage gewachsenen Vorbildern heranzuziehen.

Reiten, Laufen, Schwimmen, Degenfechten und Pistolenschießen stehen auf dem Programm. Und der Wettbewerb ist sogar olympische Disziplin.

Nur wenige unterziehen sich dieser Tortur; Skandinavier und Russen teilen sich meist die Medaillen, Burschen wie Herkules allesamt. Der moderne Fünfkampf von Schneizlbach sollte denn auch etwas gemildert über die Bühne gehen. Ein Vierteljahr konsequentes Training bei gleichzeitigem Fettentzug mittels kalorienarmer Nahrung war allerdings Voraussetzung. Dann Strapaziöseres: Berganstiege mit Rucksack und Gewehr, Versorgung der Gamssulzen mit kiloschweren Salzsteinen aus der Saline, schließlich Aushacken von Pirschpfaden und Ausschneiden der Latschen oben auf dem Grat, die jene einstmals von Wilderern gern benutzten Schleichwege schon lange überwucherten.

Der Berufsjäger Hohenester grinste sich eins, als die Aktion anlief: »So eine gespinnerte Gesellschaft. Zuletzt gehen die noch in einem Bärenfell auf d' Jagd und schießn mit Pfeil und Bogen.« Bis er spannte, dass der praktische Suzuki unwiderruflich eingemottet war. Jetzt erst begriff er den Ernst der Lage und ließ seine Bergstiefel neu besohlen.

Und nun sollte die Rückkehr der Jägerei zum natürlichen Kräftemessen mit dem Wild, die Erweckung des Jagdinstinkts, verbunden mit der Minderung des Bauchumfangs und der Härtung der Wadenmuskeln, mit einem Festival gekrönt werden – einer jägerischen Version des modernen Fünfkampfs, wie gesagt, dem »Modernen Fünfkampf von Schneizlbach«. Wieder ein Jägerabend im Gasthaus »Zum Girgl«. Die Hände lagen brauner, ruhiger auf dem Tisch, in den abgewetzten Bundhosen war angenehmer Platz für ein kühles Weißbier. Die blonde Amazone aus Hannover, die einst den Kampfspieß über fünfzig Meter warf, ohne allerdings einer Wildsau Schaden zu tun, sprach, während ihre hellblauen Augen blitzten: »Meine Herren von Dianas Gnaden, jetzt habt ihr mal endlich geschwitzt und geschnauft, wie es früher in diesem Bergrevier üblich war. Und der Herr Hohenester auch, dem spendier ich jetzt ein Bier, sonst kippt er uns noch aus den Latschen. Und nun, meine Herren, schreiten wir zur Schlussprüfung im jägerischen Fünfkampf, den olympischen könnt ihr ja doch nicht bestehen, da sind eure Jahresringe zu weit fortgeschritten. Also, jetzt reißt euch mal am Riemen und hört gut zu.«

Verständnislos und teils sogar beleidigt reagierten die Jagdkameraden, worauf das unbarmherzige Frauenzimmer fortfuhr: »Für euch verweichlichte Mitteleuropäer hab ich mir einen Fünfkampf ausgedacht, der eueren Möglichkeiten entspricht, und der der natürlichen Ausübung der Jägerei insgesamt nützlich ist. Nämlich, Aufgabe eins: Sicheres Schießen nach ungewohnter körperlicher Anstrengung und ohne Zielfernrohr, glatt über Kimme und Korn. Die Pappgams stelle ich euch persönlich auf, droben auf dem Hinterhorn.

Aufgabe zwei: Einbringung der Jagdbeute ohne technische Hilfsmittel, das heißt Abtransport einiger Felsbrocken im Rucksack, die dem Gewicht eines ausgewachsenen Gamsbocks in etwa entsprechen.

Aufgabe drei: Übernachten im Bergrevier bei rauem Wetter ohne jegliche Hilfsmittel; Jagdumhang gestattet.

Aufgabe vier: Durchqueren eines Flusslaufs unter erschwerenden Umständen, beispielsweise eines Hochwassers in der Saalach, welches Treibholz heranführt.

Und Aufgabe fünf: Ihr Jäger fühlt euch doch, wo ihr geht und steht, als absolute Sieger über das weibliche Geschlecht, sozusagen als balzende, aufgeplusterte Spielhähne. Auf der Moosbichlalm residiert eine bildhübsche Sennerin, wie ich erfahren hab, Resi heißt sie und stammt aus der Ramsauer Gegend. Und weiter erfuhr ich, sie hat eine ausgeprägte Abneigung gegen die Jägerei. Weil nämlich unser Herr Hohenester ihren Spezi wegen fortgesetzten Wilderns für drei Monate eingebuchtet hat. – Wer dieser garantiert jägerfeindlichen Resi auf der Moosbichlalm einen Kuss beziehungsweise ein Busserl auf die Schnute drückt – der soll die letzte Aufgabe gewonnen haben. Und ich schätze, das reicht dann auch für den Gesamtsieg.«

Jetzt brach eine fürchterliche Gaudi aus am »Jägerstammtisch der Gwamperten«, und die ebenso fantasievolle wie konsequente Preisrichterin aus Niedersachsen stieß mit jedem mehrmals an.

Am nächsten Wochenende aber war bitterer Ernst, denn die erste Disziplin war angesetzt.

Sekunden und Bruchteile von Sekunden konnten keine Rolle spielen bei diesem jägerischen Fünfkampf; wer durchkam, wer aushielt, wer trotz zittriger Hände und akuter Atemnot den bestzirkulierten Blattschuss antrug, war der Sieger. Und wer der jägerfeindlichen Resi ein Busserl auf die Lippen pappte – war der Obersieger. Das Täuberl hatte sich verpflichtet, nach jeder abgeschlossenen Einzeldisziplin ein Jagdsignal in den Himmel zu schmettern, und zwar nach eigener Komposition. Sie hatte das Talent dazu.

Hierauf hatten sich die Athleten beim »Zum Girgl« zu versammeln, um den Stand des Wettbewerbs aus dem Mund der Schiedsrichterin entgegenzunehmen.

Ein kariertes Schulheft, in dem Plus- und Minuspunkte gewissenhaft eingetragen waren, bildete hierfür die Grundlage. Dann ging's auf.

Den sicheren Schuss auf die Pappgams, nach Steilanstieg und entsprechendem Pulsschlag, leistete der Jagdherr, Apotheker Michael Scheffbar, der sich durch rechtzeitige Einnahme einiger kleiner wirkungsvoller Kügelchen, Betablocker nennt man die Dinger, in Vorteil gebracht hatte.

Er schoss, im Gegensatz zu früheren Jagdeinsätzen, die Gams schon beim ersten Schuss mausetot über den Haufen.

Bei der »Einbringung der Jagdbeute ohne technische Hilfsmittel« schnaufte der Gemeindeinspektor Murks

Pepperl mit großem Abstand als Erster durchs Ziel; auch er hatte sich unlauterer Mittel bedient, indem er seinen Rucksack bei einer Bieselpause um einen gewichtigen Stein erleichtert hatte und diesen, ohne dass die anderen es merkten, in die Latschen kugeln ließ. Da auf ein Nachwiegen der Lasten verzichtet wurde und tierischer Ernst überhaupt verbannt war, bekam er seine Siegesfanfare und einen dicken Pluspunkt im karierten Heftl der Schiedsrichterin.

Nun kam die Übernachtung im Freien an die Reihe, bei »möglichst grobem Wetter«.

Zwei Wochen schon zeigte sich der September von der freundlichen Seite und fabrizierte einen Altweibersommertag nach dem andern. Dann stellte sich plötzlich der gewünschte Zustand ein: Regenschauer, mit Schnee vermischt, die Bäume ächzten und bogen sich im Wind; jetzt war's grad recht, um auszurücken. Der Jagdherr, als der älteste und schonungswürdigste der Kameraden, wurde unter einen Wetterbaum verwiesen, der einem dichten Zirkuszelt nicht nachstand. Die anderen verteilten sich unter lichtere Nadelgewächse; Schlafsack und Wolldecke waren, wie gesagt, nicht erlaubt, der Jagdumhang diente als einzige Zudecke; es würde eine knochenkalte Nacht werden.

Das Täuberl, jeglichen Mitgefühls entbehrend, verabschiedete sich zur Salamihütte, um gegen Morgen das Eintreffen der Delinquenten zu erwarten und ihre Eintragungen im karierten Heft vorzunehmen, etwa: »halb erfroren« oder »bei noch ausreichender Kondition« oder »Bestzustand« und Ähnliches.

Die Salamihütte hatte übrigens ihren Namen vom Jäger Hohenester, der einmal einen Jagdgast geführt hatte, der von Beruf Metzgermeister war und einen ganzen Karton mit Hartwürsten herauftransportieren ließ, da er mit einem längeren Aufenthalt rechnete. Aber er kam, obwohl vom Jagdglück sonst nie verwöhnt, schon am ersten Abend zum Schuss, und so verblieben die leckeren Salamis im Hüttendepot, und Jäger und Waldarbeiter delektierten sich wochenlang an dem hochwillkommenen »Schmarrnersatz«.

Zurück zum Täuberl. Es wurde sechs, es wurde sieben und keiner der »Fünfkämpfer« traf ein. Da braute sie sich einen starken Kaffee. Erfroren? Vom unerbittlichen Berg eliminiert, die ganze moderne Jagdgesellschaft, als Rache für Jeep, Zielfernrohr, Hochleistungspatrone und wie die Hilfsmittel moderner Jägerei alle heißen, die dem Wild kaum mehr eine Chance lassen? Das gute Täuberl bekam es langsam mit der Angst zu tun, und sie gedachte des eigenen empfindlichen Ischiasnervs, der sich bei der Drehung auf dem harten Matratzenlager um ein Haar eingeklemmt hätte. Und sie gedachte fernerhin des guten »Notl«, der sehr leicht zum Schnupfen neigte, und, als hoffnungsloser Zigarettenqualmer, auch gegen hartnäckige Bronchitis nicht gefeit war.

Wie kannte das Täuberl die Männer schlecht!

Dieselben hockten schon seit Mitternacht auf der Holzerhütte am Steingraben und droschen einen Schafkopf auf den schiefen Tisch, dass der Lampenzylinder wackelte. Mit dem Ruf der Waldohreule hatten sie sich verständigt, dann zueinander gefunden und im schwachen Licht einer Taschenfunzel, stolpernd und haxenverwechselnd, die Steingrabenhütte, den vorher ausgemachten Treffpunkt, erreicht.

Eine riesige Kanne Tee, veredelt mit österreichischem

Rum, erwärmte die steifen Glieder, ein Flascherl Enzian machte die Runde, gestiftet vom Herrn Brennereibesitzer, worauf auch der Herr »Hofapotheker« ein Likörchen eigener Rezeptur aus dem Rucksack kramte. Dann schliefen sie herrlich auf den harten Holzhackerbetten, und dies sogar reinen Gewissens, denn sie waren der einhelligen Meinung, das zugige Lager unter dem Wetterbaum sei dem Berghirsch vorbehalten, der Mensch aber bedürfe eines angemessenen Quartiers.

So traf denn die Mannschaft gegen den späten Vormittag in einem Zustand an der Salamihütte ein, der es dem guten Täuberl schwer machte, Plus- und Minuspunkte zu verteilen. Sie waren alle in geradezu phänomenaler körperlicher Verfassung. Bloß der Gmoa-Murks hatte ein bisserl Kopfweh von der »Apothekerrezeptur«.

Aber bei der »Durchquerung eines Flusslaufs unter erschwerenden Umständen«, beispielsweise eines Hochwassers in der Saalach, einem wahrlich kanadischen Abenteuer, gab es keinen »Bschiss«, hier schlug die Stunde der Wahrheit.

Allerdings war die gute Saalach um diese Zeit meist ein mageres Rinnsal. Nun gut, man konnte abwarten, und tatsächlich kam der erwünschte herbstliche Wolkenbruch und schwemmte lustig Treibholz heran, dazu ein verrostetes Fahrrad und ein altes hölzernes Odelfass.

Jeweils auf Pfiff stürzten sich die »Fünfkämpfer« einzeln in die Flut, die um diese Zeit barbarisch kalt war. Und wiederum kamen der sportgestählten, aber ischiasanfälligen Niedersachsendeern Bedenken. Zwar hatte sie vorgesorgt: Wolldecken lagerten am Zielort, dazu eine Flasche Cognac zu möglichst schneller Belebung des Blutkreislaufs. Aber wenn einer von den Männern abgetrieben wurde oder an einem Ast hängen blieb, der Fuß sich zwischen den Steinen verklemmte? Wenn einer von ihnen ersoff, vor ihren Augen? Womöglich sogar der ihr angetraute »Notl«, der in jüngster Zeit mehrfach über Herzdruck geklagt hatte? Sie war nahe daran, ins Auto zu springen und Wasserwacht und Katastrophenschutz zu alarmieren, da erreichte der Erste der Matadoren bereits das Ufer und stieß sich die Cognacflasche in den Schlund. Es war der Herr Oberforstrat Alexander Denk. Und ihm auf den Fersen, Gott sei's gepriesen, der Herr Privatdozent und Knochenreparierer Dr. Gernot Täuber. Und gleich hinter ihm der Senior und offizielle Jagdherr, Scheffbar Michl. Derselbe hatte die meiste Mühe, das nordische Abenteuer zu bestehen, der Jagerhut schwamm längst flussabwärts, der Kopf leuchtete hochrot, und Schweiß floss ihm von der Stirn. Ein sich anbahnender Kollaps? »Nur das Seil nicht auslassen, gleich hast es gschafft!«, ermunterte ihn der »Grüne Alex«. Und in der Tat, ein Griff ins Tau, ein letzter Zug – und auch er war am Ufer.

Auf die gleiche Weise kam der trotz allen Trainings noch immer etwas dickliche und kurzatmige Gmoa-Murks ans Ziel. Auch er hangelte sich tapfer am Seil entlang und erreichte das rettende Ufer. Jetzt erst sah das gute Täuberl, dass es wieder mal geleimt worden war. Der Jäger Hohenester hatte ausgezeichnete Arbeit geleistet und den soliden Nylonstrick gut verankert. Wenn einer diese Hilfsleine nicht leichtsinnig ausließ, dann konnte er sogar noch in Frack und Zylinder die angeschwollene Saalach überqueren.

Trotzdem gab's ein Jagdsignal, nicht für einen Einzelsieger, sondern für die Mannschaft insgesamt, die in anerkennenswerter, überlegener Manier, gepaart mit männlichem

Erfindungsreichtum und genialer Improvisationskunst, ihre Aufgabe souverän gemeistert hatte.

In dicke Wolldecken verpackt wurden die Athleten anschließend zum »Girgl« verfrachtet, wo sie splitternackt einen Indianertanz aufs Parkett legten und ihr Kriegsgeschrei die Fenster erzittern ließ. Oh, es war ein unvergleichlicher Spaß, ein Ausbruch aus dem Alltag, eine Rückkehr in Urzeiten, dieser »Moderne Fünfkampf von Schneizlbach«.

Niemand, außer den Beteiligten selbst, hat ihn miterlebt, kein Publikumsbeifall wurde erheischt, kein Reporterbleistift gespitzt; dabei wäre dieser Coup ein einmaliges Fressen für die Lokalpresse gewesen. Aber nun ging es auf den »Gesamtsieg« zu.

Die Chancen standen annähernd gleich. Alle hatten sie ihre Bewährungsprobe bestanden, wenn auch teilweise ein bisserl mit Beschiss. Was tut's, berufsmäßige Athleten helfen bekanntlich auch ein wenig nach, teils mit Anabolika, teils mit unzulässiger Bluttransfusion. Das Täuberl machte also Bilanz und befand: »Ihr habt euch allesamt tapfer geschlagen, Männer. Ich hätte euch das wirklich nicht zugetraut. Und wenn ich mein Heft nehme und zusammenrechne, stelle ich fest: Jeder von euch ist fit wie ein Trapper in Alaska; der Berghirsch kann beruhigt sein, echte Wildtöter treten ihm fortan gegenüber, nicht verweichlichte Jagdpopanze. Aber jetzt auf zum letzten Gefecht! Die kühle Weiblichkeit zu erobern ist der Jägertaten schönster Preis, aber geht mir nicht zu weit, ein Busserl und nicht mehr; Gernot, die Mahnung geht besonders an dich, ich weiß, du kennst keine Grenzen, wenn dich mal der Hafer sticht.«

So eingeleitet und in seine Grenzen verwiesen, begann der letzte Akt im »Modernen Fünfkampf von Schneizlbach«.

Er wurde sozusagen in den Rahmen eines harmlosen Familienausflugs eingebettet. Keine auffallende Jägermontur; Bergkluft mit Rucksack und Gehstecken; und die Frauen waren allesamt mit von der Partie. Bis auf die vom Gemeindeinspektor Murks. Denn der hatte keine.

Ihm, dem etwas klein geratenen, blassen Bleistiftspitzer, wurden eigentlich die geringsten Chancen eingeräumt, den letzten Wettbewerb und damit den Gesamtcup zu gewinnen.

Die anderen, welch imposante Gestalten nach hartem Bergtraining: rotbraun gebrannt wie ein Indianer, der Gift-Michl, ein Muskelpaket geradezu, der Enzian-Toni, flachsig und noch länger wirkend als sonst, der grüne Alex, und erst der gute »Notl«, dieses Mannsbild konnte ja gar nicht mehr gehen vor lauter Kraft und Saft.

Die Sixt Resi war ein rundum attraktives Frauenzimmer, Sennerin eigentlich nur noch nebenberuflich, hauptberuflich Wirtin und Bedienerin auf der Moosbichlalm am Fuß des Gamskogels. Die Moosbichlalm nämlich erfreute sich mehr und mehr eines regen Touristenbesuchs, es klingelte erfreulich in den Kassen, und die Resi bekam ihren Zehnten davon; sie war sozusagen saturiert. Die Vorgeschichte ihrer Aversion gegen die grüne Jägerjacke kennen wir und brauchen sie nicht weiter auszuwalzen. Es genügt die Feststellung: Immer noch und trotz völlig veränderter Verhältnisse hat der Wildschütz in unseren Bergen eine Sonderstellung – er genießt Sympathie, ob er ein Aufschneider ist oder ein rückständiger Hanswurst. Und ausstechen kann ein lizenzierter Jäger diese Bauerntheaterfigur bei einem Bergmadl nur mittels eines grundsoliden Ehevertrags. So weit zur Resi und ihrem Umkreis.

Es war ein warmer, schöner Herbsttag. Da und dort,

besonders in der Nacht, war schon der Schrei der Hirsche zu vernehmen. Die Sixt Resi sah dem Anrücken der bunt gemischten Touristengesellschaft sowohl ahnungslos als auch mit Skepsis entgegen; die Vorräte gingen allmählich zur Neige, nächste Woche war Almabtrieb. Trotzdem spannte sie die Sonnenschirme auf, stemmte die braunen Hände in die Hüften und erwartete die Wünsche der Gäste – oh, war das ein Prachtexemplar von einer Frau!

»Eigentlich ist das, was ihr da vorhabt, eine Viecherei und eine Herabwürdigung des weiblichen Geschlechts.« Die das aussprach, das war die Frau Brennereibesitzer Frühauf. Sie erhielt Schützenhilfe durch die Apothekergattin Isolde Scheffbar: »Das könnt ihr doch net machen, das ist ganz und gar unmoralisch. Außerdem hat das Dirndl gar kein Interesse an einem Eintagesflirt, die will doch einmal heiraten, und zwar einen bodenständigen, soliden Mann.« Worauf die Frau Oberforstrat Denk sich einmischte: »Vielleicht kriegt das besagte Busserl, so wie er jetzt aussieht, der meinige, mit seinem Drei-Wochen-Bart, à la Jennerwein – aber was soll's, ich pack ihn anschließend am Kragen und bring ihn heim; Autofahren kann er ja doch net mehr, weil er viel zu besoffen ist.« Nun fehlte bloß noch die Stimme der blonden Niedersächsin, der bisher unbestechlichen, wenn auch mitunter etwas großzügigen Schiedsrichterin im »Modernen Fünfkampf von Schneizlbach«.

Und diese meinte etwas kleinlaut: »Ich glaube, wir lassen die letzte Disziplin lieber sausen, zuletzt gibt es noch eine Schlägerei; guckt euch doch an, wie die sich volllaufen lassen!«

Tatsächlich war der Rotwein, den die Resi pausenlos kredenzte, von guter Qualität und nicht zu geringem

Öchslegehalt. Die Resi, schön und wohlgeformt von hinten und von vorn, wurde in den Augen der Männer immer attraktiver.

Sie übertraf die Marilyn Monroe, sie übertraf die Ava Gardner; und ein Kuss von dieser Superfrau erschien den vom Wein Beflügelten, Aufgepeitschten die höchste Lust auf Erden, ja, das Ziel, der Höhepunkt jedes Männerlebens. Der durchaus sportlich begonnene Wettbewerb war in seiner letzten Phase aus dem Gleis geraten und entwickelte sich zu einer Art Hahnenkampf, bei dem die Federn flogen. Sie selbst, die Umworbene, konnte bei so viel Balzerei nicht kühl bleiben. Sie versenkte die Kassenzettel in der Tischschublade und genehmigte sich einen doppelten Kirsch mit Rum. Jetzt war ihr Gesicht noch begehrenswerter, die Lippen roter, schwellender – nur ein eingefleischter Frauenfeind konnte bei ihrem Anblick ohne Gefühle bleiben. Nun war der Herr Oberforstrat auf dem Sprung, er hielt den Zeitpunkt für günstig, das begehrte Siegerbusserl zu ernten. Ein begehrenswertes Mannsbild war er schon, so, wie er jetzt vor ihr stand, baumlang, braun gebrannt, das Rotweinglas in der Hand, und sie aufforderte, mit ihm Bruderschaft zu trinken. Sie tat es auch, aber als er dann zuschnappen wollte, hielt sie ihm nur die Wange hin, und auch die verfehlte er noch, infolge fortgeschrittener Gleichgewichtsstörungen. Worauf die Frauen am Gartentisch in ein schadenfrohes Gelächter ausbrachen und die Frau Oberforstrat einen altbayerischen Ausspruch tat, dessen Urheber Karl Valentin ist: »Mögen täten wir schon wollen, aber dürfen haben wir uns nicht getraut.«

Die beiden alten Knaben, der Gift-Michl und der Enzian-Toni, sahen hierauf keine Möglichkeit mehr, sich den

Siegeslorbeer auf das gelichtete Haar zu stülpen, es sei denn, mittels gnadenloser Scheidung und Änderung des Erbvertrags.

Nun war der Herr Privatdozent Dr. Täuber noch am Zug, und eigentlich war alles drin, wie man so sagt. Ein noch verhältnismäßig junger, bestens aussehender Mann, für einen »Ausrutscher« geradezu prädestiniert. Er erhob sich von seinem Stuhl, leicht stieren Blicks, und das gute Täuberl bekam feuchte Hände. Um die Hüfte nehmen und hochstemmen wollte er die Resi, dann herabrutschen lassen, das liebe Gesichtl in die Hände nehmen und abbusseln, wieder und wieder.

Aber irgendwer muss der Resi hintertragen haben, um was es da eigentlich ging. Heftig warf sie den Kopf zur Seite, und des guten Notl Sturmangriff verpuffte ins Leere.

Da machte sich als Letzter der Gemeindeinspektor Murks Pepperl auf die Socken, der unansehnlichste der Troubadoure, ein wenig zu kurz geraten und, wie erwähnt, trotz allen Fünfkampftrainings noch immer büroblass und dicklich. ›Das Dirndl ist jetzt heiß wie eine Rehgeiß, die durchs Weizenfeld getrieben wurde von einem geilen Bock, die pack ich jetzt!‹, mochte er sich gedacht haben. Und mit dem Ausruf: »Jetzt oder nie!«, stürzte er sich auf die erschrockene Resi, packte sie um die Hüften und pappte ihr ein gewaltiges, laut schmatzendes Busserl auf den Mund. Die Überrumpelte ließ es geschehen und leistete, zum Erstaunen aller, nur schwachen Widerstand. Der »Moderne Fünfkampf von Schneizlbach« war zu Ende. Das gute Täuberl blies hierauf die Siegesfanfare, ziemlich erleichtert, wie sie sich selber eingestand. Der Gemeindeinspektor Murks, genannt der »Gmoa-Murks«, was eine Hinterhältigkeit war, führte die Resi ein Jahr darauf zum

Traualtar. So ein Beamter auf Lebenszeit, das ist schon eine recht gute Partie. Da kann man den Wilderer-Spezi, der noch immer in Traunstein einsitzt, vergessen. Und im Übrigen war der Murks Pepperl ein äußerst friedlicher und angenehmer Mensch.

Bloß halt ein »lizenzierter Jäger«. Auch das überwand sie. Der Suzuki war noch immer eingemottet. Jäger Hohenester fluchte gotteslästerlich, als er den 1a-Hirsch des Jagdherrn, wider die Gewohnheit, mit einem vorsintflutlichen Hirschgratten, unterstützt von zwei Holzhauern, zum »Girgl« herunterschleppen musste.

»Das ist bloß so ein momentaner Spleen, das dauert net lang«, tröstete er sich. Leider hatte er Recht. Die Zeit, die Hektik, die Termine, keiner kommt ihnen aus. Und übers Jahr, da brummte der brave Jeep wieder den Berg hinauf, die Jager-Hosenbunde spannten sich wie eh und je, der Atem wurde kürzer, der Blutdruck höher und der »Moderne Fünfkampf von Schneizlbach« ward zur unwiederbringlichen Vergangenheit geworden, mehr noch – zum Märchen. Und als solches soll es aufgefasst werden. Aber vielleicht wiederholt sich dieses Märchen dann und wann in irgendeinem Jagdrevier.

Für den Blutdruck war's gut – und für die jagerische »Reputation« auch.